catch

catch your eyes ; catch your heart ; catch your mind……

catch 135

小仙精慈雨

圖·文　雁子
責任編輯　繆沛倫
法律顧問　全理律師事務所董安丹律師
出版者　大塊文化出版股份有限公司　台北市105南京東路四段25號11樓
讀者服務專線　0800-006689
TEL　(02) 87123898
FAX　(02) 87123897
郵撥帳號：18955675
戶名：大塊文化出版股份有限公司
e-mail: locus@locuspublishing.com
http://www.locuspublishing.com
行政院新聞局局版北市業第706號

總經銷　大和書報圖書股份有限公司
地址　台北縣新莊市五工五路2號
TEL　(02) 8990-2588（代表號）
FAX　(02) 2290-1658

初版1刷　2007年10月
定價　新台幣350元
ISBN 978-986-213-010-0
Printed in Taiwan

國家圖書館出版品預行編目資料

小仙精慈雨／雁子 圖·文
—— 初版—— 臺北市：大塊文化，2007·10
面：　公分 ——（catch；135）
ISBN 978-986-213-010-0（平裝）

857.7　96017829

小仙精慈雨

•

雁子

目錄

在地球表面之下最神祕、最黑暗的底層，
有一條細得像髮絲一般的時空裂隙，環繞著整個地球。
當你穿梭時空裂隙後（如果你穿得過的話），
那裡便是未知的世界、奇幻的國度——仙精王國！

永遠不要相信你所知道的眞相，因爲你永遠不會知道眞相。

——時空穿梭研究先驅・空間轉移研究所所長　彤霓・仙恩（TONY SHEEN）——

第一章　啓程

尋找海馬龍之旅

小仙精慈雨（ZU-YU）馴養的海馬龍死了。

這匹海馬龍叫做噗普慈（PUPU-ZU），因為牠是慈家養的，所以在牠的名字「噗普」（PUPU）後面加上「慈」的家族姓氏。海馬龍的姓必須放在名字後面，才能和仙精做區分。

噗普慈是慈雨的爺爺慈隆（ZU-LON）在八千年前馴養的，五千年前爺爺把牠送給慈雨的爸爸慈瑪（ZU-MA），直到四百年前才交給慈雨來豢養。噗普慈總共活了八千三百二十八歲。

每一隻龍族的動物死後都要在龍海祭壇火化，並且由主人親自主持，而主人家的長輩是不能參與後輩座騎葬禮的，那會帶來可怕的厄運。在第二個月亮出現的傍晚，慈雨披上典禮專用的紅色披風，由哥哥姊姊陪伴，點燃化龍火炬，並且將噗普慈火化。

海馬龍火化後，龍的心是不會燒化的，慈雨小心的把龍的心裝進金壺裡，黃澄澄的金壺透出紫色的光芒，那是龍族能量之光。

▶▶ 海馬龍火化

仙精們把龍的心帶到彩虹龍海，並且把金壺拋向大海中，這樣海馬龍的靈魂才會回到牠們祖先的懷抱。

每位仙精都擁有一匹海馬龍當他的座騎，因為海馬龍的速度和閃躲技術是其他動物無法企及的。小仙精六百歲以前還是小孩子，只能接收長輩馴服的海馬龍；而六百歲以後，想要有海馬龍當座騎就要靠自己了。慈雨今年六〇二歲，所以他必須自己去尋找和馴服野生海馬龍。

馴服海馬龍並不是一件容易的事，因為海馬龍奔馳的速度實在太快了，而且智慧是所有野生動物中最高的，要捕捉到牠必須要有敏捷的身手、靈活的腦袋和周詳的計謀，當然，還須要碰一點運氣。

慈雨向長輩提出要親自馴捕海馬龍的想法，獲得所有長輩一致的肯定，並讚揚慈雨年紀雖小，卻有挑戰馴服海馬龍的勇氣；而且如果他能成功，將會成為有史以來最年輕的馴龍勇士，所有長輩對平日表現就十分優異的慈雨，充滿了期望。仙精大族長慕法（MU-FAR）特別把他的仙魔鍊脫下來送給慈雨，並親手為慈雨戴上：

「戴著它，這對你很重要。」

盛裝龍的心之金壺

慈家莊園的大當家慈空（ZU-COM）長老送給慈雨一張畫在海羊皮上的仙境地圖，還有一卷歷年馴捕海馬龍的最佳計畫書。

爸爸慈瑪給了他一把水晶絲和鋼索樹纏繞製成的弓，這把弓已經浸在天水中七年，又輕又堅固，彈性非常好，慈瑪說：

「這把弓就是為了等待這驕傲的一刻！」

爺爺慈隆特別為慈雨做了五支飾有黑雪鷹翎毛的箭，這種箭射出去會根據目標物的方位調整，準確度幾乎是百分之百，在對付眾多目標時效果尤其卓越——爺爺製作武器的技術，在仙精界是無人能比的。有了爺爺送的箭，慈雨對馴服海馬龍更有信心了。

大哥慈香（ZU-JEAN）送給慈雨一把鑲有黑鑽石的短劍，輕巧鋒利，配上一副珍貴的金熊皮劍鞘，這是慈雨一直想要的好東西，拿到後就不斷把玩比試，簡直愛不釋手。

大姊慈愛（ZU-AI）拿了三條延展性達八百倍的的帝王絲製彈力繩給慈雨，她俏皮的說：「這繩子我當年就好用得不得了，相信我，在爬樹的時候會很有用。」

慈雨第一次離家，就是一趟艱鉅的遠行，媽媽努農（NU-NUN）不捨的幫他穿好狩獵裝、佩好裝備，在他的行囊裡放進狩獵才吃得到的沙瓦（SAWA）魚乾、硬莓餅，還有兩個杜托（TUTO）鳥蛋飯包，以及慈雨最愛喝的皮優皮優（PE-PURE）樹果汁。努農取下頸上的金色項鍊，戴在慈雨脖子上，她無限憐惜的看著慈雨：

「這是曾曾祖母的曾祖母傳下來的，希望能庇護你一路平安。」

在家人和鄰居的歡送中，慈雨等到第六顆月亮昇起的時候，向著康闊（CONCORDE）森林的方向出發。

……

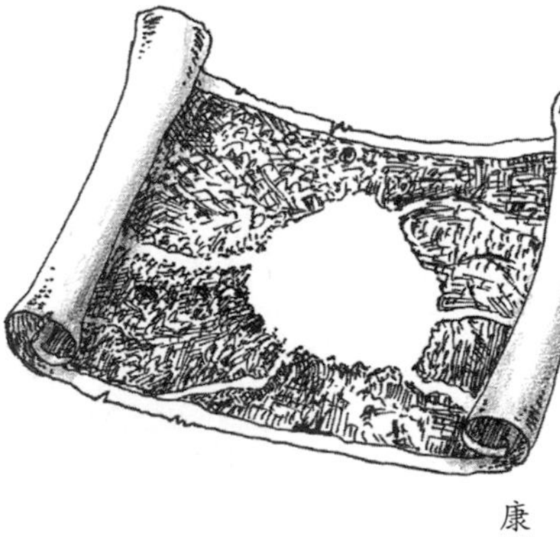

康闊地圖

康闊森林是野生海馬龍最大的棲息地，通常只要依照長輩的指示，就能很快地找到牠們。這群野生海馬龍已經在康闊森林繁衍了幾億年，除了一百萬年前因為森林守護神——馬龍神獸哈巴巴（HABABA）的疏忽，讓數以千萬的盲蟹衝破防線，大舉入侵並吞噬森林中所有的一切，為了躲避這場浩劫，野生海馬龍曾經有一次大規模遷徙，除此之外，牠們幾乎沒有離開康闊森林過。在這場災難中，馬龍神獸哈巴巴雖然奮勇抵抗，但是寡不敵眾，仍然被盲蟹群所吞噬，慘烈犧牲。後來哈巴巴的元靈匯聚在遺骸中，誕生了一直保衛康闊森林到現在將近百萬年高齡的守護神——金巴巴（KINGBABA）。

哈巴巴血戰盲蟹大軍

獸亞

小仙精要離開仙境王國，不能像大仙精一般自由來去邊境，必須經過由守護神獸亞（SHIYA）把關的仙精峽谷，小仙精若想偷溜出邊境，處罰是相當嚴厲的。獸亞非常兇猛，但是對仙精卻十分和善，牠負有鎮守峽谷不讓外敵入侵的重任，也負責小仙精出入仙境的管制工作。慈雨從小和獸亞玩在一起，他們是很要好的朋友。今天牠看到慈雨穿著獵衣，知道慈雨即將展開他的第一趟大冒險，獸亞折下牠頭上的一根硬角送給慈雨：

「帶著它，你會需要它的。」

慈雨收下獸亞的角，在獸亞的目送下，離開了仙精峽谷。

慈雨走過阿麻麻（AMAMA）矮叢林時，天空烏雲密佈，還不時閃電打雷，他必須趕快找地方躲一躲，不然被雷電擊中就糟糕了！慈雨連忙躲進最近的一個大岩洞，等待風暴過去。這時有一家綠光野豬也慌張的躲進岩洞，綠光野豬爸爸一眼就看到有位仙精坐在裡面，它興奮的說：「多麼榮幸呀！我們竟然和高貴的仙精在一起躲暴風雨。」慈雨面對一群熱情的眼神，有些尷尬的硬擠出笑容來。

這是一場典型的快雷風暴，來得快，去得也快。一陣狂電猛雷侵襲，不到一刻鐘的時間，便又恢復原先的晴朗天色。不過這片矮叢林可就遭殃了，綠光野豬倒是挺開心的，因為風暴把高處的果子打下來，讓綠光野豬一家子享用了一頓免費的漿果大餐。綠光野豬爸爸抓一把果子搗成泥狀，用乾掉的米蜂巢裝著，恭敬的送給慈雨：

「您會用得上它的，請拿去吧！」

穿過阿痲痲矮叢林，來到廣闊無邊的布達拉拉（BRADALALA）大沙漠。這是仙境裡最大的沙漠，整整有兩萬個足球場那麼大，如果有人想要單獨越過布達拉拉沙漠，那簡直是活得不耐煩了。這麼大的沙漠，年幼的慈雨怎麼可能過得去？布達拉拉沙漠大歸大，還是有捷徑可以又快又安全的通過，這條捷徑只有仙精族人才知道，那就是向著玻貝（BOBAY）衛星的方向、沿著沙漠邊緣走下去。

綠光野豬爸爸

一般人會向著看來有綠洲蹤跡的另一邊走，其實那邊正是沙漠最寬的地方，也是許多迷路客的墳墓。慈雨沿著沙漠邊緣大約走了半天左右，終於來到沙漠中最短的橫越點，只要大跳五步，就能跨越沙漠區，進入另一邊的迷迷（MIMI）草原。聽姊姊說這裡的沙是由一種極微小的藥草種子聚合而成，對治療傷口及增強抗菌力都有極佳的功效，一定要帶上幾罐。於是他一把又一把的抓起沙子，裝到預先準備的三只小銅罐中。此刻慈雨終於放下心來，原本他很擔心自己會迷路，因為他只是按照長輩的指示行動，至於走對走錯，他一點把握也沒有，現在慈雨印證長輩說的話果然沒錯，他更有信心確定要遵從長輩的智慧與經驗，才能很快到達康闊森林。

藥沙罐

迷迷草原上有許多奇妙的生物，有些是慈雨從來沒看過的，有些在學校曾經看過標本，這麼近看到這麼多活生生的野生動物，這倒是頭一遭。

慈雨坐在一棵俗稱「貴族樹」的奇曼多（CHI-MANDO）樹下的搖椅上歇歇腳，為什麼會稱做「貴族樹」呢？因為以前仙精貴族們都喜歡在這種充滿香氛氣味的樹下玩樂，並且蓋了許多設施供仙精休閒之用，久而久之「貴族樹」的名號就傳開了。慈雨喝了幾口皮優皮優樹果汁，正想拿出硬莓餅來吃，他發現有幾隻鼓囊巨鳥獸逐漸向他逼近，慈雨緊張的拿出短劍警告牠們不可以再靠近。

慈雨記得在生物講本、野生動物篇的第三章「猛獸惡獸」裡有說到：鼓囊巨鳥獸，兇殘嗜血，會集體合作捕殺獵物，曾經多次集體屠殺狩獵營區的仙精，對仙精具有嚴重的威脅，是屬於高危險性野生動物。目前邊境的鼓囊巨鳥獸已經被徹底消滅，若有發現鼓囊巨鳥獸出沒，應即通報撲殺……

這群野獸個個目露兇光，慈雨眼睜睜看著牠們把自己團團圍住，仙精的身份對他們似乎沒有嚇阻作用，他心裡立刻涼了半截，洩氣的軟掉一雙手，無力的放下來，認命等待厄運的到來。

在慈雨前面比較高大的鼓囊巨鳥獸盯著他端詳了一會兒，然後用意外溫柔的聲音說：「真是稀客，歡迎大駕光臨，看來您是一個人出來旅行的，是嗎？我高貴的仙精朋友。」慈雨愣了一下，疑惑

奇曼多貴族樹

的說：「你會說仙精的語言？」旁邊幾隻鼓囊巨鳥獸大笑了起來，高大的那隻接著說：「我們比你們想的更聰明，我的朋友。」慈雨不解，又問道：「我的族人說你們是兇殘的動物，並且已經將你們的許多族群給……」慈雨不敢明講，跳過那個字眼繼續說：「為什麼還這樣和善的對我？我的意思是，你們應該可以輕易的將我撕成碎片，立刻。」

這群鼓囊巨鳥獸笑得更大聲了，一直跟慈雨交談的那隻說：「這場誤會已經有三千年了，當年攻擊仙精營地的是一種叫鋼鳥獸的稀有猛獸，牠們早已經被仙精滅絕殆盡。我族不巧長得和牠們十分相似，所以惹來莫須有的殺身之禍。幸好……」

慈雨接著問：「幸好什麼？」

牠看了一下慈雨，溫婉的說：「您看起來不像其他的仙精那麼……嗯……偏執，我認為您是值得信賴的好人，我就不妨告訴您事情的真相吧！其實在邊境的我族並未被仙精勦滅，是躲在你們找不到的安全地區。」慈雨繼續追問：「牠們藏到哪裡去了？」

「我高貴的朋友！」牠正色說：「這是攸關種族存滅的問題，恕我無法回答。雖然我們是卑微的種族，但我們絕不愚蠢，我們有我們存活的方式和規則，縱使仙精對我族一再誤解、殺戮，我們依然堅持和平以對。所以三千年以來，我們避免和仙精正面衝突，並不是我族畏縮懼怕，只是不希望造成雙方更大的無謂傷亡，戰爭對彼此毫無益處。」

「原來如此。」慈雨有些悲傷的說：「我想，真正的勇氣不是仇恨，而是寬恕吧！我敬佩你們的寬容。我的名字是慈雨，請問你是……？」

「我是烏邦（WU-BUN），能認識高貴的仙精是我的榮幸！」烏邦率領其他鼓囊巨鳥獸向慈雨致敬，這讓慈雨受寵若驚，他頭一次感受到仙精的地位是何等的尊貴，面對牠們的謙卑，慈雨反而不知道說什麼好。

「您是要前往康闊森林找尋海馬龍吧！」烏邦整理一下額頭上的羽毛，對著慈雨說。

「你怎麼會知道？」

「我說過，我們比你們想像中聰明多了，我高貴的慈雨。」烏邦說完後便伸手在肚子的囊袋裡摸索，然後取出一個黑黑小小的木頭雕像，拿到慈雨面前：

「請莫嫌棄，這樣法器會給您幫助的，請您收下吧！」

鼓囊巨鳥獸首領烏邦

慈雨遲疑了一下才收下這個髒兮兮的小雕像，然後他沒多做停留，起身繼續向康闊森林前進。

他來到康闊森林的邊界——寇拉扎（COLAZA）部落，正好趕上他們的謝天祭，慈雨被熱鬧的氣氛吸引，把長輩告訴他「不要接近寇拉扎人」的話拋在腦後。今年寇拉扎人在雨季前捕獲數量極多的龐龐（PUN-PUN）野牛和蘇索（SUSO）山羊，連向來不容易栽種的提米拉（TEE-MELA）穀物也大豐收，讓雨季和冬季都不虞糧食短缺，難怪今年的謝天祭熱鬧滾滾、場面浩大了。

寇拉扎人

龐龐野牛

蘇索山羊

從來沒有仙精會來的寇拉扎部落，在謝天祭這麼特殊的日子卻出現第一位前來的仙精，族人十分歡喜這位意外的貴賓來訪，紛紛向慈雨聚攏，不過他們不敢太靠近，只能遠遠的、興奮的看著他；慈雨接受熱情的寇拉扎長老遞送的烤龐龐肉和一片鹽燒蘇索山羊腿肉，一群小孩大膽的靠近慈雨，嘰嘰喳喳用尖尖細細的寇拉扎語吵鬧著，但是很快的就被長老斥退，長老一臉歉意的對慈雨說了一大串話，慈雨一句也聽不懂，只有微笑以對。蘇索山羊肉質鮮嫩，沾著寇拉扎人獨家秘方的花椒辣醬來吃，就連吃慣花草香料的慈雨也讚不絕口；但是龐龐肉油脂豐厚的牛油味很濃郁，他們的廚師雖然加了二十幾種香辛料調味去腥，還是讓慈雨嗆得說不出話來。長老看見慈雨的樣子，貼心的將那塊龐龐肉用蘇索山羊皮包得很緊密，不僅可以保鮮，也能隔絕味道飄出，更方便慈雨放在行囊中帶走。

慈雨勉強收下這份饋贈，他急著要離開，一方面是他要趕在天黑前到康闊森林，另一方面其實是他快忍不住要吐了，匆匆告別寇拉扎人，幾乎是用跑的離開了寇拉扎部落。他此刻記起長輩的叮嚀，除了濃厚的牛油味讓他沒辦法忍受之外，慈雨看不出長輩描述的「低賤、骯髒而且卑鄙奸詐，不是竊賊就是騙徒的寇拉扎人」能夠和剛剛謙恭熱情的寇拉扎族人做聯想，長輩們說的是同一種寇拉扎族嗎？慈雨不再多想，因為康闊森林就在眼前了。

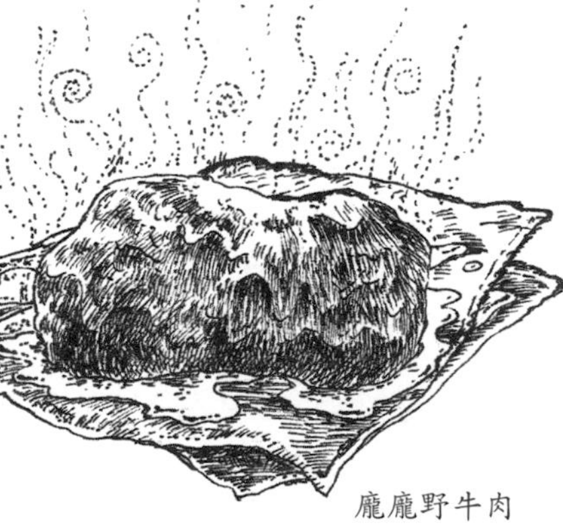

龐龐野牛肉

康闊森林的外圍長滿了巨大多刺的刺藤樹，蔓藤最粗的有汽油桶這麼粗，細的少說也有可樂罐的直徑，上面佈滿密密麻麻大小不一的棘刺，又尖又硬，被它刺到非死即傷。刺藤樹就這樣彼此交纏支撐，新長的藤不斷攀在老藤死藤上面，經年累月竟然長到像玉山這般高度，厚度也將近六千公尺，一般生物很難能通過刺藤樹的蔓藤交纏，因此形成康闊森林阻斷外敵侵犯的天然屏障。這道屏障擋住外敵，也讓森林裡的生物出不去；但是有兩條不曉得什麼人在何時建造的神祕通道，在只有森林生物和森林守護神才知道的地方打出兩條通道，進去和出來各有一條單向道，安全而隱密的讓生物們進出康闊森林。

仙精知道怎麼樣進去，卻不知道從哪裡出來，所以除非要馴服海馬龍，否則仙精絕對不能也不想進康闊森林去——何況一位仙精只能豢養一匹海馬龍。若不是像慈雨失去了座騎，族人也不會鼓勵他前來冒險。進入康闊森林以後，若沒辦法馴服野生海馬龍，就可能一輩子流落在這裡，惟有海馬龍有能耐載著仙精平安穿越出去的通道。如果向其他生物打聽出通道位置，想自己硬闖出去的話，下場不是被通道中變種刺藤樹纏刺而死，就是被神出鬼沒的森林守護神金巴巴一口吞掉。

慈雨站在進入的通道前，全身不停的顫抖。第一個月亮已經昇起，這表示天快黑了，如果現在還不趕快進去，一旦第二個月亮昇起時，金巴巴就會開始在邊境穿梭巡邏，並且吞噬所有徘徊邊界的可疑生物。慈雨怕森林守護神吞了他，也害怕沒有馴服海馬龍會回不了家，他的心裡充滿了恐懼，不斷地糾結掙扎。就在他猶豫不決的時候，第二個月亮悄悄爬上了地平線，一陣低沉的吼聲由遠而近、快速的傳來，還夾帶著急促的腳步聲——是金巴巴跑過來了！慈雨嚇得失聲尖叫，金巴巴用驚人的速度衝過來，張開佈滿尖牙的大嘴向慈雨就咬，千鈞一髮之際，慈雨不顧一切跳進了通道，只差幾公分他的腳就要被咬到，驚險無比的逃過守護神的追殺。

入口通道這裡面生長的蔓藤不是刺藤樹，而是刺藤樹的遠親——毛藤樹，它表面沒有棘刺，只有柔軟短細、會分泌黏液的纖毛，專門捕捉小昆蟲當食物，對動物來說沒有威脅性。入口通道是垂直向下開的，通常仙精會施「緩降法術」慢慢下降，但是情急之下跳進去的慈雨根本來不及施法，就在通道裡又翻又滾，像坐雲霄飛車似的一路往下跌，這通道不知道有多深，若不趕快停止墜落，恐怕慈雨就要摔個粉身碎骨了。慌亂中他想用短劍插住兩旁的樹藤，但是樹藤太堅韌，短劍根本刺不進去。慈雨急中生智，立刻拿出獸亞送他的硬角，對著樹藤猛力一插，果然就破穿了堅韌的蔓藤；慈雨拚命抓住獸亞的硬角，深入牆壁的角阻止了他的墜落，就在離底部不到一公尺的地方，他停了下來。慈雨鬆了一口氣，跳下隧道壁，上面有一道長長的碎裂縫，一直往上延伸到高不見頂的隧道頂端，那是被獸亞的角劃開的；被劃斷的樹藤，從劃開的裂口慢慢冒出樹汁，千萬根破藤的樹汁如大雨一樣傾洩而下，慈雨趕忙跳到樹洞外，免得被淋成落湯雞。

從通道走出外頭，出現在慈雨面前是一大片闊葉矮叢樹，估計至少綿延有十公里左右。矮叢樹遠處和更大一片的參天巨樹林連接，那裡便是海馬龍棲息的康闊森林主林了。慈空長老送給他的仙境地圖雖然有標示到這裡，但是主林內卻是一片空白，沒有任何記載，這表示慈雨進入康闊森林主林後，真的就必須靠自己去摸索了。慈雨坐在一顆較高的矮叢樹邊，拿出杜托鳥蛋飯包來吃，他餓得可以吃下一整頭牛，三兩下就把飯包吃個精光——以前他在家裡，從來沒有這麼好胃口過。

闊葉矮叢樹

吃完飯再喝一口皮優皮優樹果汁，慈雨突然覺得又累又睏，這也難怪，他跋涉這麼遠的路，都沒有休息，會累是很正常的，於是慈雨決定在這裡紮營休息。他先生好一堆柴火，再架好負責警戒的響鈴蟲網罩，最後從皮囊袋中取出凱茲長毛虎皮做的裹毯（類似睡袋的東西），慈雨一頭鑽進去，不到半分鐘便沉沉睡去了。

第五顆月亮在破曉前隱沒在地平線另一端，第六顆月亮四十五分鐘後會出現，而太陽還要再過一小時才會昇起，在這日月交替的空檔，整個森林是一片漆黑，伸手不見五指。慈雨睡得正熟，柴火也已經熄滅，在這險惡的黑夜裡，危險正一步一步向他逼近。黑暗中有一群專門利用日月交替時出來找尋獵物的盲蠍，牠們已經嗅到犧牲者的味道，而且鎖定了他的位置，牠們這次要攻擊的獵物不是別人，正是慈雨。這種三公分大小、具有毒勾的小蟲，常常趁黑成群攻擊熟睡的大型獵物，牠們毒死獵物的時間很快，吃食獵物的速度更驚人，短短幾分鐘就可以把大象一樣大的獵物吃光，是相當恐怖的肉食性昆蟲，比牠們的近親盲蟹更令人害怕。從未攻擊過仙精的盲蠍不敢貿然進攻，盲蠍首腦先派幾隻體型較小的盲蠍突破響鈴蟲的警戒網，靠近慈雨做近距離偵察，確定慈雨睡著了之後，立刻爬回蠍群中通報，盲蠍首腦帶頭發動攻擊，大批的盲蠍隨即向慈雨衝來，而他還毫無警覺的沉睡，眼看慈雨即將成為盲蠍的早餐了……

……

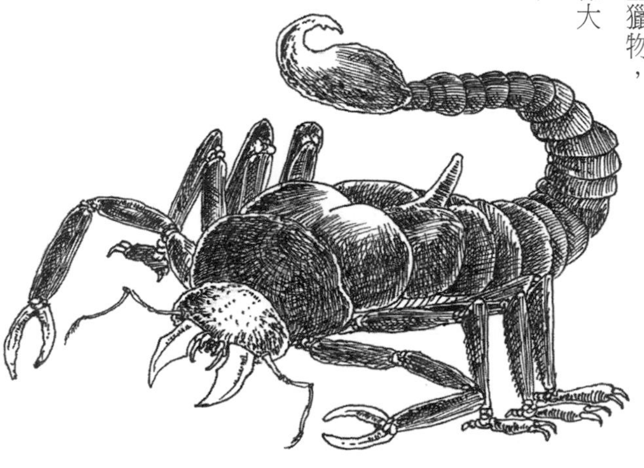

盲蠍

第二章　墜落

捲入時空裂隙的地球小孩

仙境王國底層另一邊的地球，時間是五月的一個星期四，早晨六點五十分。

※　※　※　※　※

陽光斜斜地照著一排排紅頂白牆的社區住宅，橘黃色的校車停在站牌邊，等待學生們上車，肚子大大的老司機搔著他「地中海」的禿頭，無聊的打哈欠、伸懶腰，然後回頭數一數人數，數完後他無奈又生氣的嘀嘀咕咕：「又是陶德這小鬼，這個月他已經遲到八次了……呃……還是九次？而今天才十七號哪！又不能不等……」他一邊念一邊走下車，扯開喉嚨就喊：

「二年五班十一號，陶德，趕快上車！全車子就等你一個，該死的！你快點給我上車！」

在校車後方七八戶房子遠就是陶德的家，陶德的媽媽聽到老司機的喊叫，急急忙忙衝到草坪上張望，跟著他爸爸也出來了，幾個人就這樣子叫喚著陶德的名字，聲音響徹整個社區。然而，這個叫陶德的小孩到底跑哪兒去了呢？

社區後方有一大塊山坡地，平常很少有人會去那裡，所以雜草叢生不說，還躲了一大堆的野狗。咦？這個鑽在草叢中露出小屁股的小孩，不就是陶德嗎？陶德是一個古靈精怪的小孩，一對澄澈的大眼睛，和時常露出慧黠笑容的嘴巴，長在白裡透紅的圓臉蛋裡；他有一頭柔亮烏黑的頭髮，剪了個齊眉的瀏海，遮住他粗粗的眉毛；個頭普通高，身形就稍嫌瘦弱，和他豐頰圓臉的長相不太搭調。

現在大家都上了校車準備上學去，他不上學躲在這裡做什麼？只見他一扭一扭的倒退著扭出身來，手上抱著一隻眼睛都還沒睜開的小土狗，小狗還一直嗚嗚咿咿的叫，往前一看，草叢裡還有一窩狗寶寶，和他手上的小狗呼應似的叫著。

「小狗狗好可愛喔！真想帶回家養。可是爸爸一定不會答應……」陶德自言自語的說著，一邊用手去逗弄小狗的鼻子。他看到手指被狗鼻子弄溼了，拿出面紙擦擦手，滿懷憐憫的對小狗說：「太可憐了！這麼小就感冒，流鼻水流成這樣，我來幫你擦鼻涕，來，哼——」

小狗被陶德整得嗚咽大叫，陶德還不肯罷手，硬是又拿了一張面紙要給小狗擤鼻子，小狗此時叫得更淒慘了。就在陶德拿出第四張面紙時，說時遲那時快，一條長了癩痢的母狗從後面撲上來，嚇得陶德馬上把小狗甩掉，痛得唉唉叫的小狗更加深母狗的憤怒，立刻向陶德張嘴就咬，幸好牠咬到的是陶德的書包，才讓陶德有機會逃跑。母狗奮力追趕沒命奔逃的陶德，這一騷動引起其他野狗的注意，也跟著加入追逐的行列，一時間十幾條野狗狂吠猛追，陶德嚇到魂都快飛了，不停大喊救命，可惜都被瘋狂的狗吠聲蓋過，並沒有人聽到他的呼救。

陶德跑到一棵葉子快掉光的老榕樹前，一個不留神被榕樹根絆倒，摔得爬不起來。禍不單行的陶德，眼看一群兇惡的野狗就要追上來了，他眼角餘光瞄到榕樹旁有座小小的破土地廟，登時毫不猶豫的爬上廟頂，以為這樣就能阻擋野狗的追趕。誰知道這廟實在太小，那群狗只要搭在廟的牆壁上，就幾乎要咬到陶德的腳了，被包圍無路可逃的陶德，在屋頂上也只能跳著腳、閃躲這群野狗的尖牙。斜斜的屋頂實在不好站，倒楣的陶德一個沒踩穩，失去平衡向後面倒，他拚命想去抓住垂下來的榕鬚卻抓不到，下面的野狗露出猙獰的嘴臉，陰險的等待陶德掉下來成為牠們的獵物。

陶德慌亂中抓住一根像釣魚線的東西，他不管三七二十一的用力拉扯，幾乎是在陶德拉扯的同時，他竟被那根線給「捲」了進去，連叫都來不及，一瞬間消失了蹤影，如同蒸發了一般。野狗目睹這突如其來的一幕，先是一愣，然後不約而同的驚嚎逃跑，一下子就跑得無影無蹤，現場除了雜亂的狗腳印，只留下陶德被母狗咬破一個大洞的藍色書包。

有一個人影走過來，可是聽到有其他人群過來的時候，這個神祕客卻一溜煙的跑掉了。聽到野狗追逐吠叫趕過來的人們，逐漸向土地廟這裡接近了。

……

被「線」捲進去的陶德，原來是墜入了時空裂隙裡，不知道他怎麼辦到的，竟然能探觸甚至開啟時空裂隙。雖然逃過野狗的尖牙，卻掉進一個未知的世界，不曉得這樣子對陶德來說是幸還是不幸？時空裂隙裡是混亂紛雜的聲光亂流，沒有一種顏色是靜止的，就像浮在水面的油漆，千彩萬色、閃爍炫光，環繞在呈現無重力漂流狀態的陶德身邊；嘈雜的噪音從四面八方忽遠忽近的傳出，像是一千萬個人在交談，又像是五百萬部吵鬧的機器同時在運作，不時還傳來地震般的低鳴聲，整個時空裂隙裡只能用「瘋狂」來形容。陶德漂浮在這些看似伸手就摸得到的奇光怪色裡，想去抓住什麼可以補償方向感錯亂的定位物，結果是什麼也碰不到，徹底的無助和恐懼，讓陶德大哭失聲，可惜他聽不到自己的哭聲，因為四周彷彿正在嘲笑他的噪音，已經淹沒他的聽覺神經。

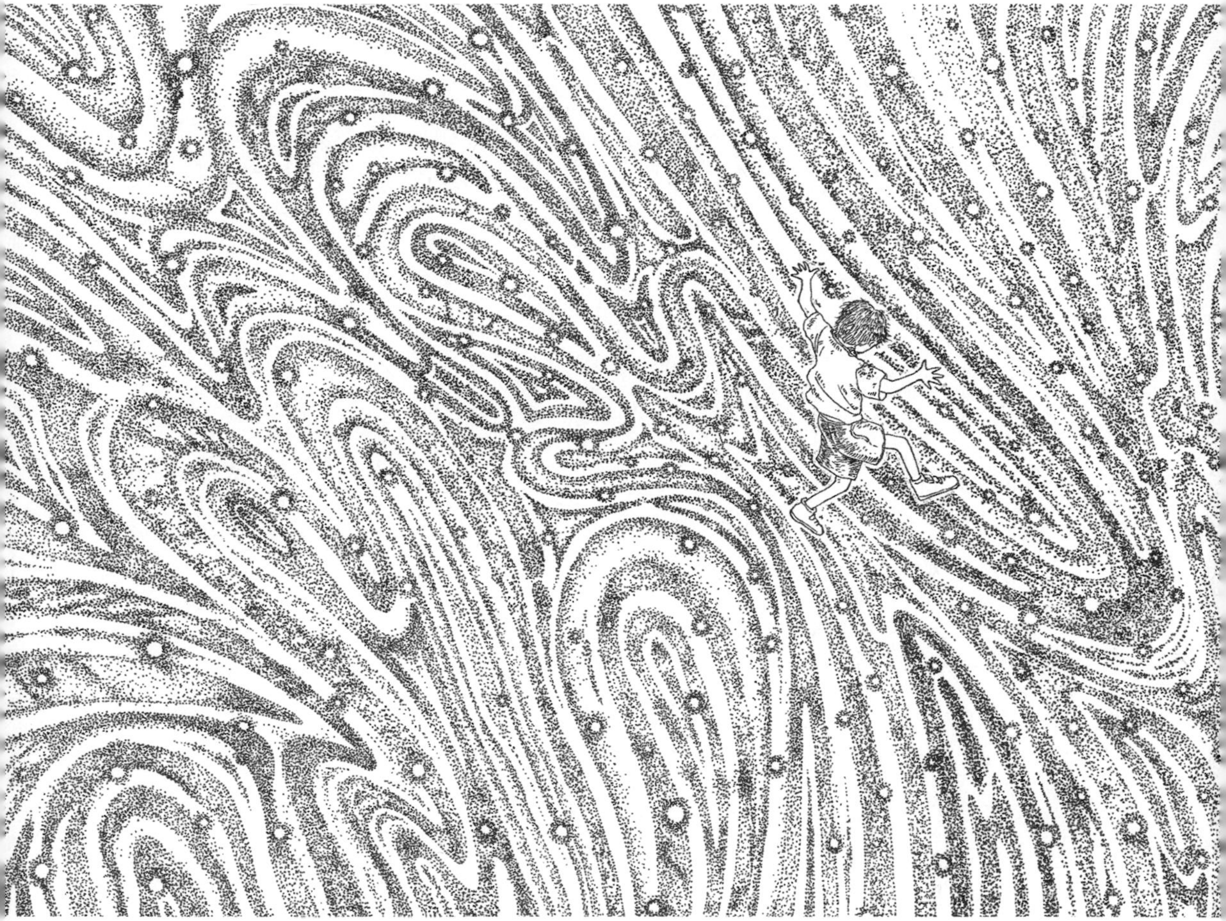

陶德掉入時空裂隙

不知過了多久，他哭累了，他開始冷靜的觀察四周，他發現在周圍佈滿了一點一點像螢火蟲的小光點，可是光芒卻很微弱，比較接近煙霧的模樣，而且是靜止不動的定在那裡。陶德忽略掉不停流動的流光背景，焦距定住離他最近、略呈橢圓形的光點看，並且試著碰觸它，他興奮的發現真的能摸到，然後小光點逐漸變大，旋轉的煙霧開始快速的包圍他，裡面有許多閃光正不斷清楚的映入陶德的眼睛，他感覺自己正被這光點吸進去，害怕的陶德後悔得想要游開，可是已經來不及了，像被捲進漩渦沒有辦法脫困，任由不知名的力量把他往裡面拉，急得陶德忍不住大叫：

「我不要玩了——」

穿過黑暗的通道，陶德感覺到自己正在往下墜落，這感覺倒是好的，至少比時空裂隙裡令人暈眩作嘔的感覺好。只是這通道也太長了，陶德開始擔心會不會摔死？還來不及想下一步，他已經「碰」地一聲、重重的摔到地面了。

「唧呤呤……唧呤呤……唧呤呤……」

漆黑一片的四周，傳出尖銳刺耳的叫聲，嚇得陶德也跟著尖叫起來。

「唧呤呤……唧呤呤……唧呤呤……」

「唧呤呤……唧呤呤……唧呤呤……」

陶德感覺左後方有光，他停止尖叫，緩緩轉過頭去，突然心跳加速，全身發冷，因為他看到一個手掌上浮著綠光球，照映出綠色鬼臉的人在他後面，陶德呆了三秒鐘，然後……

「哇——」

轉身正要跑的陶德突然遲疑了一下，並不是他放棄逃跑，而是他的腳絆到了網子；藉著微光，他又隱約看到旁邊像黑色地毯被鼓動起來的地方傳來千萬隻蟲類爬行的腳步聲，龐大而細微的聲音讓陶德不由自主的戰慄，恐懼直竄進他的褲管，鑽進他的背脊，涼透他大半個發麻的腦袋。

「不要亂動！」那個『鬼』不知何時竄到陶德旁邊，用手摀住陶德正要再次大叫的嘴巴，低聲說：「不准出聲，不然我會殺了你——我保證！」

陶德點點頭，一滴冷汗從他的太陽穴往下流。那個『鬼』使了個眼色要他看前方，陶德用力地睜大雙眼，終於看清楚黑色地毯其實是無數閃著微弱金屬藍光的小東西組成的，而牠們正快速的蔓延過來，聲勢之浩大，已經把陶德嚇到腿軟，站都站不穩。

「這些盲蠍一旦發動攻擊，沒有吃到肉是不會罷休的！」原來這個『鬼』就是小仙精慈雨，陶德陰錯陽差的穿越時空裂隙，剛好摔在慈雨架設的響鈴蟲警戒網上，於是驚醒了慈雨，也讓慈雨警覺到自己身處危險之中。算起來陶德這一摔，倒救了慈雨一條小命，只不過現在陶德的小命也危在旦夕，似乎只有慈雨才有辦法救他。

「肉？你該不會想把我……」不等陶德說完，慈雨迅速的從皮囊袋拿出一包東西並且用力扯開外皮，頓時濃郁的牛油味四散，讓這兩人幾乎嘔吐，是寇拉扎長老送給慈雨的烤龐龐牛肉。

「喔！我的天！這是什麼味道？有夠噁心！」

「別吵！這噁心的東西將會是我們的救星。」慈雨用力一拋，把肥滋滋、油膩膩的龐龐肉連同蘇索山羊皮一起丟到黑色地毯的中央，就見那裡先是掀起小騷動，接著騷動愈來愈擴大，因為牠們聞到體型巨大的龐龐野牛的味道，以為有同伴殺了一頭牛，於是黑色地毯也逐漸縮到龐龐肉掉下的地方，還發出陣陣撕裂肉片的恐怖聲音。

「還看什麼？趁現在快逃吧！」慈雨拾起皮囊袋、收回響鈴蟲，很快便消失在黑暗中。還反應不過來的陶德愣了三秒鐘，才跟著慈雨跑走的方向沒命的奔逃，剩下一群為爭食一小塊龐龐肉打得不可開交的笨盲蠍。

四周還是漆黑一片，驚魂未定的陶德實在跟不上慈雨，又不知道自己究竟置身何處，不禁停下腳步，坐在原地放聲大哭了起來。他的哭聲驚嚇到四周圍的生物，紛紛發出各種怪聲怪叫，惹得才八歲的陶德哭得更大聲了。

「媽媽……我發誓再也不貪玩亂跑了，快來救救我——」

「媽媽……」

「媽媽……」

「喂！」慈雨神出鬼沒的突然在陶德前面出現，嚇得陶德又是一陣亂叫。慈雨大概是聽到陶德的哭聲才折回來找他的。

「閉嘴！為什麼你這麼愛大聲叫？聲響很容易會引起肉食性動物的注意和攻擊。喂！我從來沒有見過長得像你這樣的生物，你是那一族的？回答我，立刻！」慈雨高傲的對陶德說。陶德好不容易回過神，還有點抽咽的回話：「你幹嘛這麼兇？我才沒有亂叫哪！」陶德揩掉鼻水，清了清鼻子繼續說：「我也沒見過你。我不知道自己是那一族，可是我聽爸爸說原住民才有分很多族，我們是應該叫平地人。」

「什麼是『原住民』？『平地人』又是什麼？說明。」

「我也不曉得，等我回去問我爸爸再……」陶德話還沒有說完，低頭看到慈雨的腳，又尖叫了起來。

「還說你不會亂叫？真會說謊。」

「你的腳……」陶德指著慈雨羊腿也似、覆滿褐色鬃毛的獸腳，半晌說不出話來，倒是慈雨以為他要讚美自己，擺出一副自認優雅的姿態：「如何？很好看吧！我最自豪我的腿了，大家都說美得可以放在博物館裡展覽。」

陶德嚥下一口口水，驚訝無比的爆出一句話：「簡直像怪物！」

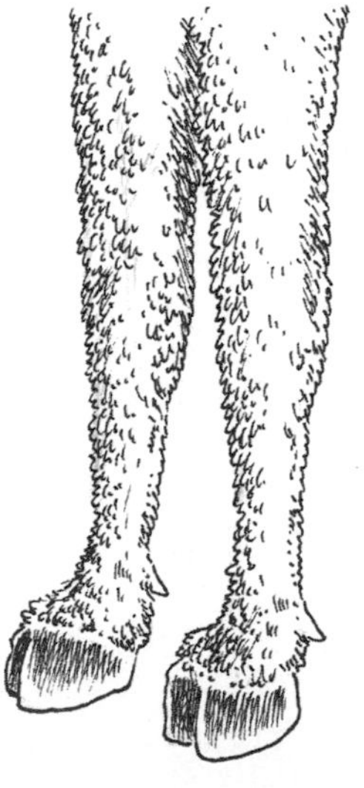
慈雨的腳

「啪！啪！」兩聲清脆的巴掌打在陶德臉上，熱辣辣的紅掌印迅速浮現，痛得陶德又哭了出來。慈雨臉色變得相當難看：「沒有禮貌！竟敢說我是怪物？你這隻低等生物，膽敢污辱高貴的仙精——你要知道，污辱仙精可是重罪，我可以把你抓去餵獸亞，立刻！」

陶德抓狂了：「你幹嘛打我？你這個臭妖怪！」

「打你兩掌算是小小的懲罰，念在你曾經救過我的份上。下次再犯，絕不輕饒。」慈雨生氣的斥責陶德，不過他並沒有對陶德罵他「妖怪」的話做回應，不是慈雨真的仁慈不計較，而是他聽不懂——仙精的詞彙中，沒有「妖怪」這個名詞，慈雨為掩飾自己的尷尬，故意裝做很寬大——看來貴如仙精也有尋常的性情。

「既然知道我是救命恩人，就不該動手打人……我爸爸媽媽都沒有打過我，你竟然敢打我……死豬頭！」陶德撫著發燙的臉頰，滿腹委屈的嘟囔。

「死豬頭？那是做什麼用的？——算了，低等生物的話一定很鄙俗，不知道也罷。」慈雨看看天已經快亮了，拎起皮囊袋便朝著康闊森林主林的方向走去。

陶德哭勢漸歇，第六顆月亮昇起，天色也開始微亮，他終於看清楚自己是身在一個陌生的荒野上，沒有一種花草樹木是見過的，連鳥獸都長得怪模怪樣，唯一會說話的人卻像隻神話故事裡才有的幻想生物，這裡到底是哪裡？陶德整個人都傻了，也不曉得是否在做夢？可是剛才慈雨打的兩巴掌，痛得結結實實，不像是在夢中；如果這一切是真的，又是怎麼樣的真實世界呢？似乎只有跟著慈雨才能解開這所有的謎團。

他看著慈雨遠去的身影，並不像兇惡的野獸，雖然他真的很兇：「說不定他是怪博士做出來的失敗變種人，其實他原本是個人，嗯！一定是這樣。所以他會像神經病一樣兇巴巴的還亂打人，絕對錯不了。」陶德說服了自己，摸摸比較不痛了的腮幫子，起身快步奔跑，跟在慈雨後面。

慈雨聽到後面有腳步聲，回頭看到是陶德，生氣的對他說：「嘿！低等生物，不許跟著我！雖然你會說話，還是一隻低等生物，走開！」慈雨沒好氣的說完話，繼續自顧自的往前走。

陶德不死心，厚著臉皮靠近慈雨的身旁說：「我不是低等生物，我是人類。我先自我介紹，我的名字叫陶德，住在彩虹市東區的彩虹社區，現在唸彩虹小學二年五班十一號。」慈雨抬起下巴，正眼也不瞧他一下，不屑的哼出聲：「你說你叫什麼？『討打』嗎？真低俗！低等生物！離我遠一點，立刻！」

陶德一邊喘氣一邊說話：「是陶德，陶淵明的陶，道德的德，陶——德——，懂了嗎？」慈雨故意走得很快，想甩掉陶德，只不過他不願放棄，努力想趕上慈雨，繼續吃力的對慈雨說：「喂！你叫什麼名字？……你走慢一點嘛！我快跟不上了……」

「太沒禮貌了！這樣子問話，粗鄙無禮又不懂得尊敬——低等生物就是低等生物！」慈雨走得更快，下巴也抬得更高，無視陶德的叫喚。

「怎麼了？我說錯話了嗎？喂！」陶德用跑的也追不上，乾脆停下來大喊：「說我沒禮貌，你更沒禮貌，左一句低等生物、右一句低等生物，問你話也不回答，你又有多高等？自以為了不起。」陶德雙手支在膝蓋上，抬起頭來看慈雨，額頭上冒出豆大的汗珠，氣喘如牛。

慈雨停下腳步，沉默了一會兒，生氣的轉過身，遠遠的對著陶德大聲說：「我是小仙精慈雨，家住慈家莊園第五城堡區，高等仙精學校魔法研習營初段班，目前攻讀仙精太古歷史，我說完了。你太無禮，我命令你跟我鄭重的道歉，立刻！」慈雨臉色漲紅，嘟著嘴，等待陶德的回話。

「命令？你是總統還是國王？……『吃魚』……更奇怪的名字。」最後一句他刻意說得很小聲，慈雨聽到鐵定又會發脾氣。慈雨這一刻又不說話了，原因很簡單，「總統」、「國王」這種人類的詞彙他壓根兒沒聽過，所以他以不變應萬變，靜觀其變。陶德等氣平順，慢慢走向慈雨，而慈雨像尊雕像動也不動的站在原地，等陶德過去道歉。

他們站的地方是康闊森林主林外的闊葉矮叢樹林，這種樹的氣味很特殊，很像生的肉桂；葉子寬大肉厚，有大茴香的辛味，一般動物不會接近，只有少數幾種生物會在樹上築巢或以它為食物。這些動物裡有一種大小接近雉雞、叫做希里胡圖（CILI-HOTO）的鳥最令人印象深刻，倒不是因為牠們的名字，而是因為牠們舞動絢爛羽毛的姿態宛若飛天女神，舞姿相當優美；牠們還有得天獨厚、迷人的「歌聲」——牠們鳴叫的聲音就像唱歌一般有音律節奏，往往讓聽者如癡如醉，深深沉迷。

就在陶德走向慈雨的時候，四面八方忽然傳出天籟般的美妙歌聲，讓陶德不禁放慢腳步，四處尋找聲音的來源，接著四五隻希里胡圖鳥從矮叢樹後出現，不斷跳著曼妙的舞蹈，呈螺旋狀旋轉的七彩鳥羽，像催眠圈一樣，把陶德整個人迷得渾然忘我，臉上堆滿癡醉的笑容，眼睛都瞇成朦朧的一條縫，他徹頭徹尾被希里胡圖鳥迷惑了。

慈雨在聽到聲音時就已經警覺到是希里胡圖鳥在作怪，於是暗中對自己施了閉耳的法術，才不會被希里胡圖鳥的歌聲迷惑。仙精因為瞳孔有特殊的濾光功能，使人暈眩的舞蹈對仙精的作用不大。慈雨緊緊盯著這群鳥類，準備防範隨時可能爆發的衝突。陶德已經失去自主能力，慈雨只能在一旁繼續不動的警戒，避免不必要的舉動會刺激到希里胡圖鳥，反而危害到陶德。

在陶德腳邊有一隻剛從洞裡鑽出來覓食的波奇卡波地鼠（POCHI-CARPO），倒楣的被希里胡圖鳥給迷住，兩眼暈眩的隨著舞蹈左搖右晃，完全不知道自己即將成為別人的早餐。陶德也好不到那裡去，全身軟綿綿的像海藻般飄動，跳舞的那幾隻希里胡圖鳥繼續舞動牠們的羽毛，這時更多的希里胡圖鳥出現了。平常希里胡圖鳥的羽毛是垂下來的，當牠們沒用羽毛遮住的鳥臉露出來時，我們真希望沒看到這一張張超級醜惡的臉——牠們的頭像禿鷹和拔光毛的雞頭組合，眼睛全部長在額頭前面，圓圓綠綠的大約有七八顆之多，又粗糙又堅硬的大鳥嘴上頭，長滿了寄生蟲和角瘤，嘴裡亂七八糟的尖牙陰森嚇人，如此醜陋的頭臉，不敢相信這麼鮮艷的羽毛是從這傢伙身上長出來的，還有天籟般的歌聲，簡直是「歌劇魅影」的野生動物翻版。

這幾隻負責獵殺的希里胡圖鳥謹慎的壓低身體，緩緩靠近陶德。說來諷刺，希里胡圖鳥可不只是狩獵者，有時候反而會變成被獵者的角色，許多獵人為了得到牠們身上美麗的羽毛，常常會假裝被催眠，誘騙牠們接近再一舉成擒，希里胡圖鳥羽毛在黑市裡可以賣到非常高的價錢，所以才會有這麼多獵人願意冒險。其中一隻較老的希里胡圖鳥有過從獵人手中逃脫的經驗，所以由牠去判斷獵物是否是偽裝的。慈雨的偽裝一下子就被識破，本來仙精在場牠們是不敢獵殺動物的，但是牠發現陶德已經被深度迷惑，況且牠們已經三天沒捕到獵物，於是決定不顧一切放手一搏，立刻以迅雷不及掩耳的速度衝向陶德，其他同夥見狀也一擁而上，情勢十萬火急！

希里胡圖鳥的突襲固然快如閃電，但是人外有人、天外有天，總是會遇到剋星的。慈雨早在被牠們識破偽裝時就已拉出長弓，搭上兩枝黑雪鷹翎毛箭瞄準攻擊陶德的希里胡圖鳥，牠們才剛發動攻擊，咻——咻——兩聲，就見四隻希里胡圖鳥應聲倒地，驚得後面的同夥趕忙緊急煞車，跟著跳舞的一起尖叫逃散。陶德和小地鼠恢復了意識，還搞不清楚怎麼回事，也不知道被慈雨救了一命，就被前頭倒下的四隻希里胡圖鳥嚇了一大跳：「這……這是什麼東西？哇塞！牠長得好噁爛！我從沒看過這麼醜的臉……」

波奇卡波地鼠

慈雨走過去撿起他的箭，用鳥羽擦掉血跡再插回箭筒，並且把弓掛回背上。慈雨輕輕踢了踢老希里胡圖鳥，可是牠沒有反應，就像是死了一樣。陶德擔心的問：「這些東西，你殺死牠們了嗎？」

「別裝死了！我只有射中你們的眼睛！真大膽！竟敢在仙精面前展開獵殺……起來！我命令你

起來！立刻！」慈雨厲聲對牠們說話，一邊加重了腳踢的力道再狠狠的踹下去。

「又是命令，他以為他是誰？皇帝嗎？」陶德心裡很不以為然，但是那幾隻希里胡圖鳥卻真的起來了，而且都跪拜在慈雨面前，這幅景象讓陶德很震驚，他訝異這些滿嘴尖牙的野獸居然會怕並不強壯的慈雨?!他們彷彿在用某種語言交談，講了一會兒，就見希里胡圖鳥很卑躬屈膝的倒著退回樹後，然後撲拍翅膀從容的飛走。陶德看得目瞪口呆，等希里胡圖鳥飛遠了，他馬上擋在慈雨前面，眼睛閃爍光芒、充滿崇拜的問道：「你是怎麼辦到的？真是太神奇了！」

「這不算什麼，因為我是仙精。」慈雨故做鎮定，可是他的嘴角揚起一抹驕傲的微笑。

「那些怪鳥，你跟牠們在說什麼？我一句也聽不懂耶！」

「你是說希里胡圖鳥嗎？噢！是的，牠們跟我求饒，因為牠們已經三天沒有東西可吃，巢穴裡還有幼雛鳥要餵養，不得已才會冒犯。我見牠們有苦衷而且謙悔，所以赦免牠們冒瀆之罪，當場釋放牠們。」

「嗯……好像很嚴重的樣子。」這下換陶德聽不太懂了，不過他了解這件事情非比尋常，而且可以確定慈雨絕非普通角色：「可能是富有的博士拿自己做實驗，結果失敗了就變成這個模樣，可是大家還認得他、尊敬他……」陶德又在編故事說服自己，他真懂得幻想。

慈雨不想說剛剛的事情給陶德聽，正打算要走，想到什麼又回過頭來：「你忘了道歉。」陶德不甘願的道了歉，低頭就看到那隻差點跟他一塊命喪鳥嘴的小地鼠，還神智不清的在頭暈，走也走不穩。陶德抱起這隻小傢伙，高興的對慈雨說：「嘿！你看，這隻小東西好可愛唷！」說完還把牠靠在臉上摩一下，柔軟溫香弄得陶德好舒服。

「勸你最好別親近牠，波奇卡波地鼠是很可怕的。」慈雨冷冷的回話，陶德不懂他的意思，繼續追問他：「為什麼？牠會咬人嗎？還是有傳染病？」慈雨用鼻子冷笑了一聲：「咬人？波奇卡波地鼠是我看過最溫馴的動物，也很聰明，是相當好的『伴物』。」

「是寵物吧！怎麼叫『伴物』？」慈雨白了他一眼，但是沒有反駁。陶德摸了摸鼻子，斜睨著慈雨：「你又怎麼知道牠可怕？你養過嗎？」

「我養過。等你發覺可怕的時候，已經太遲了。」慈雨說的語氣很冷漠，聽得陶德直納悶：「真的嗎？怎麼看都不像耶……」陶德懷疑歸懷疑，還是把小地鼠放進上衣口袋裡。

慈雨話鋒一轉，詰問陶德：「兩個問題：第一，這裡到處都有掠食者出沒，你沒帶武器也沒帶寶囊，你怎麼敢走進來？第二，你到康闊森林做什麼？你既不是仙精，也不像是來找海馬龍的，你要來找什麼？」

「我也不知道為什麼會來到這裡，早上被野狗追，然後……」陶德把他早上的經歷從頭到尾敘述給慈雨聽，慈雨聽得津津有味，覺得相當新奇，便拉著他走到最近的貴族樹下休息，甚至請他喝皮優皮優樹果汁。果汁雖然滋味甜美，不過慈雨是用旁邊摘下來空的米蜂巢盛給陶德，他喝起來覺得帶有奇怪的青椒味。小地鼠聞到味道也探出頭來要喝，陶德用手指沾了幾滴餵牠，然後牠就滿足的縮回口袋裡。

「……事情就是這樣子，我自己也不曉得發生了什麼事。更糟的是，我不知道怎麼回去，說不定永遠也回不去了……」陶德話說完，眼睛溼溼的，正要喝點果汁才發現已經空了，慈雨熱絡的幫他再斟一杯，興奮不已的說：「你的心情我能體會——所以你是來自叫做『地球』的地方囉？哇，真奇妙！難怪你不知道禮儀，原來你是另一個世界來的。我曾經在書上看過有關地球的記載，不過資料不多。歷史上從沒有地球人來到仙境王國的記載，說不定你是第一人——但是你長得不太像地球人，我必須先確定才行。書裡面有地球人的模型，我來找看看。」慈雨從皮囊袋裡掏出一個很袖珍的書本，陶德看到不免問上一句：「這本書好小喔！做什麼用的？」

「你沒看過書嗎？」慈雨邊說邊解開小書上纏得十分雜亂的繩子，陶德有點不服的說：「當然看過，我看過很多書，像《三隻小豬》、《虎姑婆》、《小王子》這些我都看過好幾遍，不要看不起人！」慈雨沒搭理陶德，努力的解開繩子，不久，他終於打開了：

「好！書精靈，我命令你出現在我面前！」

小書像折起來的毯子被層層攤開，十分神奇的愈變愈大，最後大到有四張報紙這麼大才停止，它像一張厚厚的牛皮，飄浮在慈雨面前，旁邊還繞著詭異的藍煙。張大嘴巴還來不及開口的陶德，馬上又被一隻從書中飛馳而出的螢光綠色小東西嚇得說不出話。那隻性急的小東西是這「隻」書的導引小精靈，為什麼用「隻」來當單位？因為這「隻」書是活的，是不折不扣的生物。這種原本稱做折疊蟲的生物，因為具有可以容納保存龐大知識和能縮小體積到火柴盒大小的優點，所以被仙精選來豢養，當做隨身的智囊寶庫；而仙精想要保存的資料必須「灌」到一種隨處可見的記憶蟲身上，並且立刻餵給折疊蟲吃，這樣牠才能消化保存在肚子裡，隨時提供給仙精查詢。慈雨看出陶德的驚訝，笑著說：「在仙境王國裡，利用自然界的東西還多得很，以後你就會知道。在這裡，令人驚奇的事是數不完的。」

「哇……酷斃了……但是，你要怎麼用？」

「精靈，查『地球』的相關資料。」精靈飛快的在書上穿梭，把一根一根像烤焦的臘腸的東西排在慈雨眼前，排了六根，然後它停在書的一角，不安份的一直在晃動。

「這是什麼東東？怎麼髒髒的？」

「這是記憶蟲的乾屍。」原本用手想摸看看的陶德，聽慈雨一說馬上縮回了手，慈雨眼帶輕蔑的繼續說：「它也是保存知識的地方。嗯，我找找看……有了，『地球人』……精靈，打開！」就見精靈興奮的拉開蟲肚子，熟練靈巧的掏出略帶金黃色的汁液，塗抹在空無一物的空氣中，滴下的汁液逐漸形成一個粗略的人型，接著精靈繼續快速的雕出細節，完成後，旁邊浮現出仙精的文字解說。

「這就是你們說的『地球人』嗎？哈哈哈……真是笑死我了！難怪你不認識我是那裡來的，那個是……哈哈哈……」陶德笑得彎下了腰，笑得上氣不接下氣。慈雨漲紅了臉，憤怒的說：「放肆！那是我的祖先傳下來的知識，不准你這樣笑，住口！」

陶德收斂一些笑意，走近雕像旁好讓慈雨能夠比對：那個雕像前額扁窄、眉脊高聳寬厚、下顎突出，鼻子又大又塌，嘴唇厚得像兩根熱狗，頭髮散亂，皮膚粗糙，和陶德的外型有顯著的不同。那個雕像描述的應該是……

「通常我們叫他『原始人』。」陶德強忍笑意，憋得很辛苦的說出來。

「不論如何，這份資料顯示是六十六萬年前建立的，資料只是過期需要更新，是的。但是你不能說這個模型不是地球人吧？不是嗎？好，既然你沒有提出異議，這就證明我的祖先並沒有弄錯，而我，也沒有記錯。」慈雨鎮靜的自問自答，說得陶德插不上嘴，無趣的擦擦鼻子、搓搓手，不知道怎麼樣接下去。

精靈把原始人雕像揉成球狀，塞回原來的地方。慈雨命令精靈拉開另一根乾屍……嗯……記憶蟲，裡面裝的是金字塔的資料，慈雨說：「早期地球文明極度落後，所以這幾萬年來，成為古代仙精前往實習的熱門地區。因此我們對於往來地球的路徑很清楚，你不用擔心回不去，只要等我的任務完成，就可以送你回家。我以仙精的榮譽保證。」聽到這裡陶德放心多了，感激的看著慈雨。慈雨嚴肅的點點頭，繼續說：「部份地球人的建築是仙精協助建造的，像這座在沙漠裡的『角錐型死者收納建築』，採用石頭切割堆積而成，用來收納地球人的屍骸，是我父親慈瑪四千五百年前攻讀建築高段班的畢業習作。根據資料顯示，他是和一個叫『酷斧』的地球人合作建造的。」陶德聽到這裡不禁懷疑起來：「真的假的？金字塔是你爸爸四千五百年前蓋的？你在開玩笑嗎？」

「我們的長輩不會辱了仙精的品格，這記載千真萬確、不容置疑，我沒有必要騙你。」

「屁啦！你拿什麼證明？」

「我爸爸在『角錐型死者收納建築』裡有留下簽名，若沒有簽名，監考院的大考察長是不會承認這項作品成績的。另外，請注意你的措詞。」慈雨已經有些不悅，從他逐漸加溫的臉色可以看出來。

「在哪裡？我怎麼沒看到？金字塔我看過一百次、一千次，哪裡有什麼你爸爸的簽名？噢！對了，我倒是曾經簽過，在我家的牆壁上，還被我爸爸禁足三天。我爸爸說金字塔是外星人蓋的，才不是什麼你爸爸蓋的咧！你騙人！」陶德很得意的大放厥辭，渾然不知自己將要大難臨頭。

「有！我爸爸真的有簽名！」慈雨要書精靈把資料調出來，忿忿的唸給陶德聽：「有了，在這裡……書上記載：簽名羊皮卷宗先放置於錦盒中，再將預置成通道形的石塊逐一推出，形成一條窄長的小通道；錦盒以繩索拖拉至定位鬆繩，兩端同樣以繩索繫住數道石門拖拉至定位後鬆繩阻隔，至此簽名盒便封存於通道內。其位於『角錐型死者收納建築』中央的『昆恩密室』附近。此舉不僅有結構上的實質保護意義，還有宣示優權的象徵價值——我的書上記載得清清楚楚，我才沒有騙人！你太失禮了，我命令你道歉，立刻！」慈雨已經在爆發的臨界點，只要再一些些刺激，肯定會有嚴重的衝突發生。

「我聽你在臭蓋！」這句挑釁的話一出，陶德才發覺慈雨已經氣得發抖，但是話已出口，後悔晚矣。

慈雨忍無可忍，激動的對陶德大吼：「沒禮貌的低等生物！停止你鄙俗的詞句，立刻！我說過，你再冒瀆仙精的名譽，我絕對不饒過你！」

遭到了慈雨的恫嚇，陶德覺得很委屈，囁嚅的低聲說：「我又不是在罵你，生什麼氣嘛？……愛生氣。」慈雨聽他嘀嘀咕咕的，又撂下狠話：「我命令你！從現在開始，不准說我聽不懂的詞語，絕對不准！只要我問話，就必須清楚回答，若有不從，把你推去餵獸亞，立刻！」氣燄嚇人的慈雨，跟陶德相比強弱立現，目前局勢對陶德不利，他自己也明白這一點，只好認命的低頭答應。

「現在我問你，『臭蓋』是什麼意思？正面的或是罵人的？你給我說明清楚，立刻！」原來慈雨聽不懂這句話，自尊心強烈和優越感作祟，他的反應過度也是意料中事。陶德一時忘形，又口無遮攔的說：「連這個都不懂？你實在是……」陶德瞥見慈雨瞪大雙眼怒視著他，立即識相的轉開話題：「我是說，我的意思是，『臭蓋』的意思是……是……」

慈雨不耐煩了，抽出短劍威嚇陶德：「你說是不說？」

陶德這一嚇非同小可，只見他發瘋似的尖叫不已：「我不會解釋啦！我才八歲而已，我怎麼會知道這麼多？我不是不說，我真的不會說……不會說……」陶德話剛說完，眼淚立刻決堤，忍不住號啕大哭起來。

「什麼？你才八歲？我以為你至少有三百歲了。」慈雨自知以大欺小理虧，羞愧的收起短劍，想說點什麼安慰話又拉不下這個臉，不知所措的慈雨只好耐著性子等陶德這小鬼頭哭完再說，一面多看些地球的資料打發時間。

小地鼠在陶德哭泣的時候，不斷跳上跳下逗陶德，模樣可愛又討人喜歡，好不容易陶德終於停止哭泣，坐在搖籃椅上不發一語。外頭的太陽曬乾了整個叢林的露水，氣溫也逐漸上升，再過兩小時就要到正午。慈雨記起長輩的警告：今天是恐怖的「直曬日」，中午將有超級熱浪來襲，必須趕緊找地方避曬。慈雨想拉起陶德，他不領情的甩開慈雨的手，耍起小孩子脾氣。慈雨又哄又騙還是不得其法，乾脆兩個人一起拗脾氣，背對背坐著不講話。

陶德肚子發出了聲音，他餓了，不過慈雨更餓，他連早餐都還沒吃呢！陶德摸到口袋鼓鼓的，裡面有兩條媽媽塞給他的牛奶巧克力棒，經過這麼多波折居然沒弄丟，真是幸運！陶德拆開包裝，香濃的牛奶和甜膩的巧克力馬上散發誘人的味道，陶德趕快咬一口，再舔去嘴邊的巧克力屑，一臉滿足的表情；慈雨也聞到了，這香味比他曾經聞過的食物都要香，引起他強烈的饑餓感，很想跟陶德分一塊來解嘴饞。慈雨雖然六〇二歲，其實跟人類相比，他只不過等於六歲大而已，跟一般孩子沒有兩樣，孩子氣還很重，看到食物就不自主的想吃，尤其現在誘惑他的是撒旦的美味——巧克力，絕對當場棄械投降、無一倖免。

陶德看慈雨瞧得直吞口水，於是大方的拆開另一條遞給慈雨，剛開始慈雨還假做矜持，但陶德不斷在他前面遞送誘惑，慈雨才接受下來。慈雨對著巧克力棒用力聞了一下，香味撲鼻，讓他全身舒暢的味道反而讓他懷疑：「這是什麼食物？好特別的香味——等一等，長輩說太香太好吃的東西有可能是劇毒的陷阱——這東西真的能吃嗎？」

面對慈雨無聊的問題，陶德用吃了滿嘴巧克力的吃相代替回答，當然他的新朋友小地鼠也吃得滿手滿臉。慈雨謹慎小心的輕輕舔一下，溫潤的巧克力瞬間溶了他的舌尖，馬上讓味蕾活起來，使慈雨不由自主的一口接一口，愈吃愈大口，才一下子就吃光了，他還不顧形象的舔著包裝紙上殘留的巧克力渣。不愧是撒旦的誘惑，甜蜜的魅力就算貴如仙精也無法抵擋。

「喔……真是太美味了！這是什麼？快說明。」慈雨聞著留在手上的香甜，不停的回味。

「這叫『巧克力』，地球的人都很喜歡吃。」

「這麼難得的極致美味，想必是很難找到吧！」

「不會呀！在我們社區路口的便利超商就有賣，不過有點貴，一條十五元，要花我一天的零用錢才買得起。」陶德天真的說，慈雨則聽得滿頭霧水，他只聽得懂這東西『有點貴』，於是他自己下結論：「地球有一種昂貴的食物稱做『小顆粒』，味美甜蜜，略帶輕微焦苦，氣味卻十分協調。『小顆粒』是地球特有的人工物，因為昂貴，所以推斷是稀有食品，應不多見。」慈雨說完就向著地上東看西看，好像在找什麼，陶德好奇的問：「你掉了什麼東西嗎？要不要我幫忙？」

「啊哈！找到了。」慈雨從草地上抓起一隻白白皺皺的……醜陋的肥蟲，陶德專注的看看慈雨到底要做什麼。接下來慈雨做了一件差點讓陶德昏倒的事：他把肥蟲抓到嘴邊，對著蟲嘴用力的吹氣進去，然後丟到嘴裡用力咀嚼！更噁的是他把咬成一團的蟲拉出來，用手揉搓成條狀！這時他喊了一聲：「書精靈，收走！」就看見書精靈快速的接走這個噁心的蟲，並且向書丟過去，書的中間很快的裂出一個窟窿，一口就吞掉這隻蟲。

「你在做什麼呀？真可怕！」陶德覺得嫌惡到了極點，不自在得全身發癢，剛吃下去的巧克力也噁得差點吐出來。

「我『灌』知識到記憶蟲身上，好把『小顆粒』記錄到書裡面。」慈雨說得十分自然，一點都不以為意。原來那隻「得了巨人症的蛆」就是記憶蟲（長得實在不討人喜歡），記得之前說過仙精保存資料必須用『灌』的嗎？你看他先把資料唸完，再抓隻記憶蟲來把剛說的話『灌』進牠的肚子……與其說是『灌』知識進去，不如說是『吹』知識進去比較貼切。

……

太陽愈來愈靠近中天，亮度也逐漸增強，坐在貴族樹蔭下，陶德還熱得滿身汗，更不用說被太陽直射到會有多熱了。地面上逐漸泛起熱氣，四周的花草植物慢慢縮成一團，準備熱浪到來時能保住寶貴的水份。

「糟了！再不走會來不及。」慈雨察覺到異狀，趕緊叫書折起來，一邊跟陶德說明直曬日的危險，一邊笨拙又粗暴的用繩子把書五花大綁。書畢竟是生物，那經得起這種折磨？聽得出來牠的呻吟很壓抑，也明白慈雨真的綁得牠很疼。慈雨一圈又一圈的綑，半天沒有打出一個結來，而繩子已經交纏錯亂——講明白點，慈雨根本是亂綑一通，毫無章法可言，難怪他解開書要花這麼多時間。陶德看不下去，小聲問道：「書為什麼要綁繩子？」

「因為書常常會睡著，一睡著就會控制不住攤開來，睡相不好。」慈雨仍然繼續努力的纏繞，繩子似乎太長了。

「那……牠攤開的力量很大嗎？」

「不大。為什麼這樣問？」

「既然這樣，不是綁兩圈、打個蝴蝶結就行了嗎？」

慈雨抬起頭，不明白的看著陶德，手上的動作也停了：「你有更好的方法嗎？」

「至少比你這樣繞省很多時間，要拆也比較好拆。」

「地球人！若是沒有比仙精主人更會綁，請饒過我，我只是一隻年邁的……書蟲，請不要再傷害我。」書在這個時候說話，嚇得陶德向後退了兩步。慈雨斥責了書，粗魯的扯開糾纏的繩子，然後轉身交給陶德：「仙精的用品大多會說話，你莫要驚訝。仙精律法規定：用品的發言必須受到嚴格的限制。你不用理會牠的話，用你講的方法試給我看。」

陶德接過書來，對著書不好意思的說：「對不起！害你挨罵。」可是書這回噤若寒蟬，不敢應話了。陶德熟練的綁著，一下子就綁好了，而繩子還有好長一截沒有用到。慈雨看得目瞪口呆，拿過去前前後後仔細觀察，還是看不懂訣竅在哪裡。

「噢！我敬愛的地球人先生，這樣綁竟一絲疼痛都沒有，真是太美妙了！」書忍不住欣喜驚呼出聲，惹得慈雨再次斥喝：「住口！膽敢如此無禮又放肆！」

「屬下惶恐，主人請息怒，屬下一時口快，請主人恕罪！」

慈雨和書一段主僕應答，好像古裝戲裡的對白，讓陶德隱約感受到不平等的氣氛，他想的並不是像「奴僕待遇」這麼複雜的問題，他只有一個疑問：「為什麼大家都這麼怕仙精？連蝴蝶結都不會打，到底有什麼好怕的？」

「這真是歷史性的大發現！」慈雨訓完書之後，拿著打好結的書過來：「困擾我們五百萬年的麻煩，竟然在你手上解決了！這真是太不可思議了！雖然你有些地方表現俚俗，沒想到你竟擁有我們未知的知識……太不可思議了！」

「太誇張了吧?!這種事很多小學生都會。」

地面開始龜裂，溫度直線上昇，植物整個縮到最小，還是阻止不了水份被蒸發。陶德愈來愈熱，汗流浹背的他覺得非常口渴，但是果汁已經喝完，他必須趕快補充水份，否則這麼快速的流失，將會有脫水的危險。慈雨的臉上一滴汗也沒有，他雖然奇怪陶德流汗的樣子，但是情勢急迫得不容許他再浪費時間，慈雨摘下貴族樹的大葉子包裹住身體，也叫陶德照著做，然後快步離開貴族樹。太陽赤毒，地上一些脆弱來不及跑的小動物，一隻隻被曬死，看得陶德觸目驚心，不過他自己也被熱得頭暈目眩，幾乎要休克了。走了幾十公尺，他支撐不住的跪下去，慈雨趕緊跑過來察看，奮力將他拖到一棵矮叢樹有限的陰影下。只見他嘴唇乾燥，臉色泛白，呼吸變得急促，而且流汗停止了，這是典型的中暑症狀。不會流汗的仙精根本不懂這種狀況的急救，慈雨束手無策，急得像熱浪中的慈雨……噢！不，是熱鍋上的螞蟻。

「水……我想喝水……」陶德半昏迷的求救，慈雨卻沒有半滴水可以給他，情況非常危急。就在此時，小地鼠爬出口袋，鑽進了慈雨的皮囊袋，這麼冒犯的舉動，氣得慈雨當場拉開袋子要抓小地鼠，但是當他看到小地鼠扒在一只米蜂巢外的時候，他笑了：「你是要告訴我有這個東西嗎？小傢伙。」慈雨把米蜂巢的封口用短劍削開，立即有汁液流出，小地鼠趁機喝了幾口，並且發出嘰嘰吱吱的聲音，像是催促慈雨趕快餵給陶德喝。這是綠光野豬爸爸送給慈雨的漿果泥，果泥沉澱後，上頭全是漿果汁，正好可以給陶德喝。這些漿果不僅可以補充水份，還有特殊的物質可以恢復體力、減低疼痛，是仙精野外求生的必需品。慈雨當時太大意，忘記多採一些備用，幸好綠光野豬送給他一些，否則現在就救不了陶德了。

慈雨餵陶德喝下漿果汁，果然他的臉色就逐漸恢復紅潤。不一會兒他的體力恢復大半，便自己拿著米蜂巢喝，咕嚕咕嚕三兩口就喝光了：「我覺得好多了，謝謝。不過，為什麼這裡的果汁都有奇怪的青椒味？」

「沒時間了，趁你還有體力快走吧！你若這樣再來一次，我可沒有果汁給你了。」慈雨用催促他動身的話轉移他的注意，其實他是不願意告訴陶德，果汁本身並沒有問題，會有怪味是米蜂巢裡面的味道，而這個味道來自於米蜂留下的排泄物——雖然米蜂只喝花草汁維生——還是別告訴他的好。

大概走了十五分鐘，陶德的汗又快流乾了，悶在貴族樹葉裡像洗三溫暖，熱得他一直問到了沒有、還有多遠之類的問題，慈雨倒是很有耐心的每問必答。終於，慈雨主動開口了：「找到了！就是這裡。」只見慈雨拿出短劍在一朵像靈芝的東西下面刨挖，不一會兒功夫，那東西的根部就裂開一個大洞，大得可以讓他們爬進去。慈雨脫掉樹葉迅速的鑽下去，然後他在裡面叫陶德也趕快下去。陶德一脫下樹葉，灼燙的熱浪立即炙紅他的皮膚，痛得他亂跳到洞口用倒栽蔥的方式跌下洞去。慈雨動作極快的封好洞口，確定已經阻擋了熱浪的侵入之後，他才坐下來和陶德說話：「真是驚險！再晚一點如果還待在外面，不用多久，我們就要變成烤肉了。」

慈雨說得沒錯，太陽剛好在天空正中央，地面熱得像個天然大烤盤，地表上的花草變成超大盤的燙青菜；沒有防備的生物全都被烤焦，之前倒地的小型生物此刻更是燃燒了起來；到處都有水份被蒸發的嘶嘶聲，四面八方的海市蜃樓在熱氣中飄搖；矮叢樹的葉子被燙熟，樹液被根部緊急吸收，樹幹則因為急速乾燥而爆裂，整座闊葉矮叢樹林像過年放鞭炮似的，爆裂聲此起彼落；空氣中交雜各種燒焦味，大地陷入高溫死亡的絕境，一片恐怖的熱浪地獄景象，看了令人戰慄不已。

「這裡是野外唯一能夠躲避熱浪的地方，這種植物叫『卡卡』（CACA），伸出地面的硬化枝葉又小又少，所以很難發現。它的根——就是我們現在站的這裡——寬闊陰涼，原本是它雨季時貯藏雨水用的水槽，現在是旱季，所以裡面通常是空的。它的根壁飽含水份，你只要刮一下根壁，就會有樹汁流出來。」慈雨用法術召喚出螢火球精靈，將四周照亮。早晨陶德也有看過這綠光球，好奇的用手去觸摸，冰冰涼涼，很像稀釋過的果凍。慈雨刮了樹壁一道，樹汁果然汩汩流下，他以手盛接並就口喝了幾口，示意陶德也來喝，陶德學他的動作喝上一口，覺得很像去泰國喝的椰子汁，就是多了一些說不上來的澀味，不過現在只要能止渴就好，他也不挑剔的喝到夠才歇手。兩個人面對面坐下來，

空間還不會太擠，對坐也不會碰到彼此的腳。慈雨拿出硬莓餅分給陶德：「雖然比不上『小顆粒』美味，但是很耐飽，半塊就能吃得飽，試試看！」

「謝謝！」陶德接過來，聞一聞味道還不差，便咬了一口，哇！真夠硬，難怪耐飽。「我們要待在這裡多久？」

「大約三個小時左右。反正沒什麼事可做，就請你多告訴我一些地球的事情，好嗎？」慈雨突然一改高傲的態勢，讓陶德覺得意外。慈雨拿出綁好的書，對陶德晃了晃：「首先，先教會我這項技術。」

……

兩人就在微光裡，熱烈的展開「蝴蝶結」教學課程，完全忘記外面致命的熱浪正在無情的塗炭生靈。

第三章　搜索

怪老頭的意外線索

※　※　※　※　※

地球，星期四下午一點。

大批警察動員前往彩虹社區，在後山坡地展開地毯式搜索，許多義警和熱心的鄰居也加入搜索的行列。他們在老榕樹旁的破土地廟找到陶德被咬破的書包，現場還有雜亂的狗腳印，初步判定是遭到野狗攻擊，依據現場並沒有發現血跡這點來看，陶德可能沒有受傷，存活的機率也非常大。但是警方也不排除遭人綁架的可能，只不過一直都沒有接獲所謂綁匪的電話，並不符合綁架勒贖的犯罪常理，所以他們研判綁架的可能性並不高。負責這次行動的彩虹分局副局長將這個判斷轉告陶德的父母，要他們安下心來等待救援的結果，並研判陶德應該不會離開太遠——警察的研判很合理，但是在不合常理的事件中，他們的合理往往顯得荒謬至極。可是若沒有荒謬的警方，就無法查獲不合常理的犯罪，所以警方還是……繼續荒謬好了。（要是他們一下子就查出真相，寫小說的也沒戲唱了。）

陶德的媽媽抱著兩歲大的女兒陶玲，憂心忡忡的站在客廳落地窗邊，看著外頭忙碌的搜救行動進行。她是個賢淑傳統的南部人，說話有一種好聽的口音；眼尾隱喻了她的年齡，身材就同年齡來說算保養得相當好，身上名貴的衣著說明了環境的優渥，她的名字叫做連恩。她的丈夫在市政府擔任重要公職，準時上下班，沒有加班應酬的壓力，天天回家吃晚飯，假日還會帶孩子去玩具反斗城、看電影，他的名字是陶樂仕。他剛剛和住在南部鄉下的岳父通完電話，他不敢說他們的外孫失蹤了，匆匆掛上電話，走到連恩的身邊摟著她，輕聲的說：「陶德是個大孩子了，他會沒事的。」

電話鈴聲驀地響起，連恩把陶玲交給陶樂仕，忐忑不安的過去拿起話筒，聽到是學校老師打來關切的，她的心情是一陣失望又一陣心安。

「金老師您好。」

「陶德找到了沒？」

「嗯……警方還在找。」

「希望陶德沒事，同學們知道了都很焦急。」

「謝謝您的關心，麻煩老師代為轉達，請同學們專心上課，陶德一定會平安回來的。」

「但願如此。對了，同學們說想到你家致意，不知道方不方便？就是今天放學後。」

「不用麻煩了！何必勞煩大家……」

「快別這麼說。彩虹市很少有大事發生，其實我也很想過去了解，哇！好刺激……噢！不，我的意思是，想過去表示一下慰問之意……」

「您太客氣了，真的不用……」

「不！我堅持，就今天下午四點吧！不見不散。」

「金老師……」

還沒等連恩說完，金老師已經收線了。連恩掛上電話，思緒變得更複雜。

忽然有人按電鈴，爸爸快步去應門，是一位個子矮小、戴著黑框眼鏡的鄰居，他神色緊張的說警方找到一具屍體，要他們趕快過去一下，說完他就匆匆離開了。陶氏夫婦心頭一緊，強忍悲傷的穿上外出服，並且把陶玲託給隔壁寡居的柯琳娜老婆婆，就朝搜索區的方向走去。陶樂仕安慰著連恩說：「先不要緊張，也許史大麟又弄錯了，他不是常常傳錯話……」可是她的眼睛早已滿潮，淚水隨著她的奔跑，向後飛出一道又一道的弧線。

搜索區的人看到陶氏夫婦都跟他們致意，嚇壞了這對飽受煎熬的夫妻，覺得事情不妙，連恩還一度幾乎要暈倒，幸好陶樂仕及時扶住她，就這樣攙著她走到眾人口中的「事發現場」。副局長和幾位警員還有捕狗隊的人站在一旁，地上躺著一具屍體——一隻母狗。

「這是怎麼回事？你們最好給我一個好理由。」陶樂仕有種受騙的感覺，語氣激動的問著副局長。

「陶先生，我們發現這隻母狗一直對搜索的人吠叫，態勢兇惡，所以就找來捕狗隊處理。沒想到這畜生見人就咬，我們一位同仁被牠咬住小腿不放，情急之下用警棍重擊牠的頭部才脫困，這畜生也因此魂歸西天了。」副局長說完，便拿起手中的大亨堡咬一大口，蕃茄醬從麵包縫滴到他筆挺的制服上，他氣急敗壞的拿出手帕擦拭，對著陶氏夫婦說：「抱歉！我要去清理一下——阿寶老是記不住，我要的是芥末醬，而他總是幫我加蕃茄醬。容我先行告退。該死的蕃茄醬，噢！我的新制服弄髒了……」副局長一邊自言自語一邊擦拭衣服的離開，那樣子不禁讓人懷疑他指揮行動的能力，有種不牢靠的感覺。

「你們打死一隻母狗，就差了史大麟通知我來『認屍』？」陶樂仕不高興的問著其他在場的人，一位警員向他解釋：「不是這樣的，請聽我說明。我們比對過這隻狗的牙齒，發現跟令郎書包上的咬痕吻合，因此判斷應該是這隻狗攻擊令郎。」

「然後？」

「所以我們以為您會很想看到兇手，而且已經當場擊斃，為令郎報了仇……」

「就這樣？」陶樂仕不敢置信的瞪大雙眼，對著幾位警員大叫：「我的老天！看在我們同一個大老闆的份上，請您幫個忙，做您該做的事。我不想找什麼兇手，也從未講過要報仇的話，我只要我的兒子平安回來，其他的我都不要，聽好，都不要！您要是有時間，麻煩您快點把我兒子找到，然後告訴我們好消息，謝謝您的幫忙，再見！」陶樂仕忿然的說完話，牽著連恩的手離開現場。連恩雖然鬆了一口氣，但是她又擔心起陶德的安危，和剛剛失去媽媽的小狗。

「真是太離譜了！差些被這幫人嚇出心臟病來。」陶樂仕和連恩慢慢往回家的路上走著，陶樂仕怒火稍減，這才歉然的對連恩說：「親愛的，剛才嚇到妳了嗎？若是，我跟妳道歉。我只是太生氣這幫人，不曉得他們是怎麼辦事的。」

「我能了解，親愛的。」連恩靠在陶樂仕的肩上，挽著他的手臂，幽幽的說出她的煩惱：「我們的孩子到底在哪裡呢？現在已經過中午了，他不知道有沒有東西吃？或者掉到什麼地方出不來，正在哭著呼救？還是……」

「別再說了，親愛的。才剛剛被那幫人嚇過，妳就別再嚇自己了。我們的小陶德福大命大，他不會有事的，我保證。」陶樂仕拿出手帕給她擦眼淚，然後嘆了一口氣，他的心裡其實也沒底，說這些話不僅是安慰連恩，也是安慰自己。

兩人走到家門前的草地時，隔壁柯琳娜老婆婆就抱著睡著的陶玲跑出來，其他鄰居也陸續過來關切，連恩的淚珠忍不住又落了下來。

太陽被輕輕慢慢移動的雲遮住，耀眼光芒隱藏在雲裡，在白雲上鑲出光透的金邊。

※　※　※　※　※

躲在卡卡根裡的慈雨和陶德，正熱絡的交談著。慈雨終於學會怎麼打蝴蝶結，慈雨則教了陶德一種叫做巴拉巴的滾石頭遊戲，兩人就著微光玩得不亦樂乎，也互相交換兩個世界的點點滴滴，讓他們對於彼此的生活有更多了解。

「所以你現在必須馴服一匹海馬龍囉？」陶德一面收起石頭一面問慈雨，他們剛玩完一盤巴拉巴，陶德當然輸得很慘，所以他負責收拾東西，小地鼠也窩心的幫陶德整理。慈雨在根壁刮了一道，喝了幾口樹汁，側彎著腳坐下來：「如果沒有馴服海馬龍，就沒辦法離開康闊森林，那樣我們兩個都回不了家。」

「要怎樣才能抓到海馬龍？像牛仔用套索抓野馬一樣嗎？呦——荷！咿——哈！」陶德學著牛仔拋套索的動作，還學他們的吆喝聲。慈雨當然聽不懂，雖然陶德盡力的解釋，慈雨還是有聽沒有懂，他回話說：「雖然我不是很清楚牛仔的方法，但是跟馴服海馬龍應該是不同的。海馬龍身體裡特有的生物磁浮能力，讓牠能夠快速平穩的移動，所以仙精才會選擇海馬龍當座騎；海馬龍的智慧罕見的高，服從性又良好，可以隨時給仙精最佳的建議。這些倒不是獲選為仙精座騎的唯一原因，最重要的是海馬龍擁有極高的忠誠度，這對仙精很重要。」

「為什麼？」陶德喝了一些樹汁，坐下來擦擦嘴，隨口問著，結果慈雨即席發表『仙精的安全指導原則與海馬龍的忠誠法制』專題演講，整整說了二十分鐘還沒完沒了，聽得陶德呵欠連連，連小地鼠也耐不住的鑽進陶德的上衣口袋。仙精不會打呵欠，所以不了解呵欠的意義，還以為陶德不說話是聽得很專注，他也滔滔不絕、愈講愈起勁。慈雨接著說海馬龍的生態和生理解剖，陶德一點興趣也沒有，讓慈雨一個人唱獨角戲，說個痛快，時間也不知不覺過去了。

「嗯！算算時間，太陽應該已回到正常的距離，我們可以出發了。」慈雨把封口掀開一小縫，伸手指出去外面探探溫度，溫度不算高，應該可以在外頭活動了。他轉過頭叫喚陶德，陶德不曉得什麼時候睡著了，慈雨叫了好幾聲他才醒過來，連忙擦乾口水，驚惶惶的說：「什麼什麼？後來呢？」

「什麼後來？你頭昏了嗎？還是我說得太深奧，你沒辦法了解？要不要我再解釋清楚些給你聽？」

「喔，不！謝了，我已經清醒了，真的，你看，完全醒了！」

「那麼，我們還要趕路，動作快！」慈雨俐落的翻出卡卡根部，陶德卻怎麼也跳不出來，慈雨只好用力的拉他一把，還不忘消遣他：「地球人都像你一樣脆弱嗎？」

出了卡卡，放眼望去，整片矮叢樹林是一片淒慘景象：許多的矮叢樹被活活燙熟，更多的小株植物是燒得焦黑，草地已經變成乾菜園，地面被烤焦龜裂，滿地是小動物被燒成灰燼留下的焚燒痕跡，一些來不及逃生的大型動物七零八落的陳屍處處；焦濃的屍臭，狂暴的竄進陶德的肺，燥熱的空氣差點把他的肺熱爆，讓陶德拚命咳嗽，咳出來的竟然是黑濁的濃煙。他抬頭看到慈雨也是咳個不停，殘留的熱風從他臉上拂過，他難過的搗著嘴說：「聽長輩說過『直曬日』的可怕，沒想到竟然是這麼恐怖！」

陶德站起來，太陽還是很炙熱，曬得人有些頭暈。慈雨走在前面，往康闊森林主林的方向走過去，那些高聳的巨樹好像沒有受熱浪太大的影響，還是非常青蔥蓊鬱。陶德往身後看，刺藤樹的邊界到處冒著蒸氣，看來也受到熱浪所傷，只是情況沒那麼嚴重。看到熱浪這麼驚人的威力，陶德不禁問道：「『直曬日』到底是什麼？常常會發生嗎？」

「我之前有跟你說過，你忘記了嗎？」慈雨沒有回頭，他一心只想快些離開這片地獄。

「有嗎？我不記得了耶！別那麼小氣嘛！再說一遍就好。」

「什麼是『小氣』？說明。」慈雨依然是很酷的沒有回頭，簡單扼要的問陶德。

「小氣，嗯……就是不夠大方。」

「什麼是『大方』？說明。」

「就是……很慷慨，對。」

「什麼是『慷慨』？說明。」

「慷慨……慷慨……哎呀！我才八歲耶！我不會解釋，你不要像在考試一樣說話好不好？聽起來很討厭。」陶德一路回答還邊找可以遮陽的好樹葉，東找找西看看，終於給他找到一張看來順眼的葉子，他罩在頭上，剛好可以把他整個遮住。小地鼠在陶德口袋裡實在悶熱，便想爬出來透透氣，可是牠才探出頭就聽牠尖叫一聲，又一溜煙的鑽回口袋去。陶德以為小地鼠一下子看到太陽光太亮不適應，所以也沒去理會牠。

「你再告訴我『直曬日』的事一次，以後我一定不會忘記，我以童子軍的榮譽發誓。你回頭看看，我真的在發誓喔！」陶德舉起右手比了個童軍的舉手禮，樣子相當滑稽。慈雨終於回過頭來看看他，卻見他大驚失色，馬上衝到陶德面前把樹葉摘掉，然後動作快速的抽出短劍，在樹葉上深深的用力劃上幾道，就聽到樹葉發出淒厲的嚎叫，傷口迅即冒出藍綠色的血，抽動幾下之後就死了。整個過程不到十秒鐘，陶德嚇得坐倒在一旁說不出話，小地鼠被摔在地上，又很快速的躲進陶德的口袋裡，還不時發出害怕的吱吱聲。

「你不要命了嗎？這麼危險的東西你也敢戴在頭上，要不是這傢伙被曬暈了，你的頭就要被牠啃掉了！」陶德不敢相信的靠近這片葉子，慈雨把牠翻過來，竟然是一張佈滿尖細棘刺的嘴！陶德剛剛居然把頭塞在這東西的嘴裡，還暗自高興葉子很合他的頭、戴都不會掉……他不敢再想下去，要不是慈雨及時發現，後果真的不堪設想。

「這叫擬葉獸，平常躲在樹上偽裝成樹葉，等獵物經過再一口吞下去，是很難防範的肉食性生物。這裡的樹都被曬乾了，所以牠才會掉在地上。下一次你要碰任何東西之前，最好先問過我。這回算你命大，如果被擬葉獸咬到，牠絕對不會鬆口，一定會咬到獵物死了才會罷休……」

「好了，你別再說了，我知道錯了。」驚魂未定的陶德，勉強站了起來，雙腳還在發抖：「你們這裡怎麼充滿了危險的怪物？嚇死我了。」

「我說過，這裡是野外，這裡最多的就是野生動物。在這裡，野生動物就是主人，我們是外來的，當然要按照牠們的規則來走；就算高貴如我，碰到只有野性的生物，也只有提高警覺、避開的份，千萬不要隨便招惹牠們，否則遭到殺害就只能說自己活該！」慈雨神情相當嚴肅，看得出來這次說的警告絕非兒戲，嚴重性不言可喻。

「既然這麼危險，你們仙精不是很強嗎？乾脆派個大軍把牠們全殺光好了……」

「不知敬重的傢伙！我們再強大，強不過天地！我們學問再豐富，不過是自然的一小部分！不敬重大自然的可怕，是任何人無法想像的。殺戮不能解決問題，只會造成更多衍生的問題，而且大自然也不會允許！」慈雨想到鼓囊巨鳥獸，他為那一段血腥的歷史哀痛，悲憤的有些哽咽，但是陶德並不知道他的痛處，只覺得他好激動：「你說得太深了，好難懂。能不能說得簡單一點？」

「反正不可以違反自然法則就是了。」慈雨深呼吸幾次，平緩了情緒，正準備領著陶德走人，

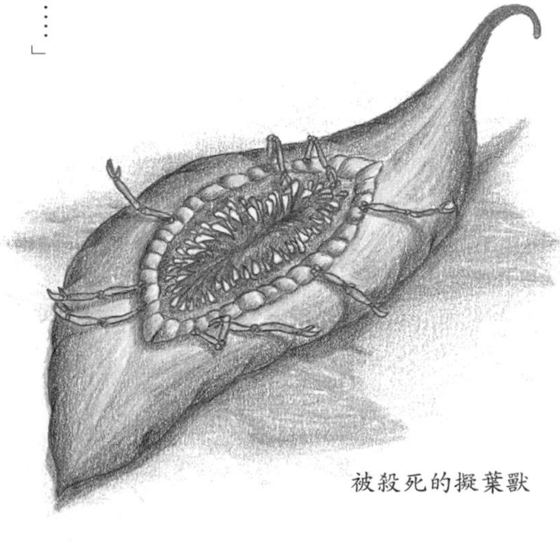
被殺死的擬葉獸

忽然又想到一件事，蹲在擬葉獸前面，拿出短劍割下牠嘴邊的肉，剔除棘刺後他刺了一片到陶德面前：「試試這個味道，趁現在正新鮮，真的，滋味鮮美到難以形容——雖然還是沒有『小顆粒』那麼甜美。」陶德起先不敢吃，但是拗不過慈雨的強力推薦，勉強接了一片來吃，才放進嘴裡，嘩！一股說不出的溫暖肉香，油脂不肥不膩的非常順口；含在嘴中還沒嚼咬，就彷彿要溶化在舌頭上一般；肉質綿細有彈性，咬下去意外的有嚼勁，美味的顆粒在齒間跳躍奔放，簡直是人間極品！這種滋味就算不懂吃的八歲小孩，也能感受個中美味。

「好好吃喔！就像東港的TORO一樣好吃！」

「什麼是『TORO』？說明。」

「『TORO』就是一種很珍貴的黑鮪魚，很貴很好吃，尤其是鮪魚肚，就像現在吃的這個肉一樣好吃，那個叫『大TORO』。我外公家就住在東港附近，所以我常常可以不用錢就吃到——咦？你低下頭做什麼？喔！又來了！請你……別再灌資料了，很噁耶！好吃記在心裡就好了……慈雨……喔……我要吐了……」慈雨灌好資料，又繼續割肉來吃，還刺給陶德吃，弄得陶德哭笑不得。

吃完一頓意外的美食，慈雨和陶德拍拍肚子，重新踏上征途。太陽的威力已經大減，地面也逐漸恢復溼潤，因為矮叢樹把水份釋放出來，滋潤乾燥不已的樹幹，讓叢林能重現生機。

走沒幾步，陶德還是不死心的問慈雨：「什麼是『直曬日』？你還沒告訴我。」

「就是太陽和玻貝衛星最接近地表而且直射地面的時刻。」

「常常會發生嗎？」

「大約每七百二十五年會發生一次。今天剛好被你碰上，你真幸運。」慈雨在取笑陶德，但是這小朋友並不了解：「幸運？我差一點就死翹翹，應該是說倒楣透了。」

他們邊走邊聊，不知不覺已經走到主林外第一棵巨樹前了。他們仰望高聳入雲的巨樹林，不約而同的發出讚嘆。這裡是叢林的開始，真正的冒險也即將展開。

※　※　※　※　※

星期四下午四點，彩虹社區。

搜索工作毫無所獲，副局長決定先收隊，回去成立專案小組再研擬新的搜查方向。陶氏夫婦謝過前來熱心幫忙的朋友，然後大家逐漸散去，陶氏夫婦也相依著走回家。這時在對街一棵很會掉葉子的雀榕樹後面，一雙怪異的眼睛直盯盯的朝著陶家看，當眾人離去時，他正要跑出來，卻被一陣喧鬧聲逼他又閃回樹後面，繼續他詭異的監視。

「陶先生，陶太太，我們過來了。」金老師用高八度的聲音打招呼，她果然帶著一票二十幾位小朋友準時來訪，這讓累了一天的陶氏夫婦有些為難。但是看到這一張張充滿期待又關心同學的小臉蛋，連恩實在無法拒絕，連忙招呼小朋友進屋裡去，陶樂仕雖然略有慍色，也只能假做熱絡、勉為其難的幫忙招呼。他對著連恩使了一個責備的眼色（妳怎麼讓這群小鬼進去？），她聳聳肩，用無奈的表情回答（我也沒辦法），陶樂仕沮喪的拍了一下額頭（喔……我的媽媽咪呀……）。

鬧哄哄的同學記者會終於在四十分鐘後結束，陶氏夫婦疲憊的送走這一票飢餓的小惡魔，笑得極度勉強的他們，在小朋友離開陶家的草坪後，立刻垮下笑容轉身走進大門。客廳一片狼藉，桌上散落裝蛋糕的紙盤和紙杯，有些傢俱沾上了奶油；地板到處是腳印和翻倒的果汁，還有數不清的蛋糕屑。架子上的相框、收藏品全都異了位，書架的書亂七八糟的排列，陶樂仕珍藏的古典CD也不能倖免，順序錯亂不說，還沾滿了油膩的奶油手印。在滿足這些小惡魔之後，會是這樣一場災難原是在他們意料中，意外的是，結果比他們的想像更嚴重。一個小孩可愛，兩個可喜，三個以上就會可恨！若是二十個可惡的小孩在你家，建議你：趕快報警！

「好像蝗蟲過境，真可怕。」陶氏夫婦癱坐到沙發上，陶樂仕還坐到一個紙杯子，讓他忿恨的抓起來往牆壁丟。這整天折騰下來，陶氏夫婦心情像煮雜菜鍋，百味雜陳，一下子喜怒哀樂全出現了。連恩臥在沙發墊上看著天花板，吊扇慵懶的轉著，她感嘆的說：「熱心幫忙的朋友，過來關懷的朋友，加上來吃蛋糕的小朋友，全都對找到陶德沒有任何幫助。怎麼沒有人能夠給我們有幫助的消息呢？誰能給我們一個真相？」

「知道真相的人都去寫小說了。」陶樂仕說了個冷笑話，連自己都覺得很蠢——誰會相信小說裡寫的「真相」呢？陶樂仕也學連恩的樣子，仰頭看天花板。此時門鈴響了兩聲，陶氏夫婦異口同聲的說：「噢！拜託，別又來了。」

陶樂仕過去應門，邊開門邊說：「不管你要賣什麼，我們家都有了。」門一打開，站的是一位滿臉豬鬃色大鬍鬚的怪老頭，還戴著一頂好笑的尖頭帽。陶樂仕以為是乞丐，不友善的揮手趕他走：「到別家去，我家剛被一群餓死鬼搜括過，已經沒東西給你吃，你走吧！」說完便將門關上，但是那老頭不死心又大力敲門，陶樂仕生氣的打開門咆哮：「跟你說走開聽不懂嗎？再不走我報警了！」

「你想知道陶德到什麼地方去了嗎？」

「我不想聽！」陶樂仕「碰」的重重關上門，但是隔了五秒鐘，門又緩緩的打開，陶樂仕滿臉疑惑的走出來，手扠著腰站在老頭前面：「你剛剛說什麼？再說一遍。」

「你們是不是還沒有陶德的下落？」

「這事大家都知道，說點我們不知道的。」陶樂仕滿懷敵意的說，他覺得眼前這怪老頭不是騙子就是神棍，反正絕非善類。

「可以到府上要杯水喝嗎？大太陽的，我好渴呀。」說完他就要往屋裡走，卻被陶樂仕手一攔給擋下來：「我怎能讓陌生人隨便進我家呢？你不把話說明白，我就饒不了你！」

怪老頭嘆了口氣，抬起頭來看看陶樂仕，又搖了搖頭，惹得陶樂仕十分不快，生氣的問：「怎樣？你不說就請吧！」

這時連恩也好奇的出來瞧瞧：「親愛的，是什麼人來了？」連恩一看到怪老頭嚇了一跳，連忙躲到陶樂仕背後，害怕的說：「他是誰？」

「不知道從哪裡來的流浪漢，跑來這裡胡言亂語。不用怕，有我在。」

「我原諒你的無禮。我是彩虹大學的教授，專攻神話歷史和上古神獸的研究。」他拿出一張舊舊的名片遞給陶樂仕，上面印著：彩虹大學客座教授暨空間轉移研究所所長——彤霓・仙恩。陶氏夫婦看了看名片，再看看這自稱教授的傢伙，噗嗤一聲笑了出來：

「你這張名片該不是撿來的吧！」

「很好笑，是嗎？等我講出陶德在哪裡，就怕你們笑不出來了。」

怪老頭硬生生從陶樂仕手指中間抽回他的名片，放回他的口袋——如果破成那樣也叫口袋的話。

連恩一聽到陶德的事，立即衝到怪老頭面前說：「你知道陶德的下落？他在那裡？你快告訴我們！求求你。」

「可是你先生似乎不願意聽。」

「不會的，他只是累了。噢！你一定渴了對不對？不嫌棄進來喝杯茶……」陶樂仕故意咳了一下，對連恩使眼色，連恩會意的繼續說：「噢！我忘了，家裡很亂還沒整理，所以……」

「沒關係，我不介意，只要有地方坐就好。」

「我，很——介——意，我覺得在院子喝茶是不錯的。我堅持這樣做。」陶樂仕咬牙切齒的說，狠狠的瞪了連恩一眼，連恩馬上接著說：「對，院子很好，很涼快。你們先坐，我去準備喝的。」

陶樂仕和怪老頭坐在院子的傘桌下，老頭一派悠閒，和陶樂仕嚴肅鐵青的臉形成強烈對比。兩人沉默以對，直到連恩端了茶盤出來才打破沉默。連恩準備了兩只茶杯，但是給老頭的是一只紙杯。

「不好意思，因為給客人的杯子沒有了，所以……」連恩歉然的幫他斟滿了茶，坐在陶樂仕旁邊，等著聽他說出陶德的下落。

「這茶真香，是鹿谷鄉春季的凍頂烏龍茶嗎？」

「不簡單，一口就喝出來。沒錯，這是竹豐村的朋友送的特級茶，你能喝到算你有口福。」陶樂仕驕傲的說，一邊責怪連恩：怎麼拿這麼高級的茶葉泡給這來路不明的糟老頭喝？連恩一付不以為然，暗忖著：「不過是茶葉而已，有這麼嚴重嗎？」

「閒話休說，我就直說了，有關你兒子的下落，我告訴你們，他掉進時空裂隙裡去了。」

「什麼？什麼裂隙？」陶氏夫婦幾乎是同時發出相同的疑問。

「時空裂隙，是空間扭曲裂縫的間隙。」怪老頭悠閒的喝下一口茶。

沉默了三秒鐘，陶樂仕憤怒的站起來，對他大吼著：「胡說八道！騙吃騙喝的傢伙，你立刻離開我的視線。」

「我說的是真的。我親眼看見你兒子在土地廟上消失的，那兒就有一條游離的裂隙。我經常在那附近研究，所以早上就目睹了整個驚人的過程。」原來陶德被捲進時空裂隙時，旁邊的神祕客就是他。

「不准說了，該死的瘋子！你現在馬上給我滾出去！否則我叫警察了。」

「好吧，既然你聽不進去。」老頭喝完了茶，緩緩站起來，對著陶氏夫婦略一欠身，把帽子戴上：「謝謝招待，這茶真是好喝。打擾了。」陶氏夫婦看著他走出他們家的前草坪，忽然老頭又轉過身來，對他們說：「永遠不要相信你所知道的真相，因為你永遠不會知道真相。」

回到家的陶氏夫婦正在著手收拾殘局，陶樂仕把一堆垃圾倒進垃圾桶，連恩則忙著拖地。整理到一個階段，陶樂仕把垃圾拿去社區的密閉式收集場丟棄，連恩則在家裡坐下來喝茶。連恩反覆思考剛才那個怪老頭的話，心裡有一種說不出的奇怪感覺：他雖然穿得很邋遢，說話卻不會瘋癲，不像是流浪漢或者精神異常的人。有些學者專心研究，不也變得異於常人？說不定他說的有幾許真實，只不過他的表達不夠完整，我們聽不懂；還是他有隱情不能明說？……想到這裡，連恩忽然閃過一個念頭，令她全身都冰涼了起來：陶德該不會被這個怪老頭綁架了吧?!難道他是專門抓小孩去做實驗的變態怪博士？我的天！該怎麼辦？怎麼辦？

「對了，他有手機，我記得號碼應該是……」連恩著急的撥電話，但是對方沒有回應，進了語音信箱。她努力壓抑情緒，儘量用平常的口氣留言，表達了想和他談的最大誠意。掛上電話後，連恩的腦袋亂成一團，思緒糾結，讓她頭痛不已，於是她起來想去藥櫃拿止痛藥，剛好陶樂仕回來，他說止痛藥不要吃太多，便扶著她到臥房休息。

陶樂仕幫連恩蓋好被子，準備出門去接陶玲回家。躺在床上的連恩對著陶樂仕說：「親愛的，你說我們的寶貝會不會被壞人綁架？」陶樂仕轉過身，坐到床沿來，憐愛的撫著她的臉，輕聲說：「不要擔心，甜心。他大概跑去哪裡玩過頭，忘記回家罷了。今天妳也夠辛苦的，好好睡一覺休息休息，這對妳會有幫助。我去接陶玲，順道去超級市場買些吃的，妳都沒吃東西，這樣子身子會受不了的。」

就在陶樂仕出去後沒多久，電話鈴聲響起，連恩接起來，聽到是怪老頭的聲音，馬上緊張的坐起來，焦急的說：「先生，我們跟您無冤無仇，拜託您放了我們家陶德……」

「陶太太，妳冷靜點，妳要跟我談的就是這些嗎？如果要將我羅織入罪，很抱歉，妳找錯對象了。」

「對不起，先生，我現在已經六神無主，請原諒我的語無倫次。」

「好吧，我原諒妳。妳要跟我談什麼事？」

「請您告訴我有關陶德的下落，好嗎？」

「剛剛在府上不就是要告訴你們了嗎？結果卻被陶先生給轟了出來，我還能說什麼？」

「非常抱歉，外子個性急躁，其實他並無惡意……」

「算了，我不會計較的。我接下來說的，妳專心聽，不准打岔，也不准問問題，更不准跟我抬槓，否則我立刻掛斷電話，明白嗎？」

於是他在電話裡把時空裂隙的事對連恩說個清楚，他曾經穿梭時空裂隙，但是必須利用儀器才能偶爾成功，所以他對陶德輕易進入時空裂隙很有興趣。根據現場的狀況判斷，陶德應該是沒有任何輔助就墜入了時空裂隙。

「……事情就是這樣子。」

「……」連恩呆呆的不知道該說什麼，這麼離奇的事她還是第一回聽到。

「喂！陶太太，妳還在嗎？」

「喔！是，我還在。」連恩大夢初醒的睜大眼睛，換隻耳朵聽：「如果是如您所言，我們有辦法救陶德嗎？」

「辦法是有，不過……」

「不過什麼？需要錢嗎？你說個數字，不夠的我去想辦法，但是我需要點時間籌錢。」

「啐，我說過我不是綁架犯，要我說幾次？好吧，既然妳不相信，那就沒什麼好談了，再見。」

「喂！喂！」對方已經掛斷了，連恩沮喪的掛上電話，坐在床上掩面哭泣，她認為她搞砸了，說不定還因此惹惱了對方，會對陶德不利。就如怪老頭所言，她自始至終都把自稱教授的他當做綁匪，聽他說話是希望能獲得放陶德回來的契機，只不過這一切似乎都白費了。連恩再繼續打那個電話號碼，可是對方已經關機，連語音信箱也關閉了。

陶樂仕帶著陶玲和晚餐回到家，就看到連恩坐在客廳流淚，他趕緊上前抱住她，她沒有說話，一頭栽到陶樂仕懷裡，她緊緊抱著陶樂仕，哭泣。

天色漸漸暗下來，天邊出現美麗的晚霞。在破土地廟上方，一陣細微的電光閃爍，發出滋滋滋的電流聲，一隻被驚嚇到的野狗，一路哀嚎的跑走了。

……

陶氏夫婦相擁而泣

第四章　紮營

在康闊森林的第一夜

※　※　※　※　※

康闊森林主林是由平均樹齡七百五十萬年的太古帝王樹所生成，這種樹目前最高的一株估計約一千五百二十公尺，比澳洲最高的四百九十五公尺桉樹足足高了三倍；最長壽的樹齡據估計高達千萬年之譜，遠超過位於美國加州七千八百多歲的美洲世界椰。在康闊森林裡，每一株太古帝王樹都是一段傳奇，因為這種樹每三千年才生成一顆直徑約兩公尺的橢圓形種子，熟落地面後，要花二十年的時間鑽到夠深的地底才能發芽，然後六百年後才會破土長出幼苗，經過七八千年才算是長成成樹。將近萬年的漫長歲月，是太古帝王樹能否存活百萬年的關鍵，若是期間被天敵侵害，幾千年的心血就毀於一旦了。所以這些樹每一株都被仙精奉為天神，並且都有一個名字，像最長壽的太古帝王樹之母的名字是……

「吉吉力斯．卡巴．康闊（GIGILYCE KARBA CONCORDE）。」說話的是慈雨，他在為陶德解說康闊森林的一些歷史。他們正要穿越主林裡的外圍林，這是海馬龍棲息地的第二道天然屏障，由樹齡較小的新生太古帝王樹圍成，雖說是新生，但是也都有五六十萬年的壽命。剛開始他們還會邊爬邊講，但是爬過幾條根之後，漸漸的他們都不說話了。他們和這片森林相比，根本像隻小螞蟻似的看不到人，那些樹根都有兩層樓高，隨便攀過一根都要花費好一段時間和力氣，還沒穿過一株太古帝王樹就已經氣喘如牛了，而這一株還算是小株的樹呢！

「我走不動了！我的腳好痛。」陶德脫掉鞋子，鞋底磨穿了好幾個洞，襪子也已溼透。他把襪子脫下來時，黏破多處水泡，血水一絲一絲的滲出來，痛得他眼淚直流。小地鼠睡了一覺，聽到陶德的哀叫趕快爬出來，悲傷的站在陶德腳邊吱吱叫著。看他這個傷勢，是沒有辦法繼續走下去了。慈雨雖然有很硬的蹄不怕磨傷，但是溼淋淋的樹幹也使他走得相當辛苦，幾次都差點失足跌倒。慈雨下來看陶德的傷勢，決定先暫時在這裡紮營，不僅是他自己累了，也因為天快黑了——雖然在這黑暗叢林底部，根本分不清白天黑夜。

「你會不會生火？我的皮囊袋邊有火種。」慈雨想想搭營帳的事，陶德大概幫不上忙，便要他去生火。慈雨在附近觀察地形環境，再決定要如何搭建營帳。陶德在溼答答、全是青苔的樹叢裡東找西找，硬是找不到半根乾柴，就算有火種也生不了火。慈雨也碰到了難題——鬆軟的樹幹讓釘進去的營釘沒得著力，稍微一扯就拔出來了，這樣根本沒辦法架起營帳。就算不搭營帳躲進裹毯過夜，可是大樹高處不斷落下和樹幹流下來的水，卻讓他們無法睡得安心。現在這種困境，到底要如何度過呢？這個問題今晚若不解決，明晚還是會碰到，後天也一樣，所以慈雨和陶德達成共識：今天沒有想出辦法之前，絕對不睡覺！

首先，他們必須先搭起避落水的棚架。兩人開始討論，慈雨想不出釘營釘的其他方式，一直在如何釘牢營釘上打轉；陶德建議用較粗的落木搭建支架，慈雨驚喜的恍然大悟，十分贊成這樣做。於是兩人分工合作，陶德找尋周圍適用的木材，一根根拖到他們要搭棚架的地方，再由慈雨決定每一根木材搭建的位置。慈雨的建築知識真不是蓋的，他用目測就能精確的算出支撐點和負載量，讓每一根木材都能穩固的相互支撐，不用擔心有倒塌之虞，就這樣很快的搭成一個約三公尺見方的帳棚支架。叢林裡沒有適合的石頭當擋住柱子的支撐物，陶德想到爸爸曾經在一次家庭露營時，運用簡單的榫接，做成幾張小矮凳。他提供這個想法，並且指導慈雨刨開鬆軟的樹根，將柱子緊緊的插在樹裡頭，

柱子接口再用幾根較硬的樹枝削成尖銳扁平的插梢牢牢嵌住，柱子便穩穩的不會搖動。

慈雨開心自己又學會一項好用的技術，正要低頭找尋記憶蟲，這才想到：這麼溼的地方，怕水的記憶蟲是沒辦法存活的。慈雨悶悶不樂的說：「難怪地圖上沒辦法記載這裡的情況，原來是找不到記憶蟲來記錄。」

陶德慶幸自己終於不用看到噁心的「灌資料」，另一方面他也覺得納悶：「難道不能用寫的嗎？幹嘛非用『灌』的不可？這些仙精看起來很聰明，還是會有『秀抖』的時候。」

陶德和慈雨準備去採大一點的樹葉來蓋屋頂，但是陶德腳底傷到實在沒辦法走，慈雨要他先坐著休息，此時小地鼠再次鑽進慈雨的皮囊袋。有了上回的經驗，他趕忙看看小地鼠要提醒他什麼，小地鼠這次是抱著曲線造型的銅罐子。慈雨這才想到在布達拉拉沙漠曾經裝了幾瓶藥沙，剛好可以給陶德療傷。慈雨教導陶德治療的方法之後，便自己出去採葉子。陶德敷上藥沙登時感到一陣刺痲，才幾秒鐘時間便止住疼痛，破皮的地方彷彿被電療過似的乾硬起來，效果快得驚人，不過令他感覺愉快的不只是疼痛減除，更高興小地鼠超能力般的善解人意：「你真是我的小福星。」

慈雨跑到比較遠的地方找了許多大葉子回來，順便撿一些乾一點的樹枝，捲在大圓葉裡防止淋溼，準備待會兒生火用。陶德腳傷無礙之後，也加入了採集的工作，加速頂棚的搭建。陶德把樹葉排好壓住，慈雨則利用樹枝的韌性從上下來夾緊，如此樹葉就不會掉落了。提供靈感的是陶德，他把電視上看到的土著茅草屋形容給慈雨聽，慈雨擁有過人的悟性，使得他把連聽都沒聽過的東西也蓋得有模有樣；不僅如此，慈雨擔心過多積水會壓垮屋頂，還剖開幾根中空的長筒樹幹，做了可以導引水流的排水管，技術之精良，令人嘆為觀止！

接著他們把一種蓬鬆的樹葉撕成條狀，厚厚一層鋪在架高離地面一英呎、插成格子狀的樹枝上，既柔軟又能隔開底下的流水，他們對這樣設計十分滿意。在進出的開口處，慈雨隔了一塊沒有鋪樹葉的空地，那裡是生火的地方。慈雨見樹幹鬆軟，就把溼的樹皮削掉，把樹幹刨成木屑，這樣就很容易燃燒了。他們還找到一種連慈雨都不知道名稱的針葉樹，樹幹裡有著豐富的類似蠟的油脂，可以穩定的助燃，於是他們先拖一截這種樹立在空地中，在頂端用木屑點火烘烤，等油脂溶出後，再把頂端削平向著溶化的油丟入火苗，針葉樹搖身一變成了一根大火把，不但火旺又不容易熄滅，還不須要添柴火，這樣真的是太理想了。

「完成了！」兩個人高興的歡呼，在茂密的叢林裡嚇得一堆鳥獸驚飛奔逃。經過五個多鐘頭的辛苦工作，改了又改、修了又修，兩個人終於能夠在親手搭建的棚架裡，就著溫暖的火炬，舒舒服服坐下來休息了。慈雨還是很謹慎的拿出響鈴蟲網罩鋪在周圍警戒，這樣他才能夠真正的安心休息。

「那些是什麼？」陶德等慈雨走進來，問著關於響鈴蟲網罩的事。早晨陶德已經跟牠們打過照面，當時天色昏暗，只聽到牠們嚇人的叫聲，並不知道就是眼前的響鈴蟲。

「那是響鈴蟲網罩。這種蟲有著佈滿纖細神經的網狀翅膀，非常敏感。牠的翅膀一張開就有這麼大，」慈雨雙手張開比了一個長度，再繼續說：「雖然有翅膀，但是不能飛，因為牠的翅膀沒有肌肉和骨架。這些翅膀對牠們不但沒幫助，反而是累贅，牠弱小的身體根本不夠力量拉動龐大的翅膀。這種生物若不是仙精豢養來當警戒用，早就滅絕了。」

「為什麼上天會創造這麼沒用的生物呢？有一對大翅膀卻不會飛，真奇怪。」陶德逗弄著小地鼠，玩得正開心，所以隨口說出自己的想法。不過慈雨似乎對這句話很感冒，他不以為然的說：「要敬重天！就算貴如仙精的我，也不敢對天有一絲的懷疑與不敬，你知道為什麼嗎？因為天的運行，不是萬物所能了解與改變的，若妄想以卑鄙劣法對抗甚至與天戰鬥，結果不是一場浩劫就是被徹底毀滅！而天呢？不會因此而哀傷，更不會因此而停頓生命的進行……」慈雨愈說愈興奮，整張臉都仰向天在說話。陶德坐在軟草墊上，根本一句也沒聽進去，倒是和小地鼠玩巴拉巴玩得起勁，一付天真孩童模樣。相形之下，慷慨激昂說著敬天論派頭的慈雨，還真不像是個剛成年的孩子呢！

好不容易慈雨說完大道理，他才滿足的坐下來。他問陶德：「你餓不餓？我倒是餓了，我的皮囊袋有杜托鳥蛋飯包，應該夠我們食用。」

陶德其實早就餓了，中午的硬莓餅只吃一半就乾得吞不下去，他決定要留起來餵小地鼠。下午的擬葉獸大餐雖然有吃飽，但也是七個小時前的事，經過這番勞動，當然是餓得咕嚕咕嚕叫。他接過飯包，立刻狼吞虎嚥、沒幾下功夫就掃得清潔溜溜；慈雨也不遑多讓，同樣很快速度的把飯包吃完，然後兩個人躺下來，享受這舒暢的時刻。

「真是奇妙，今天你和我一起想辦法搭棚子，讓我有了一種全新的體驗。」慈雨望著屋頂，平靜的說著，陶德則不出聲的等他繼續。他心想：反正也聽不懂，乾脆別接話，看他要說什麼。

慈雨略停了一下，慢慢的接著說：「我們仙精族人，幾千萬年來都是依照先人的指示行事，包括戒律、法規、生活，甚至連走什麼路都已經有先人為你想好了，我們只要照著走就好，從來沒有一位仙精會對這種傳統懷疑，或者想改變、違逆，因為任意而為的下場，往往是非常嚴重的。」陶德對這一次慈雨說的比較有興趣聽，雖然他似懂非懂。小地鼠不捧場，已經睏得瞇起眼睛打起瞌睡來；陶德把牠放進草葉墊上，拿一片葉子幫他蓋上，這時他自己也感覺到涼冷，趕快拉了一些大葉子蓋住身體。

「這樣不是很好嗎？你都不必煩惱。」陶德哆嗦的說著話，慈雨發現了便爬起身，從皮囊袋裡拿出凱茲長毛虎皮做的裹毯，將它整個攤開後，大得可以蓋住他們兩個還綽綽有餘。慈雨幫陶德蓋好，自己也鑽了進去，他們倆還是以手當枕的看屋頂，慈雨這時才回答剛剛陶德的話：「你說的沒錯，一切都安排好了，的確是很好。我不需要傷神該做什麼或怎麼做，因為書裡面都有記載先人的知識和規則，只需要一步一步照著手冊來，就能達到我所想要的結果——或者是達到長輩想要的結果？——我不知道。我生存了六百年來，一直遵奉依循這樣的方法，毫無懷疑、絕不違背。直到今天……」

「你說你生存了『六——百——年』？」陶德跳了起來，懷疑自己的耳朵聽錯了。

慈雨維持著原來躺臥的姿勢，笑著說：「正確些是六〇二歲。別驚訝！當我聽到你只有八歲時，我也不敢相信。八歲在我們仙精來說只是剛出生的嬰兒，而你，不僅會說話，還擁有未知的智慧，光這些就夠讓我驚訝的了。放輕鬆點，我的朋友。我說過，在仙境王國裡，令人驚奇的事是數不完的。」

「噢，沒事，你繼續。」陶德又躺了下來，回復剛剛的臥姿。

慈雨眼睛透出異樣的光芒，他略帶激動的說：「你知道嗎？今天和你一起想事情、修改、糾正……這種樣子，你都叫它什麼來著？」

「是……討論嗎？」

「是的，『討論』！真是一個好詞！『討論』。我們討論的過程，是我從未有過的體驗，我心中某個地方忽然有要蹦跳出來的喜悅，我的心臟跳得好快，你讓我體會前所未有的快樂，我第一次運用我的知識思考，做著先人不曾做過的棚架，對我，這是歷史性的傑作！就如同你輕易的解決我們五百萬年的困擾一般，或許我們只要『討論』，就不會困擾這麼漫長的歲月。之於我們，仙精的困擾與傷痛，竟也是先人替我們預設的規劃。我現在真想知道，這一切是為了什麼？」慈雨愈說愈激動，語法結構也雜亂不堪。陶德有些害怕的望著他，只見他停止說話，用力的深呼吸，強迫自己冷靜。陶德小聲的說：「你……不要這麼激動……好不好？」

「對不起！我的確太過分，我不該懷疑的，懷疑的下場是很嚴重的。」他逐漸把呼吸調勻，臉色也從激動回復到正常。

「現在第三顆月亮已要沉落，我想，我該早些休息才是。」慈雨平暢了呼吸，語氣和說話的內容也逐漸恢復他的格調。「我想我是有些被沖昏頭，我真的不該懷疑我的先人。」

大概是他情緒起落太大，表情顯得有些扭曲。他先是沉默的看看高不見天的樹，又左右環顧一番，臉色一沉：「這地方真是糟透了，又潮溼又黑暗。我幹什麼離開家到這裡自找苦吃？」說完他側過身，背對著陶德，發出壓抑的哭泣聲。

「你怎麼了？你在哭嗎？」陶德好心的起來搖搖他，卻被他兇了一下：「離我遠一點！不要管我！」

「你在想家嗎？我也是。」陶德呆呆的坐起來，看著燃燒的火光。「我想念我的媽咪。每天睡覺前，爸爸會很兇的趕我上床，噢！他比你還兇喔！然後媽媽會溫柔的摸摸我的臉，親我的額頭道晚安。現在她都要照顧妹妹，沒有時間為我說故事，但是她還是會親我的額頭……我想念媽媽抱抱我、講故事給我聽的樣子。我好想讓她親我的額頭……」陶德無助的流下淚，抽抽搭搭的哭了起來。

「我很抱歉，我不該對你兇的。你說得對，我是很想家，這是我第一次離家旅行，不過我很幸運，能夠有你做伴。」慈雨狡猾的擦乾眼淚再轉過身來，不讓陶德看到他哭泣的臉——高貴的仙精怎能在其他生物面前表現軟弱？這一點他掩飾得差強人意，但是不懂得掩飾的陶德可就差得遠了——陶德哭成了淚人兒，像個沒人要的小可憐。

慈雨將陶德拉過來摟在懷裡，原本依偎著的陶德突然推開慈雨，擤了擤鼻水：「不要抱我！我爸爸說男生不能相抱，會生病。」

「誰說我是男生的？」

慈雨此話一出，震驚了陶德：「你不是男生嗎？」

「我從來沒說過我是男的呀！」慈雨覺得很冤枉，是呀！他是從未說過他的性別……嗯……我的意思是，「她」。

「可是……你不像我媽媽有ㄋㄟ ㄋㄟ……」

「『ㄋㄟ ㄋㄟ』是什麼？說明。」

「就是胸部有兩個球，我看過爸爸的一本彩色書，大人的女生都有很大的ㄋㄟ ㄋㄟ……」陶德一邊說還一邊在胸前比劃。

「你是說乳房嗎？我現在是沒有的。」慈雨非常正經的說著。

「為什麼？我媽咪的ㄋㄟ ㄋㄟ很大，而她才三十二歲。妳六百歲了，應該大得像水塔，不是這樣嗎？」

「不！我才剛成年，離『轉換』還要再過四百年，到時候等我具備生殖力之後，才會發育出乳房……呃……大得像『水塔』？」慈雨認真而疑惑的表情，陶德趕緊接著說：「忘了這句話，這句話沒意義，請不要叫我說明，我亂講的。要是被我爸聽到，我就慘了。」

「若是你以乳房做為分辨小仙精性別的依據，那是分不出來的。」

「人類的小孩也是一樣，男生和女生長得都差不多。」陶德想了想，不很確定的說：「這麼說，妳也是小孩子囉？」

「以仙精來說，是的。但是跟你比，我就大得多了。」慈雨摸摸陶德的頭髮，微笑得像個大姊姊。嗯，她還真的愈看愈像女孩子，雖然她愛談高調又兇巴巴的。

「你知道怎樣分辨男仙精和女仙精嗎？」慈雨突然這麼問，陶德緊張得直搖頭。以前只要問到男生女生的問題，大人都會很緊張，所以陶德也會莫名其妙的跟著緊張。

「我告訴你，男仙精的額頭上髮際下會有一道淡淡的仙斑，他們的牙齒是尖的，指甲則是方的；女仙精沒有仙斑，牙齒是平的，指甲是尖的，你看。」慈雨伸出纖細的雙手，指甲果然是尖的。真難想像這麼細嫩的手，能夠做了這麼多粗活兒還不變粗糙，也許他們天生就如此吧。要是許多地球女性見到了，怕不是嫉妒又羨慕！

陶德像是有什麼事似的，急躁得不知所措。慈雨看著他的樣子，奇怪的問他：「你怎麼了？不舒服嗎？」

「不是，我每次哭完，就會……很想……」陶德彎著腰，雙手壓著小腹，兩腿不停扭動夾緊。相信大多數的地球人都知道陶德想做什麼，但是慈雨完全不曉得，還以為他生病了。

「需要我幫忙嗎？」

「妳能不能……陪我去……我怕黑……」陶德的臉紅了起來，鼓漲的臉頰像隻充氣的河豚。

「去哪裡？」

「去尿尿……」

「『尿尿』是什麼？說明。」

「我忍不住了——」陶德說完，不顧一切的衝出棚架，對著外頭的大樹根就舒服的解決了。陶德呼了一口氣，輕鬆的走進來，看得慈雨是滿腦子問號。

「對不起，沒地方洗手，所以……」陶德把手往衣服上擦，這要是在地球上一定會挨罵，但是慈雨注意的不是這個。

「你還沒有說明什麼是『尿尿』。」

「你們都不用上廁所的嗎？」陶德簡直不敢相信，全世界的人都懂的事，慈雨居然不曉得什麼叫做『尿尿』？陶德覺得碰到了外星人——雖然碰到仙精也差不了多少。

「『廁所』是什麼？說明。」

陶德不得已，只好概略的把人類上廁所的原因和男女廁所不能走錯等等，他聽過的說法都告訴慈雨，還順帶解答了她對於人類分辨性別的困惑，但是有許多是不正確、道聽途說的。也許因為新奇，慈雨聽得相當專注，她不在乎文化差距造成的隔閡，反而當聽童話故事般的不詳加細究，她發現這樣子聽故事會特別有趣。她也解釋了仙精不用上廁所的原因：他們的胃會將所有的食物分解得相當徹底，僅剩下極少數的水份才會經由排泄水氣的腺體排出體外，不過和排汗不一樣，肉眼是看不到的，而且是隨時隨地都在排放。

「難怪她的皮膚好像有喝水一樣水水的，雖然有點怪，不過抱起來好舒服喔。」陶德這小鬼，暗自胡思亂想，還露出色色的超齡微笑，可惜慈雨完全不像地球的女生，雖然她是女生。

「真有趣，地球一定是個很好玩的地方。」

「這是真的，有機會妳一定要去看看。」陶德說累了，也早就超過平常他就寢的時間，他開始呵欠連連，不過還在硬撐著千斤重的眼皮，掙扎著不肯睡。

「嗯！玩具反斗城、華納威秀、百貨公司、泡溫泉……」慈雨沉醉在幻想中，眼睛閃爍少女的光芒。

「還有兒童樂園……」慈雨看著眼睛已經閉上的陶德，幫他把手放進被窩裡。她或許是太興奮了，今天發生這麼多的事，都是她不曾經歷甚至從未聽聞的，對於一個嚴謹遵守戒律幾百年的女孩來說，心理的衝擊可以想見有多大。她興奮的思考，享受思考新事物的愉悅，享受解決問題的暢快，這些我們覺得稀鬆平常的，怎能想像一個人卻要壓抑千年萬年？看起來想要當個尊貴的仙精，也不是件好差事。

慈雨輕輕走出棚架，坐在火炬邊。高聳的樹頂，彷彿閃動地透出一絲月光，可是這是不可能的，在這不見天日的叢林底部。

「是想像吧，我想。」若有所思的慈雨，用著仙精古調唱起歌來，輕柔優美的歌聲，不斷迴盪在茂密的康闊森林中。

……

第五章　交易

神祕的寵物箱

※　　※　　※　　※　　※

星期四晚上十一點，彩虹市的夜半夢半醒，鬧區裡的霓虹燈慵懶的閃爍。

自稱大學教授的怪老頭鬼鬼祟祟的躲在巷子裡，骯髒的大衣內似乎藏著什麼東西，詭異的發出微弱的聲音。不久，一部打蠟打得啵兒亮的黑色DEVILLE三節加長型凱迪拉克在陰暗的巷口停下車來，前座迅速下來兩個戴墨鏡、穿得像ＭＩＢ星際戰警的彪形大漢，站到後車門邊，車門打開又下來一個同樣裝扮的壯漢，他護著看來是他們老闆的男人下車。

「你遲到了，姜森先生。」怪老頭站在原地說話，這個叫姜森的男人在三個保鑣隨從下，走到怪老頭前面：「我喜歡讓別人等。」

「錢帶來了嗎？」他瞄見其中一個保鑣提著一只銀色附鎖的手提箱，貪婪的摸摸嘴唇。姜森回頭使個眼色，那人將手提箱打開並拿到怪老頭眼前——裡面是一疊又一疊的鈔票。怪老頭笑得更醜陋，伸手正想拿，「碰」的一聲手提箱應聲關住，差點夾到他的手指。

「別亂動！我的東西呢？」

「嘿嘿嘿，我怎麼會忘呢？就在這兒，還熱呼呼的哪！」怪老頭從大衣裡拿出一個寵物箱，裡面有某種動物焦慮的不停碎叫，不過看不清楚是什麼動物。他拿給接手的保鑣，保鑣提到姜森眼前，他不確定的說：「這真的是從『那邊』抓來的嗎？」

「貨真價實！百分之百的肯定！現在可以把錢給我了吧？」怪老頭顫抖著雙手，渴求的伸向拿錢的保鑣。

「慢著！我怎麼知道這是不是假的？」

「跟你說你也不會懂。你的實驗中心這麼大，還養了一堆科學家，交給他們不就結了嗎？難道他們都只會領薪水不成？」姜森想了想，瞄了怪老頭一眼，然後示意保鑣把手提箱交給怪老頭，只見他幾乎用搶的拿過去，緊緊的抓在懷裡，臉上露出詭異的笑容。

「你最好祈禱這玩意兒是真貨，要是你膽敢耍我……」姜森靠近怪老頭，抓住他的領子，咬著牙狠狠的說：「我會把你撕成碎片，拿去餵豬！」

怪老頭抖開他的手，虛張聲勢的抬起下巴，不屑的看著姜森。

「我會盯著你的，彤霓．仙恩！」姜森說完掉頭就走，幾個保鑣護送他上車後，轟隆隆的揚長而去。這怪老頭原來真的叫彤霓．仙恩，他真的是大學教授嗎？有這樣的教授，我一定不讓我的孩子去唸彩虹大學——至少不准選修他教的課。

「我才不怕你咧，暴發戶！怕就不會出來混。」彤霓．仙恩見車已走遠，放馬後砲的大罵。叫「彤霓．仙恩」實在不好叫，還是稱呼他怪老頭好了，反正他本來就怪怪的，不在乎多一條渾號。他拿著裝滿鈔票的手提箱，像隻老鼠似的消失在巷子黑暗的另一端。

姜森的車子開到商業區一幢氣派但陰森森的二十層大樓，大樓前廣場有塊招牌寫著：姜氏父子生物科技公司。他們一行人帶著那只寵物箱從地下停車場直接坐電梯上去，在十三樓走出電梯門。這一層樓是座規模龐大的生物科學實驗中心，齊全的高科技精密器械，在明亮的燈光下，反射著無情的寒光。雖然已經半夜十一點半了，還是有一堆工作人員在加班。有一個看起來很冷酷的四人小組，全神貫注的看著……嗯……一隻猴子——嚴格的說，是一隻插滿管子、快死的猴子；有個男人手上抱著用福馬林浸泡著三眼狗標本的瓶子，和另一個穿窄裙戴狐狸眼鏡的女人交換她手上長了一隻羊角的松鼠標本；還有人用電腦模擬鸚鵡和螞蟻的基因分離與結合，搞得電腦冒出一陣火光和濃煙；一個鬈髮的小個子，拿了兩支裝有奇怪顏色藥劑的試管，小心的加在一起，結果卻不斷冒出濃綠色的果凍泡沫出來，還有噁心的惡臭飄散。

「去把這該死的味道除掉！」姜森剛巧走過鬈髮小個子身邊，被這臭味薰得掩鼻大罵。他抓住這倒楣的小個子，齜牙咧嘴的問：「你叫什麼名字？」小個子嚇得腿軟，結結巴巴的說：「我……我叫羅伯．湯，姜森先生。」

「蘿蔔湯？很好！你被開除了！」姜森重重的甩開他，只見他馬上抓著姜森的衣襬求情：「姜森先生！求求你，我家有老母、下有妻兒，還有三十二年房貸和一條狗要養，請不要……」姜森對保鑣使了個嫌惡的眼色，兩個壯漢就在姜森背後海扁了他一頓，然後叫警衛將昏倒的羅伯．湯拖到後門，一把丟到垃圾箱裡去。

在場的人原本都停下來冷眼看這一幕，在羅伯·湯被拖出去之後，大夥兒又自動恢復腳步，彷彿剛才的事沒發生過。姜森走到一個髮色斑白的男人旁邊，叫保鑣拿寵物箱給他。

「就是這個嗎？我迫不及待要看看牠了。」男人難掩興奮的把寵物箱拿到一個圓柱型大玻璃槽旁邊，把兩者的扣環緊緊扣好，然後再噴灑消毒蒸氣在玻璃槽內。男人閉上眼，充滿期待的按下寵物箱的小門開關，就聽到玻璃槽裡傳出動物的腳步聲，聲音不大；姜森睜大眼睛看著，就在逐漸散去的煙霧中，終於出現了——是一隻普通的土撥鼠，還綁著一頂牛角裝飾的小帽子。

姜森的臉色由青變白，最後漲成豬肝色，像蚯蚓的青筋更爬滿整個額頭。整間實驗中心的人見狀紛紛爭先恐後的閃避，火山快爆發了。

「彤霓·仙恩，你死定了——」

彩虹市郊一間名叫卡薩布蘭卡的廉價酒吧裡，怪老頭正在喝著黑啤酒，突然耳朵一陣癢，他拿吸管掏了掏，又丟回隔壁的調酒杯裡，那人回頭喝了一口，結果吐了吧檯一桌子血腥瑪麗。怪老頭拿起啤酒杯到角落去，那裡比較安靜，因為他的手機響了。

「喂！現在是半夜一點，你最好有急事。」

「彤霓・仙恩，你把我惹毛了。」是姜森的聲音，怪老頭愉快的和他打招呼：「啊呀，姜森先生，您真早起呀！怎麼樣？東西非常滿意吧！這可是我用生命換來的寶貝唷！」

「滿意？我真的會用你的生命來換這樣東西！」

「您在說什麼？我怎麼聽沒有？」

「你再裝蒜！你好大的膽子，竟敢拿一隻該死的老鼠騙走我三百萬！」

「老鼠？是哪一種老鼠？」怪老頭還很悠閒的喝一口啤酒。

「我管他什麼鼠，該死的！我要你看不到早晨的太陽。」

「氣象報告說明天會下雨，大家都看不到太陽。」

「你敢戲弄我？」

「輕鬆點嘛，只是個笑話。不好笑嗎？不喜歡我就不說了。」怪老頭拿到錢就到卡薩布蘭卡來喝酒，他喝了不少，已經醉得差不多了，所以才敢對姜森胡言亂語，絲毫不擔心即將有殺身之禍。

「彤霓・仙恩！你不要跟我裝瘋賣傻，你是不是又在喝酒了？」

「要不要也來一杯？姜森先生，我敬你，乾杯！」說完真的一手拿手機一手灌啤酒的乾杯了，他把杯子擱在吧檯，人也醉倒在桌上，嘴裡還喊著：「倒酒。」只不過酒保不理他，繼續擦他的杯子。

「喂！彤霓．仙恩！你別跟我裝死，我一定要把你撕成碎片，拿去餵豬！」

「喂！……該死的！」

「走！去宰了他，我知道這死老頭在什麼地方……」話沒講完，姜森便把電話掛斷了。

過不到半小時，三部黑色寶馬停在酒吧外面，下來了八九個彪形大漢，姜森則坐在馬路另一邊的凱迪拉克裡窺看。酒保眼尖的趕忙衝出店門外，要求他們不要到店裡生事，其中一個一把推開了酒保，大搖大擺的走進酒吧。他們問清楚怪老頭的身份後，抓著他在吧檯上拖行，砸爛了一堆杯杯盤盤，還打破了整排的酒櫃，然後幾個大男人一人抓一邊，把怪老頭丟到其中一部寶馬的後行李廂。幾個人整理好衣服，拿了一疊鈔票給酒保：「以後別讓我看到他在你這裡喝酒。」

凱迪拉克先開走，幾部車跟著尾隨，他們開回了姜氏父子生物科技公司總部大樓，一票人連拖帶拉把怪老頭帶到頂樓，綁在一張辦公椅上，而怪老頭酒都還沒醒呢！一切準備就緒，姜森只留下兩名打手，命令其他人離開頂樓，他即將要展開殘酷的私刑了。

「潑水！」

嘩啦一聲，一整桶冰冷的水潑在怪老頭臉上，嚇得他嗆了幾口水，猛然驚醒過來；冷水冷得他直打哆嗦，還一邊怪聲亂叫。

「抬起頭來！彤霓．仙恩。」其中一個打手戴上拳擊手套，狠狠的就給怪老頭臉上兩拳，打得他嘴角流血，臉頰登時淤青。冷不防腹部又挨了幾下，差些連宵夜都給吐出來。

「哎唷，別打了……你們要錢……我給，我一把老骨頭了，禁不起這樣打……」

「我不只要你還錢，我還要你的命！我讓你知道耍我的下場！」姜森出聲音了，他示意打手繼續打。怪老頭立刻尖叫出來：「姜森先生！你聽我說……」打手不管他怎麼叫，依然對怪老頭拳打腳踢，毫不留情。倒是他喊了一句：「打死我就拿不到你要的東西了。」懷姜森阻止了打手的毆打，他蹲下身，看著被打花了的怪老頭，打手揪住他的頭髮要他抬頭看著姜森，姜森冷冷的說：「有東西最好交出來，這一頓算是開胃菜，若是你再耍花樣，我會用『海陸大餐』伺候你！」

「我就算向天借膽也不敢欺騙您，姜森先生。」

「諒你也不敢。那麼你說，這是怎麼回事？」

「我拿給您的箱子是青色還是紫色？」

「是紫色，怎麼樣？」

「這就對了，我一定是眼花拿錯箱子。真正的東西在青色的箱子裡，現在還放在我的公寓。那隻土撥鼠可以還我嗎？那是我要送給一個女學生的，她好可愛又甜美……」

「住口！下流的東西！」姜森站起來，要打手解開他的繩子，拖他回去拿東西。

「你這次最好說真話，否則我就把你撕成碎片，拿去餵豬！」

「剛才你也是這樣說的，可惜豬嫌我難吃。」被拖著進電梯的怪老頭還是老毛病不改，亂說話刺激別人。

「住口！該死的！」電梯門關起來，電梯裡再度傳出他殺豬似的慘叫。

被打得落花流水的怪老頭，一路拖到車旁，又被丟進行李廂，理由是：不想被他身上的血水污泥弄髒高級的義大利皮椅。

「你們不能這樣對待我！」怪老頭在行李廂裡哭喪著臉對打手說。

「剛才你也是這樣載來的，怎麼來，怎麼去。歡迎搭乘頭等行李艙。」

「我要告你們欺負善良公民、凌虐老人、綁架教授，還有妨害自由……」

「不要大聲叫，會讓裡頭空氣稀薄的。祝您旅途愉快。」不再等他說話，打手關上廂門，坐上車往怪老頭的公寓開去。

……

路邊的霓虹招牌，冷清的閃著02：56的燈光。

第六章　醫療

夜行殺手王鷹

※　※　※　※　※

康闊森林的下半夜仍是一片漆黑，許多夜行生物正展開一場熱鬧的嘉年華會：獵食者盛裝赴宴，使出渾身解數填飽肚子；被獵者發揮潛力，為保命無所不用其極。

有一條雙眼具有夜視功能、罕見的百眼蛇，緩緩在太古帝王樹幹穿梭，尋找小型的獵物。百眼蛇除了一對眼睛是真的之外，其他全是虛張聲勢的擬態假眼，用來嚇走愚蠢的獵食者。但是今晚注定是這條百眼蛇的末日，因為更稀有的夜遊殺手——變色棘齒鷹來到這裡覓食。變色棘齒鷹是正式名稱，但大多數人習慣稱呼牠「王鷹」，藉以凸顯牠禽中帝王的地位。居無定所，行蹤飄忽的王鷹，牠的一切都是謎，沒有人知道牠從哪裡來的，只有少部分仙精對牠們有研究，可是資料相當有限。牠能夠瞬間改變高速飛行中的方向，往往令獵物措手不及；而牠在叢林中獵殺本領之高明，更令其他掠食者望塵莫及。

王鷹倒攀在樹幹上，張開的翅膀貼緊樹皮，眼神銳利的等待百眼蛇靠近；現在牠正使出變色的絕活隱身樹端，百眼蛇縱使真有百眼，也無法識破王鷹的偽裝。百眼蛇一步一步踏進死亡的陷阱，當牠進入攻擊範圍，王鷹立即俯衝而下，用利爪擒抓百眼蛇的頭部和身體，再一口咬斷牠的喉嚨，整個行動乾淨俐落。

但是所謂「螳螂捕蟬，黃鵲在後」，天下沒有絕對完美的攻獵，生存靠的是智慧，還要祈禱幸

運之神的眷顧。當王鷹專心獵殺百眼蛇時，一群新塔空尼亞（NEO-TAKOOMNIA）原人早已悄悄佈署在周圍，即將展開他們的獵捕計劃。當王鷹大口撕咬戰利品，鬆懈警戒的時候，新塔空尼亞人每人抓著巨網的一角，毫無聲響、幾乎同時的飛身躍下，捕到了王鷹。新塔空尼亞人此時爆出歡喜的吼叫聲，混著王鷹的驚嘯，讓這安靜的叢林變得喧鬧起來。

新塔空尼亞人的傳統是要在村園的祭壇上才能宰殺獵物，否則獵物的惡靈會做祟，鬧得全村不安寧。變色棘齒鷹展翅約三點五公尺左右，並不算「巨」字輩的生物，可是若與平均身高僅七十公分的新塔空尼亞人相比，就成了龐然大物。因為身形矮小，他們要搬運活的大型獵物，處理起來是相當高難度，尤其捕獲的是強壯的猛禽，其困難與危險不言可喻。所以他們的做法是：把獵物整到無法反抗為止，只要能活著送上祭壇，獵物受多重的傷都可以。這樣整獵物到只剩一口氣的過程十分血腥，有時甚至會長達兩三個鐘頭，不幸的犧牲品被凌遲到咬舌自盡的情況時有所聞。這事對我們人類來說是駭人聽聞，對仙精來說也覺得太過殘忍，不過基於仙精法則的限制，他們不能在「未發生時做假設性勸導」，只能在遇到事情發生時「適當處理」。

通常獵捕行動都由有經驗的人當頭目，當活捉獵物後，依慣例由頭目射第一支矛。這隻倒了八輩子楣的王鷹，被頭目活生生射瞎了左眼，引起眾人的一陣歡呼。頭目先發之後，接下來是「自由發揮」時間，頓時石塊、矛、箭齊飛，還有高處擲下的果子，整得王鷹遍體鱗傷，哀嘯不已。此時一個大膽的菜鳥試圖在近距離以長劍插刺，結果被憤怒的王鷹一爪勾住，王鷹死抓著他不放，整個人緊緊頂在網子上，傷口血流如注；他拚命揮劍亂砍，傷到王鷹也砍破了網子，反而讓鷹嘴有空隙迴轉，當場把那個原人撕成兩截。其他人見有人慘死，紛紛採取更猛烈的報復攻擊。王鷹一旦頭部可以活動，就能用鷹嘴上的棘齒割開網子，一群人見大勢已去，趕緊撿了武器四散逃命。

王鷹逃過一劫，傷勢過重的牠沒力量飛，但是牠不能逗留，等這些小矮人帶了新網子回來，牠就真的只能等死了。逃走，至少還有活下去的機會。於是牠忍著痛，一跛一跛的跳著離開。

陰暗的太古帝王樹根部是王鷹一輩子不會造訪的地方，這隻王鷹因緣際會在這種尷尬時刻「王見王」，心中恐懼可想而知。以前的牠是兇猛的霸王，高高在上，沒有動物不怕牠的；現在的牠，身受重創，則隨時可能成為其他掠食者的俎上肉。牠好想趕快離開這片叢林潮溼的地面，牠討厭溼漉漉的感覺。走著走著忽然牠看到有光亮，以為是叢林出口，奮力爬近才發現原來是火光——牠來到慈雨和陶德紮營的棚架邊了，而他們還睡得很沉，絲毫沒有感覺有一隻受傷的猛禽，就在離他們不到五公尺的地方喘著氣。王鷹藉火光看見有仙精在裡面休息，頓時覺得安心，至少不用害怕那群原人追殺過來，還來不及想好下一步，牠腳一軟、眼一翻，傷重的暈了過去。

當牠再度甦醒過來，牠發覺自己全身被綁了起來。牠想開口，可是嘴被撬得大開，有根棒子頂在嘴裡，出不了聲音。牠左眼瞎了，只能靠一隻眼睛看四周怎麼回事？很快地牠放棄了，因為牠的右眼只能看到樹根。牠用牠最差的感覺——聽覺來替代視覺，收集有用的聲音資料。

「這種老鷹好大！牠會不會弄斷繩子？」是陶德的說話聲音，他正在搗碎慈雨採的草藥，準備給王鷹敷藥治療。慈雨拿出用獨角野牛胃袋做成的煮器，吊在火炬上煎藥，濃烈的氣味連小地鼠都要躲得遠遠的。慈雨掩鼻回答說：「不用擔心。牠傷成那樣，連走路都有問題，牠掙不開的。」

這倒是實話，以王鷹現在的情況，牠連老鼠都傷不了。王鷹聽到他們正在搗東西和煮沸東西，以為是要把牠煮來吃，拚了命的掙扎搏動。這一掙扎引起了慈雨的注意，她走過來對王鷹說：「你能清醒過來，就表示我們給你的藥正在發揮效果，你將會慢慢痊癒。很抱歉必須把你綁起來，我怕你傷了我們，還有你自己。」這時陶德把搗好的藥拿過來給慈雨，原本心情已經平靜的王鷹，一看到陶德又激動了起來，慈雨趕緊解釋：「不要驚慌，這是我的朋友。你放心，有仙精在的地方，你的生命將獲得保障。」

慈雨費了好一番功夫才幫王鷹上好藥，並且灌了一大碗藥湯。雖然藥苦得難以下嚥，可是比起那群小矮人的凌遲，這點苦又算什麼？於是牠任憑慈雨擺佈，硬是挺過了所有的疼痛，不愧是鷹中之王。慈雨詢問了王鷹一些話，得到牠的信任與承諾，才把牠口中的棒子取出，讓牠能安心休養，體力不濟的王鷹此刻又再沉沉睡去。這時慈雨和陶德靜靜的回到棚架內，坐下來靠著火炬，烤乾溼淋淋的手。

「為什麼要救牠？牠不是很危險嗎？」陶德不解的問慈雨，小地鼠此時跑回了陶德的肩膀，吱吱嘰嘰的小聲叫著。

「因為牠倒在仙精的範圍之內，所以我必須負起保護牠的責任。」

「為什麼要？牠只是隻動物。如果有野貓野狗跑到我家，別說保護，沒有被我爸用掃把趕走就不錯了。」

「其實還有一個更好的理由，牠是瀕臨絕種的稀有鳥類。」

「那就把牠送去動物園呀！那裡有吃有住，還可以收門票賺錢……」小地鼠又在陶德耳邊吱吱叫，打斷陶德的話。

「住口！保護弱病是仙精責無旁貸的義務，此等品格怎容你踐踏污衊？要知道我仙精民族……」慈雨又開始長篇大論的發表演說，這一說，又不知道要到什麼時候才會結束。

「她又來了。」陶德心不在焉的東看西看，四周還是陰暗潮溼，不時飄著木頭霉腐的味道。現在是第五顆月亮剛隱沒的時間，除了這支火炬，沒有一絲光線，許多小昆蟲趨光而來，剛好成為響鈴蟲的早餐。陶德看著慈雨在昨晚睡前幫他做的一雙鞋，做工、型式都跟他破掉的球鞋相近，除了材質不明之外，真沒什麼好挑剔的。

「其實她還不錯，就是比較兇、長得怪、臉很臭、愛嘮叨而已。」

一群盲蠍從不遠處急行而過，慈雨和陶德不約而同的望向腳步聲的方向，慈雨緊盯著盲蠍群，嚴密注意牠們的動向。等牠們腳步聲漸漸遠去，這才鬆懈下來。慈雨說：「這些不肯放棄的傢伙，要不是這裡有火炬，牠們早就衝過來了。」

「這群蟲是跟著我們過來的嗎？」陶德緊張的張大眼睛，小地鼠也附和的驚叫著。

「盲蠍通常生活在乾燥的地方，這一群應該是跟著我們進來的。現在大概是牠們趁黑想趕快逃走，因為牠們沒想到這裡這麼潮溼。」

慈雨把裹毯收起來，正要塞進皮囊袋時，小地鼠很快的跳到皮囊袋裡，抱住一個髒髒的小雕像。慈雨把雕像拿起來，小地鼠還趴在上面，慈雨喝了一聲，牠才跳回陶德的肩上。陶德湊過來，和慈雨一道端詳這又髒又黑的雕像：它的形狀像個三號電池，上面用樸拙的線條環繞表面淺刻了一隻鳥，後面有一排奇怪的文字，上下兩頭各刻了一個圓形的圖騰。

「這是什麼東東？好髒喔。」小地鼠一直在陶德肩上嘰嘰喳喳叫，好像有什麼話要說，可惜他們兩個都聽不懂。小地鼠好沮喪，嘆了一口氣，跳到皮囊袋上，頹然的坐著。

「牠好像要說什麼，可惜我猜不出來。」陶德拿著小雕像無意識的搓弄，然後問慈雨：「這個東西是哪裡來的？是妳的嗎？」

「不，這是昨天我到迷迷草原時，一隻名叫烏邦的鼓囊巨鳥獸送給我的，他說這是法器。」慈雨想起烏邦，心中又受傷了。可是這個雕像是做什麼用呢？小地鼠要傳達什麼訊息？這件東西和什麼事情有關連呢？一堆問號，讓不常思考的慈雨有些招架不住，輕輕的敲著昏沉的頭。別說慈雨了，陶德也想得頭痛，焦躁的用力搓揉小雕像。

「算了，該準備出發了。」慈雨眼尖的瞄到陶德手上正在冒煙，趕緊對陶德說：「嘿！你，別再搓了，它不太對勁。」陶德還搞不清楚狀況，茫然的看著慈雨。慈雨拿過雕像的時候還在冒煙，只一下子就散掉了。她仔細的拿近觀察，看看上頭是否有什麼機關，終於在鳥嘴處發現一個針孔大的小洞，煙應該就是從這裡冒出來的。除此之外，看不出有其他異常。

「你先拿著吧！但是不要動它，等到有需要用的時候再拿出來。」

慈雨整理行囊，順便把硬莓餅分給陶德充飢，這回慈雨在裡頭夾了樣好東西——沙瓦魚乾。超級甘醇香的魚鮮味，夾在爽口的硬莓餅裡，竟然十分柔和的融成高雅的味道，讓陶德不由自主的一口接一口。耐飽的硬莓餅啃完，陶德的臉頰發痠、牙齒無力，在胃裡膨脹起來的硬莓餅來不及消化，撐得陶德叫苦連天。但是想到剛剛的美味，陶德還是覺得很值得——縱使貪吃過度的結果是不舒服，也無怨無悔。

慈雨沒有阻止他的狼吞虎嚥，等他吃完才遞給他用金仙菇（一種菇傘很硬的叢林菇類）裝的樹汁。為什麼這次不用米蜂巢裝呢？道理很簡單，這裡沒有米蜂，只有金仙菇，所以陶德覺得味道好太多了。慈雨驕傲的對陶德說：「這是我母親努農依照慈家莊園特有食譜做的，裡面有……」她鉅細靡遺的將食材做法一項一項的說給陶德聽，可是陶德撐得躺了下去，完全沒在聽，小地鼠則在他身旁拿著一小段魚乾，津津有味的啃著。

等陶德肚子舒服些，慈雨也說完了。小地鼠在慈雨跟前很不規矩的討魚乾吃，令人驚訝的是，慈雨不但沒有斥罵牠，反而微笑的再拿出沙瓦魚乾給小地鼠，樂得牠又叫又跳。

雖然已經準備出發，但是想到昨天那樣辛苦攀爬樹根，卻推進有限的窘況，慈雨不禁擔心：這樣下去，何時才能到達海馬龍的棲息地？可是祖先又沒有留下前進的方法，令她相當苦惱。還有一個問題：受重傷的王鷹怎麼辦？不能放下牠不管，可是也不能繼續耽擱在這裡……這麼兩難的狀況，真不知如何是好？慈雨好希望有長輩在場，能夠指示她一條路。

慈雨愣愣的看著陶德發呆。忽然她發現一件事——她覺得陶德跟昨天「長」得不一樣了。她問陶德說：「你的頭髮為什麼改變方向?你把樹的顏色畫在身上，這是偽裝的方式嗎?說明。」陶德往身上看，又摸摸頭髮，不好意思的說：「沒什麼啦！是沒洗澡、沒洗頭，衣服也沒換……全身都髒了。」

「『洗澡』是什麼?說明！」慈雨張開口正要說，卻被陶德搶了話，他學慈雨的口吻，搶先一步說出來。慈雨瞪了他一眼，緩緩的說：「既然知道我會問，就快說明。」

「洗澡就是脫光光跳到熱水裡，拿香皂洗身體。偶而我會和我的潛水艇一起洗……」說明了半天，慈雨終於分辨出「洗澡」和「煮湯」的不同。仙精因為時時刻刻都會排出水分，污垢皮屑沒有機會堆積，自然不用洗澡清潔，也因為隨時保持乾淨，所以仙精不會有痘子亂冒、斑點亂長這些困擾，哇！這下不知道又要羨煞多少愛美的女子了。

「很有趣的活動，不過我不能嚐試這樣做，否則會產生皮膚排斥，影響健康。」

「我也不喜歡洗，可是全身又髒又黏，實在很不舒服——真想好好洗個熱水澡。」陶德看了一眼小地鼠，牠吃飽喝足了，現在正在舔舐雙手上的殘渣。陶德問牠要不要洗澡，不知是剛好還是怎麼的，牠好像聽得懂人話似的立刻轉過身去，不搭理陶德。

「如果要煮很多的湯，我知道怎樣做。反正王鷹還沒醒之前也不能出發，乾脆來試試看好了。」慈雨攤開書，找到野營時烹煮食物的方法，便動身去找葉片有三公尺寬的植物，可是似乎康闊森林裡並沒有這種植物。慈雨看著高大的太古帝王樹，再往上看到茂密的樹梢，她驚喜的說：「對呀！太古帝王樹的葉子不是更大嗎？！」

於是慈雨回到營地，從皮囊袋裡拿出帝王絲彈力繩，將彈力繩頭接在弓箭上，然後對著太古帝王樹頭用力射出，準確的穿過樹枝再落回她手上，然後慈雨利用彈力繩易於控制的伸縮特性，輕易的把自己拉上枝椏，順利的割下一片又大又厚的葉子。慈雨抓住彈力繩緩降回地面，看得陶德鼓掌叫好，稱讚她簡直是女蜘蛛人——當然又要跟慈雨解釋一番了。

「這片葉子夠大，應該可以……『洗糟』？」慈雨先把葉子裁好、穿洞，再用樹藤穿繞並且掛在適當的樹下，然後和陶德一塊找了幾根火炬樹——他們這樣稱呼那針葉樹——放在樹葉底下，由陶德負責起火，慈雨加長了屋頂的排水管，將水引到樹葉裡。讓我們瞧瞧慈雨有多細心——她在水管末端張掛了過濾雜物的網子，是用只剩葉脈的落葉做的。

一切準備就緒，水也熱了，陶德脫光衣服從樹上爬進去，高興的享受泡湯的樂趣。見到陶德如此快樂，慈雨羨慕的站在一旁，她何嘗不想進去一同享受？然而古有警訓，不能違背，她也只有忍耐的份。

「快走開！我洗好要出來了。」慈雨聽話的避坐到棚架內，陶德則坐在大水袋下偎著火炬，拿著「煮」好的衣服烘乾。慈雨好奇的問說為什麼不能過去看？陶德說：「若是看到脫光的男生，眼睛會爛掉！」嚇得慈雨半天不敢說話，原因是同理可證，和脫光的男生說話，嘴巴會爛掉！

陶德穿好衣服，暢快得不得了。慈雨拆掉水管，然後用短劍在水袋下戳洞，水放光了，下頭的火炬也完全熄滅了，一舉兩得。這時王鷹剛好要甦醒了，牠還沒完全清醒，頭昏昏的在原地發愣。小地鼠看見王鷹醒過來，竟然著魔似的快速跑向王鷹！陶德和慈雨想阻止牠已經來不及，眼睜睜看著小地鼠往死亡裡衝。小地鼠敏捷的三兩步跳到王鷹身上，最後停在王鷹被射瞎的左眼旁，牠渺小的身形只和王鷹的眼珠一般大，若被王鷹吞了，恐怕連塞牙縫都不夠……

奇蹟發生了，掠食者之王，居然任由小地鼠舔牠受傷的眼睛，還非常平靜的動也不動。小地鼠還梳理王鷹腦門前略亂的羽毛，然後快速的奔向陶德，鑽進他的口袋裡，小地鼠探出頭吱吱大叫，還發出哭泣的嗚咽。

「牠怎麼了？」陶德不知所措的向慈雨求救，她過來看了看小地鼠，也不太明瞭牠要做什麼。小地鼠跳到慈雨的皮囊袋上，焦急的在原地打轉，這才讓慈雨和陶德恍然大悟：「牠要小雕像！」陶德洗衣服時忘記拿出來，若不在他口袋裡，一定在水袋裡面。兩人忙亂的找尋，終於在一根火炬樹上發現溼透了的小雕像，陶德開心的拿給小地鼠看。牠沒有多看一眼，又往王鷹身上跳去，眼巴巴的遙望著陶德。

「牠好像要你拿小雕像過去。」慈雨猜測的說。

「我會不會被咬？妳陪我過去好不好？」慈雨陪同陶德慢慢的靠近，陶德緊張的握緊小雕像，結果它又開始冒煙，只是兩人注意力都在王鷹和小地鼠身上，沒有發現這種變化。當他們終於到了王鷹跟前，陶德才拿出小雕像，卻被冒出的煙嚇得把雕像丟到地上，沒想到雕像竟然摔成兩半，還從裡面滾出四顆暗紅色的小珠子。

「糟糕！被我摔破了！」陶德正想下去撿，不過小地鼠動作更快，抱了一顆珠子就往王鷹身上跑，還把珠子藏在王鷹的羽毛裡。到此，小地鼠才又鑽回陶德的口袋，愉快的探出頭，還高興的對著王鷹吱吱叫。陶德滿頭霧水的撿起珠子和碎雕像，慈雨也丈二金剛摸不著頭緒，看不懂小地鼠和王鷹在搞什麼名堂。

「看來，烏邦和你們……打過照面……」

「哇！」王鷹突然說出話，差點把陶德和慈雨嚇到跌倒，除了尖叫，他們說不出半句話來。王鷹抖了抖腦袋，把珠子抖出來，並示意陶德撿起來，陶德驚魂未定的照做，卻不知道下一步要怎麼做。這時王鷹用牠低沉渾厚的聲音說：

「非常抱歉，驚嚇到兩位，請原諒我。這位是高貴的仙精，另外這位是……」

「我……我叫陶德……」

「王鷹，我很驚訝你會說話，仙精的書裡沒有記載這件事。容我介紹，這位是來自地球的朋友，是仙精的朋友。我是小仙精慈雨，請問你是……？」慈雨畢竟經過風浪，很快就鎮定了下來，並且沉穩的做介紹。

「萬徑漂泊，無名無姓，但稱王鷹無妨。」又是一個古典派頭的人……嗯……鷹。

他們兩個經過一番「古式詞令」溝通後，才了解事情的來龍去脈：七百年前，王鷹曾經在一次仙精圍勦鼓囊巨鳥獸的追殺中，拯救了當時年幼的烏邦，從此結為莫逆之交。後來兩百年前仙精大舉滅殺鼓囊巨鳥獸，烏邦全族避逃，自此失去聯繫。那個小雕像是王鷹送給烏邦的紀念品，裡面的珠子是王鷹一族的祕寶——萬年鷹火化時，在骨灰裡得到的萬顆舍利子。這祕寶只有王鷹知道在什麼地方取得，目前僅僅被取走十一顆，陶德手上拿的即為其中四顆。王鷹之所以不在開始時就說明，原因是牠本來就不和其他生物打交道，這次不慎受重傷，只想在療傷時，有仙精可以保障安全而已，並不想攀交情；但是小地鼠的來回穿梭，才讓這一切明朗開來。

「原來如此，還真是冥冥之中自有定數。」

在事情說開了之後，也沒有綁住王鷹的必要，慈雨邊說邊幫牠解開，痛得王鷹頻頻蹙眉——仙精式捆綁法的特色。陶德將紅珠子（萬年鷹的舍利子）餵給王鷹，這將會造成王鷹一段時間疲累乏力，接著傷勢才會開始復原。

還有一件事情經由見多識廣的王鷹說明後，才得以真相大白，就是小地鼠神奇的表現。原來波奇卡波地鼠是所有野生動物的地下連絡網！牠們在地下的洞穴錯綜複雜，通道之多，範圍之廣，難以估計。野生動物們都很清楚，利用波奇卡波地鼠傳遞訊息是最方便又最可靠的，牠們精確傳達，沒有距離（而且不用收通話費——這是陶德說的），難怪小地鼠什麼都知道，連慈雨遇到難題該用哪樣東西解決牠也一清二楚。這也說明了為什麼當初希里胡圖鳥都只衝向陶德，卻沒有抓小地鼠的打算，以及今天小地鼠來去王鷹嘴邊，毫無所懼的原因。

「看來，你真的是我的福星——不，是我們的福星！」陶德開心的逗著小地鼠。

「趁著王鷹休養，我要先看看馴捕海馬龍的最佳計畫書。」慈雨拿出一幅卷軸，開始研讀。陶德在旁邊吵著要慈雨教他彈力繩的用法，慈雨被煩得沒辦法，只好仔細教他一遍，打發他到旁邊去玩。

彈力繩的超彈力纖維是會「旋轉」的，在抽拉一次時會呈現直絲向，這時是順向的伸展力，會愈拉愈長；再一拉，纖維成了橫絲向，伸展立即停止；再抽拉一次，雖然是變直絲向，可是是逆向的緊縮力，是會愈來愈短……就這樣「停止、伸展、停止、緊縮」一直循環，聽起來好像很複雜，其實用熟了就簡單又好用。功課不好卻很有運動細胞的陶德，摸三兩下就搞懂它的用法，還立即把它使用在他沒有說出來的用途上。

「喔——咿喔咿喔——」是陶德學人猿泰山的聲音，由遠而近，又逐漸遠去。

「喔——咿喔咿喔——」又是陶德的聲音，由遠而近，又逐漸遠去。

「喔——咿喔咿喔——」還是陶德，由遠而近，又逐漸……

「不要吵！要玩去別的地方玩，可惡！我正在研究……」慈雨生氣的站起來，還沒講完，就看到陶德抓著彈力繩，飛快地盪過他的眼前。過了三秒鐘，他才又盪回慈雨面前，然後緩緩降落到地面，小地鼠在他口袋裡興奮的尖叫不已。

「哇塞！這玩意真是太酷了！妳要不要玩玩看？」陶德把彈力繩拿給慈雨，呆掉的慈雨被陶德用繩子推了推，這才回過神來：「你……你……你在做什麼？」

「只是好玩嘛！如果妳不准我玩的話，東西還妳就是，不要念我。」慈雨接過彈力繩正要說話，陶德立即摀住耳朵，大聲說：「不聽不聽，狗兒念經！」

「快告訴我你是怎麼辦到的？喂！」慈雨扳開陶德的手，又問了一次。

「妳不會罵我嗎？」陶德確定慈雨是認真的，便將他靈感得自泰山電影的絕技教給慈雨，悟性一流的慈雨很快便學會收放的技巧，並且實際上場操作，甚至可以玩出花式來。陶德一直叫喊要換他玩，慈雨玩得正在興頭上，哪裡肯下來？她尖聲叫著，要陶德再去拿一條出來用。就這樣，黑暗的康闊森林裡出現兩個不斷尖叫飛盪的小鬼，噢，還有一隻小地鼠。

王鷹被吵得睜開眼，勉強抬頭看著他們，就見慈雨驚呼的飛近王鷹，大笑的呼嘯而過，還回頭問王鷹：「要不要一起玩？我還有一條……」聲音遠得聽不清了。

王鷹不應聲，不屑的暗想：「這是哪家的仙精？真不莊重。」

慈雨的聲音又在接近中：「要不要一起玩？唷——荷——」

「妳忘了我會飛嗎？小笨蛋。」王鷹嫌惡的啐了一聲，又把頭縮到翅膀下，心情古怪的閉上眼，繼續牠的休養。

兩人玩累了，這才回到地面休息。慈雨臉頰泛紅，難掩興奮的直呼過癮：「這真是太好玩了！我以前都只知道利用彈力繩上下高處，沒想到還可以這樣用。除了玩，我還有新的想法——我們可以利用這個方法，快速的離開這片密林。」

「對呀！我怎麼沒想到？這樣子比走路快太多了。」

「嗯！也多虧你，又解決了我的一個難題。我一定要記下來……」慈雨低下頭，要去找記憶蟲來灌知識。

「嘿！妳忘了嗎？這裡沒有記憶蟲。」陶德搖搖手指，提醒慈雨。

「噯！真糟，這項技術又沒辦法記載了，真可惜。」慈雨惋惜萬分的捶了捶手掌，無可奈何地坐在棚架邊。陶德這次忍不住了，對著慈雨問：「為什麼妳不拿枝筆來，用寫的呢？」

「『寫』是什麼？說明。」

「這個呀！就是……」

陶德開始教慈雨如何寫資料的時候，太陽偶而穿過茂密的樹葉，灑下一點一點金黃色的光點，給這潮溼陰暗的叢林底層，有了溫暖的光亮。

……

第七章　圖畫

波奇卡波地鼠

※　　※　　※　　※　　※

上午七點，彩虹市已經完全清醒。上學的人、上班的人，匆忙地在車站進進出出，大大小小的車輛在車陣裡奮力前進，奔向每個人的目的地——又是一個忙碌的星期五。

姜氏父子生物科技公司總部，十三樓生物科學實驗中心的電梯門打開，一票黑衣人帶著怪老頭彤霓·仙恩以及青色的寵物箱走出來。他們直向著髮色斑白的男人走去，把寵物箱交給他，男人臉色陰沉，冷冷的說：「是不是真的，將決定你是不是死的。」

男人又做一遍玻璃槽的操作，一陣煙霧逐漸散去，周圍的人都瞪大了眼睛，發出驚訝的讚嘆：

煙霧裡是一隻如假包換的，波奇卡波地鼠！

髮色斑白的男人立刻指揮眾人進行檢測工作，實驗中心裡開始騷動，大家忙碌的搬機器、打開電腦連線，還有人拿著急救箱發呆；穿窄裙戴狐狸眼鏡的女人推著手術用具的推車，和一個推著清潔用具推車的胖漢撞成一堆。整個中心忙得不可開交，只有一個人例外：就是怪老頭。他看著這群橫衝直撞的瘋子，慢吞吞的走到走廊上，在自動咖啡機按了一杯卡布奇諾，舒服的在旁邊的沙發坐下來，傷口還隱隱作痛，他小喝一口咖啡，然後靠在沙發上呆坐著。

八點半左右，姜森趕了過來。他看到怪老頭在走廊上，馬上過去把他的咖啡扔到垃圾桶，扶了他起來：「仙恩先生！你是我的天使。真抱歉傷了你，我會請特別護士照料你……別喝這跟陰溝水沒兩樣的東西，我讓你喝更好的。對了！想喝酒嗎？我有個酒窖，裡面的酒隨你喝……來人！帶仙恩先生去貴賓招待所，叫公關主任找兩個辣妹好好伺候，仙恩先生要什麼都照辦，不得怠慢！」他連珠砲的說著，推了兩個保鑣到怪老頭身邊。

「不必了。你的招待所我坐不起，我還是走人好了。」

「行！就依你，您說了就算。來人，用我的車送仙恩先生。」

「你還要把我撕成碎片，拿去餵豬嗎？」怪老頭真是本性難移，臨走還消遣姜森。

姜森奸商嘴臉上堆出狡猾的笑容，拍著怪老頭的肩膀：「請您忘記這句話。待會兒我把方圓百里內該死的豬全部宰了，看哪個傢伙膽敢抓您去餵豬！哈哈……」

怪老頭隨同兩名壯漢走向走廊的另一端，姜森見他轉過轉角，便迫不及待的衝進實驗中心，對著亂成一團的人員咆哮：「滾開！該死的歐主任在哪裡？」

髮色斑白的男人原來是負責實驗中心的主任科學家，他滿臉笑容的過來，邊走邊向姜森報告：「經過檢測，已經初步認定非地球現有的生物品種。」

「哦！是這樣嗎？接下來呢？」姜森露出詭異的笑，圍觀的人紛紛讓出一條路給他。

「接下來我們要萃取牠的細胞做培養，嘗試和地球原生種動物做細胞融合……」

「該死的！我不是問這個，我問什麼時候能上線生產？……讓開，該死的！」

「這……至少需要十五天……」歐主任心虛的說。

「三天，我給你三天，下午我就要拿到進度表和上線生產計畫書。」姜森的食指戳到歐主任的鼻子上，還用力戳了三次。姜森的脾氣向來不好，可是大家都會容忍，看在薪水是外頭十倍的份上……

「可是，姜森先生……這恐怕……有困難……」歐主任一臉為難、摸著被戳紅的鼻子說。

「你叫什麼名字？」姜森斜眼瞅了他一下，歐主任心一驚，嚇得掏出手帕來擦汗。

「嫌主任不好當？我馬上成全你——想報名坐你辦公室的人，已經排隊到大門口了。」

「姜森先生，我這就去辦！」歐主任一溜煙的跑去調度工作。姜森嘆了一口氣，搖搖頭的說：「只會吃飯喝茶的廢物！」

「喔！這就是那隻可愛的——小東西嗎？呵呵呵，這就是能拯救整個姜氏父子生物科技公司的救星嗎？你看看，牠是多麼的……美麗……」姜森走到玻璃槽邊，隔著玻璃看那隻滿臉驚惶的波奇卡波地鼠。他愉快的問著旁邊的觀察員：「這小東西，把牠拿出來讓我仔細瞧瞧。」

「姜森先生，你最好穿上無菌衣，沒有先經過消毒就接觸牠是很危險的，要是我就不會做這麼愚蠢的舉動。」這個觀察員嚴厲的警告，讓姜森臉上一寒。他慢慢轉過頭去，輕聲問他：「告訴我，你叫什麼名字？」

「我叫游宇耕，上週報到的生物觀察員，彩虹大學生研博士班高材生。」這小伙子驕傲的說。

「『魷魚羹』？我的公司怎麼盡找這種湯湯水水的膿包？」姜森受不了的遮著額頭，連看也不看他一眼，大手一揮：「夠了，你被開除了。」還不等他回話，警衛以超快的效率把他拖到後門，丟進垃圾箱。

姜森自己打開了玻璃槽，伸手進去要抓地鼠，但是一直搆不著，地鼠充滿敵意的露出兇相，對姜森低吼示警，可是他沒聽到。姜森身後是一群犯了集體歇斯底里的人，忙亂得沒有人注意記錄器的異常，上頭顯示地鼠的呼吸、脈搏加快，血壓也急速上升。姜森一不留神，壓到了消毒藥劑噴灑鍵，白色的煙霧登時大量冒出，他摸索了一下才關掉，等煙霧散去時，地鼠竟然不見了！這下子非同小可，姜森趕緊衝到外面大喊：「停！停下來！」可是鬧哄哄的人群根本充耳不聞，還是繼續他們忙亂的腳步。

姜森正要開罵，忽然看到小地鼠怯愣愣的在人群腳下穿梭，而一隻高跟鞋正向著牠踩下去！姜森不顧一切的飛身撲過去要護著牠，沒想到小地鼠蹦的就跳走了，他的手硬生生給高跟鞋踩個結實。

「哇……該死的——」

沒有人注意姜森跌倒在地上，等到有人發現時，姜森已經全身腳印了。歐主任過來扶他起來，他立刻暴跳如雷的大吼：「你們……全被開除了！」

於是，姜氏公司總部大樓後門外的垃圾箱裡，頓時人滿為患。

在姜氏大樓的右邊隔兩棟樓，是一座大型購物中心，因為開店時間很早，一早前來購物的人就非常多，陶家也是到這兒採購大量的日用品。連恩推著小陶玲來買紙尿褲，雖然她沒有逛街的心情，可是小孩要用的東西可不能不買。她推車到地下停車場，把順便買下的東西放進行李廂，忽然她聽到陶玲咯咯輕笑，走過去看看她，沒有什麼特別的狀況，她便把陶玲抱上後座的安全座椅，奇怪的是這回陶玲居然沒有抗拒，規矩的讓她繫好安全帶，還投給連恩一個狡黠的笑，這讓連恩深感意外。

「妳今天心情不錯喔！小可愛。」連恩把嬰兒車折好放進行李廂時，又聽到陶玲彷彿被逗笑的聲音。她很快的衝到陶玲旁邊，依然是沒有異狀，陶玲也停止了笑聲。連恩覺得毛毛的，打了一個冷顫，趕緊坐上車，加速離開了停車場。

回到家，連恩在廚房整理東西，陶玲則在客廳玩積木，音箱裡傳出藍色多瑙河的音樂。原本安靜在玩的她，忽然又笑了起來。連恩這次聰明了，躡手躡腳的躲在門邊偷看，她看到陶玲前面站了一隻波奇卡波地鼠！小地鼠隨著音樂左搖右擺的模樣，逗得陶玲很開心，咯咯笑個不停。她看到這情形失控的尖叫了起來，趕快過來一把抱走陶玲。一般這時候動物都該驚嚇逃走才對，但是出乎意料的是小地鼠竟然還在搖擺，像是玩具一樣。連恩謹慎的蹲下來，拿起一根積木要去戳牠，結果牠三兩下就跳到連恩身上，害得連恩跌倒在地，手上還緊抱著陶玲。小地鼠不死心，跳到連恩的胸部上，有節奏的左右搖擺，這一嚇就把連恩嚇暈了。

好不容易連恩恢復了意識，她扶著沉重的頭，艱難的坐起來，迷迷糊糊中看到陶玲拿著蠟筆在畫畫。她環顧四周，沒看到小地鼠的蹤影，她懷疑自己是做了一場夢。連恩勉強爬到陶玲旁邊，看到她畫了幾隻狗，圖畫紙旁邊還有一隻——小地鼠！她又嚇得驚叫起來，可是她全身發軟爬不動，只能眼睜睜看著小地鼠靠近她。小地鼠開始比手畫腳，好像要說什麼，逗得陶玲哈哈大笑；連恩冷靜了一下，看著小地鼠異於其他野生動物的舉動，她覺得事有蹊蹺，仔細的看著牠，想看出點什麼端倪。

「你要告訴我什麼嗎？」雖然覺得很蠢，但是連恩還是問了小地鼠。沒想到小地鼠頻頻點頭，更快速的比手畫腳。很可惜，她完全看不懂。

「我看不懂耶！」小地鼠好沮喪，嘆了一口氣，頹然坐在地板上。不過牠看到陶玲在畫圖，就過去指了一下蠟筆。

「你會用畫的嗎？」不可思議的問題，小地鼠居然點點頭。連恩拿了一支筆給牠，只見小地鼠啃下一小塊蠟筆，抓著就在紙上行雲流水起來。畫了半天，小地鼠呼了一口氣，終於畫好了——是陶德和慈雨，還有一個怪老頭。陶德身上的衣服正是昨天早上他穿的那一套，因為是連恩幫他準備的，所以她非常肯定。連恩沒見過慈雨，不知道牠畫的意思，但是當她看到怪老頭也在畫裡時，她心中一沉：「我就知道，這件事情分明就是他幹的！太可惡了！」

陶玲在客廳繼續玩著玩具，連恩剛講完電話，無助的掛上。小地鼠站在陶玲旁邊，關切的頻頻轉頭看她。

「警察說我瘋了，連老公都說我是太想念兒子，所以產生幻覺……」

連恩坐在地板上，難過的抱住頭。小地鼠跑過來，吱吱喳喳的不曉得又要說什麼，連恩抬起頭，淚眼婆娑的望著牠，就見小地鼠拚命指著電視的方向。她看到陶玲抓著遙控器坐在電視前面看節目，她走過去把陶玲抱後面一點：「小寶貝，坐太近會得近視眼喔。」

小地鼠吵得愈來愈大聲，還一直指著電視，連恩對著電視一看，嚇了一跳：畫面上正在播出新聞記者現場連線報導，是陶德失蹤的破土地廟那裡，不知何故被雷殛，小廟變成一堆瓦礫，但是旁邊的老榕樹竟然沒被波及、毫髮無傷。因為被破壞的地方昨天才發生離奇的失蹤案件，在時間上相當敏感，所以引起警方的重視。這時電鈴聲響起，連恩趕緊去應門，是個子矮小、戴著黑框眼鏡的鄰居——史大麟，他的出現讓連恩沒好口氣的問他要幹什麼？自從他上回「認屍通報」的烏龍事件過後，陶氏夫婦見了他就晦氣。

「陶太太，陶德出現了，電視上正在轉播，妳務必要看。」他像做賊似的左顧右盼，說完話又緊張兮兮的迅速離開。

連恩平緩一下情緒，咒罵了一句：「神經病！應該是『陶德失蹤的地方出現在電視轉播中』才對吧！你又說錯了，死豬頭！」她走回電視前，還是剛才的現場連線報導，鏡頭裡出現一個出來講話的路人，記者快步過去採訪，連恩一看到他便怒火中燒：「來得正好，我正要去找你！」

連恩把小地鼠和牠的畫放在口袋，再將陶玲託給隔壁寡居的柯琳娜老婆婆，就朝後山的方向跑去。連恩上氣不接下氣的衝到老榕樹旁，看到怪老頭還在攝影機前口沫橫飛的說時空裂隙，她氣憤的衝上前就抓住怪老頭，大吼著要他還她兒子，這一切都被攝影機拍了下來。

「記者目前所在的位置發生了突發事件……」記者緊追不捨，跟著連恩和怪老頭。怪老頭扯開連恩的手：「陶太太，請妳冷靜！不要亂來！」

「你就是綁架我家小孩的兇手！」

「妳在胡說八道什麼？」怪老頭轉頭就要走，連恩立刻拿出那張圖：「我有證據！你們看！」攝影機立即靠近去拍，還沒拍清楚就被怪老頭抽走，他嗤之以鼻的說：「拿一張鬼畫符就說是證據？妳在唬三歲小孩嗎？」

「這不是別人畫的，是牠畫的！」連恩把小地鼠抓在手上，攝影機立即給牠一個特寫，接著記者就說：「看來這是精神異常的婦人前來鬧場……」

怪老頭吃驚的把她拉到一邊：「快收起來！這東西怎麼會在妳這裡？」

「哼！你少裝蒜！你所做的一切，都被牠看到了！牠會把一切畫出來，到時我再公諸於世，看你還拿什麼來狡賴？」

「嘿！牠會畫畫？我還不曉得耶！」怪老頭伸手要去碰小地鼠，連恩馬上把牠塞回口袋，故做兇狠的恐嚇怪老頭：「你這兇手，快把我的兒子交出來，否則我要你的命！」

「妳讓這東西曝光，妳的命才要小心。看來我無法隱瞞了，只好告訴妳事情的經過，不過這裡不方便說話……」怪老頭轉身就走，連恩急忙追上去。一群記者紛紛收工，陸續離開後山坡。

看到小地鼠的不只是怪老頭和一堆記者，還有躺在病床上、全身是傷的姜森。他正一邊用餐一邊看新聞，看到這一段現場報導，他放下湯匙，臉色逐漸漲成豬肝色，最後終於火山爆發的掀掉用餐桌，歇斯底里的怒吼：「該死的騙子——」

姜森下了床，換上衣服便向外衝，守在病房外的隨從馬上跟在旁邊，護士跑過來阻止他擅自行動，只見他轉頭輕聲地說：「妳叫什麼名字？小辣妹。」

「我叫什麼名字不關你事，你放尊重點。」護士義正詞嚴的雙手扠腰，杏眼圓瞪。

「好！很好！帶種！」姜森拍了拍手，繼續說：「妳被開除了！騷貨。」說完掉頭就走出醫院。

「神經病！你又不是我老闆，你才被開除了！」說完，她扮了個鬼臉，高傲的掉頭走回護理站。

姜森來到土地廟，已經不見怪老頭的蹤影，他召了一批人在附近搜查，就見這些穿黑西裝、戴墨鏡的壯漢，引人側目的在彩虹社區四處走動，見到的人莫不紛紛走避。

怪老頭和連恩在便利超商附設的露天咖啡座談話，他簡略的說明他和姜森搭上線的原因：因為姜氏公司正在進行一項祕密的基因改造計劃，他要製造出神話中的動物，賣給全世界下了訂單的富商和動物園來獲取暴利。但是改造基因始終有漏洞，改造的動物一直不合乎要求，若是他再交不出貨，就會被取消訂單，這龐大損失將會導致他破產。怪老頭在第一次穿梭時空裂隙回來時，一隻小地鼠不小心被他的背包勾住，小地鼠經不起時空裂隙的震盪，死了。怪老頭有個表弟在姜氏，曾說過要尋找新的基因體做實驗，怪老頭就把小地鼠的屍體做順水人情交給了表弟，沒想到小地鼠的基因真的可以填補改造的漏洞，但是要培養出生命，就必須從活體中抽取……於是姜森答應以三百萬元的代價，要怪老頭去抓一隻活的回來，所以小地鼠來到了地球。

「你真是殘忍，做這麼缺德的事。」連恩忿忿不平的說，小地鼠探出頭來，看到怪老頭立刻又縮了回去。

「人為財死，鳥為食亡。要不是我需要錢，我才不會去幫姜森這吸血鬼。」怪老頭眼角餘光發覺有人，才一回頭就被人給打暈了，連恩則是在那人檢視怪老頭時，趁隙逃逸。這壯漢並沒有去追連恩，他翻查怪老頭全身，找不到小地鼠的蹤影，於是他透過無線電跟姜森回報：「老闆，人找到了，但是沒看到『貨物』，有個跟他一道的女人……」

「人呢？」耳機傳來姜森的聲音。

「跑了。」壯漢很酷的說著。

「跑了?你有去追嗎?」

「我想她不是我們要找的人,所以……」壯漢有種不好的預感。

「所以什麼?」

「……所以,就放了她……」壯漢的額頭開始冒汗,當然不是因為天氣熱。

「放了她?!喔!該死的!」姜森停頓了一下,陰陰的說:「你叫什麼名字?」

「我叫姜敬九,您三叔的外甥的二表弟,您記得嗎?」壯漢開始擦汗,心裡七上八下。

「『將敬酒』?我怎麼有你這種親戚?算了!把老傢伙帶過來,我有話問他。」

「是,老闆。」姜敬九扛起了怪老頭,十分招搖的走向姜森的車,他把怪老頭扔進車去,自己也上了車。過了幾分鐘,怪老頭被拋出來,接著姜敬九也被踹出來,車子就開走了。

姜森那部凱迪拉克三節加長型的車,一路開到陶家,並且就停在他家的草坪上,行徑十分囂張,惹得左鄰右舍紛紛探頭察看。車剛停好,幾個人迅速下來前後包抄,守住陶家所有出入口,其中一人在前門按電鈴，半天沒有回應，他們從窗戶往內看。這時他們的鄰居——個子矮小、戴著黑框眼鏡的史大麟，神祕的走過去和其中一個人說了幾句話，就見黑衣人全部集中到後院，接著灑水器被誤觸啟動，還有觸電的尖叫……一堆人狼狽的衝過來，把史大麟扁暈在草坪上，才氣沖沖、溼答答地收隊離開。

一直躲在隔壁柯琳娜老婆婆家的連恩，看到這幫兇神惡煞走了，這才鬆了一口氣。

「連恩，妳惹了什麼麻煩嗎？要不要報警？」柯琳娜老婆婆沖了一壺花茶，倒一杯給連恩。

「我想不出報警有什麼用。」連恩喝了一口茶，放下杯子。「我不明白，我到底捲進了什麼樣的漩渦裡？」心有餘悸的連恩，看著窗外飄過的雲。她想起已經失蹤一天一夜的陶德，眼睛不禁又溼潤了起來。

……

第八章　獵捕

風雷古堡仙精的狩獵

仙境王國裡，太陽還是照不到黑暗叢林的潮溼底層。

慈雨學會了用「寫」來記錄資料，但是沒有可供書寫的紙，這一點讓慈雨很傷腦筋。陶德也沒辦法解決，於是他們決定暫停討論這個話題。

「我們先離開這裡，找到海馬龍才是最重要的事。」慈雨做好決定，和陶德過去看看王鷹復原的狀況，結果牠除了羽毛沒辦法這麼快長出之外，其他的傷口幾乎都痊癒了，連原本瞎掉的左眼也奇蹟般的恢復視力，讓他們不得不佩服「紅珠子」的神力。慈雨把屋頂的排水管撤下，如此上面的積水壓垮了屋頂，也順便澆熄了火炬。

王鷹為感謝他們救命之恩，自願充當領航者，帶領他們走向正確的方向。

「真是太好了，這正是我最需要的。」慈雨說的是真的，陰暗的叢林底部不僅分不清白天黑夜，也很難分辨方向。

王鷹在叢林裡優雅的飛翔，偶而幾聲鷹嘯，嚇得鳥獸紛紛走避，如入無人之境。慈雨和陶德則像兩個人猿泰山，在樹枝之間靈活的盪來盪去，速度相當快。不到一個鐘頭，王鷹傳來了消息：「看

※　※　※　※　※

得到吉吉力斯・卡巴・康闊了！」

「你知道這代表什麼嗎？我們就要到達海馬龍棲息地了！」慈雨在高速擺盪中，興奮的大聲對陶德說。

「真是太好了！我都快累死了……」這樣的體力消耗對一個八歲小孩來說，的確是嚴苛的考驗。不過陶德也等於被慈雨激發了潛能，若是他在中途停下來休息，就會跟不上，很可能就自己一個人迷失密林，因為她不會冒險回來救陶德——這是慈雨出發前就恐嚇過陶德的話。

慈雨站上一根枝椏，正在收繩，看陶德有些落後，她便在原地等陶德追上來。一會兒後，看到陶德喘吁吁的盪到後面兩棵樹距離，他大叫著要慈雨等他。王鷹聽到他的叫聲，慢慢飛到慈雨旁邊降落，王鷹睥睨一切的說：「地球人長的真奇怪，妳看他那醜陋的雙腳，又細又弱，動作又慢。真不知道他們要如何逃避掠食者？」

「聽他說地球沒有獵食者，他們並不用擔心身體太脆弱。只要閃避一種叫做『汽車』的狂奔猛獸，不要被牠撞到就可以了。」慈雨振振有詞的說著，聽得王鷹一臉不屑：「沒有獵食者的世界？一定是生物太少，沒有獵物。不去也罷。」

「他說他們有大城市，人非常多……」慈雨還沒說完，王鷹看到正要盪到下一棵樹的陶德，繩索突然斷掉，陶德就這樣掉下去了，王鷹嘯了一聲，馬上疾飛過去，在空中及時抓住他的肩膀，但是落勢過猛，王鷹差一些抓不動，也被帶了下去。幸好王鷹還是勉強撐住，把他送到最近的枝椏，然後牠趕緊抓住樹枝喘著氣休息。慈雨隨後也盪了過來，他看陶德沒有大礙，轉身看著王鷹，牠看起來情況不是很好：「我的傷還沒完全好，剛才一下子用力過猛，翅膀裂開了。」鮮血從牠兩邊的翅膀像小瀑布流了下來，慈雨很迅速的取出一罐藥沙幫牠塗上，這才止住了湧出的血。

「真對不起！害你又受傷了！」驚嚇不已的陶德泣不成聲，對王鷹抱歉萬分。小地鼠也在陶德肩上驚恐不已的跳來跳去。王鷹安慰他說：「我的命是你們救的，能夠有機會救你，是我的榮幸。不過我現在恐怕沒辦法飛了，我需要休養一陣子。」

「那再吞一顆紅珠子……」慈雨心痛的說。

「不，我高貴的慈雨！」王鷹挺起胸膛，看來十分威嚴：「我族祕寶是生死關頭救命用的，這一點傷勢要不了我的命，不需要浪費祕寶。你們快趕路，不用擔心我。」

「王鷹，真的沒問題嗎？」陶德驚魂甫定，不安的問王鷹。

「不礙事，這麼高的地方，沒有動物能動得了我。我奇怪的是，繩子怎麼會斷掉呢？還沒聽過會扯斷的彈力繩。」

「經你這麼一說，是沒聽過。我過去檢查檢查，看能不能找出原因。」慈雨說完，就向著剛剛的地方盪過去。沒多久慈雨回來了，手上帶回來斷掉的彈力繩，還有一支鋒利但是凹凸不平的圓盤刀。

「我的天！這是『風雷古堡』的武器。看來慈雨有同伴了。」王鷹一眼就看出了圓盤刀屬於何人，慈雨不明白，請求王鷹說明給她聽。

「風雷古堡雖然也是仙精族所建，但是生性殘暴的他們，早就被仙精十六大族長合議驅出仙境，目前傳聞說是棲息在魔境與仙境交界的仙魔地谷。他們的奪命武器眾多，其中一樣就是妳手上這種圓盤刀，鋒利無比，被殺到非死即殘。這一族仙精被驅逐邊境，所以仇恨他族仙精至極，我高貴的慈雨，妳要特別當心。」慈雨聽得仔細，認真的點點頭，王鷹繼續說：「不過他們也有弱點，就是不懂正統仙精的『法術』。如果妳能適當的使用法術，就可以在武器劣勢中求生甚至求勝；另外，他們地處貧瘠，製造武器的材質都很粗劣，所以他們會把武器弄得尖銳鋒利，希望一次就解決獵物。他們身上帶的武器很多，卻都沒辦法再次使用，若是單打獨鬥，可以利用這項缺點，想辦法耗盡他所有的武器。沒有武器又不會法術的風雷古堡仙精，除了逃跑，無計可施。不過若是遇到組隊的風雷古堡仙精，不要逞強，不可戀戰，趕快躲開就是了。我曾經被風雷古堡的仙精追殺過，要不是我奮力飛到魔境，變色隱身，可就要命喪刀下了。他們那種刀劍滿天飛的獵殺方式，沒幾種生物躲得過。」

「可是他們為什麼要攻擊陶德？」慈雨不解，陶德不解，連王鷹也不清楚。

「總之，已經發現風雷古堡仙精的蹤跡，你們還是要留神一點。聽我的話，如果與風雷古堡仙精戰鬥，不需要仁慈，更不能心軟！」王鷹再次叮嚀，並且催促他們趕快離開，等到了吉吉力斯．卡巴．康闊的範圍，就比較不會因為環境黑暗而害怕遭到暗算。

慈雨拿新的彈力繩給陶德，她忍不住還是問了王鷹，為什麼牠懂這麼多連仙精都不知道的事？

王鷹笑了笑，簡單的回答，仙精的知識豐富，是世代相傳累積的「主流知識」；王鷹的知識沒仙精流傳的多，大多是在真實環境中掙來的「地下知識」。

慈雨跟牠點頭致意，說一些很深奧的離別話；陶德則是抱了抱王鷹，跟牠道別，孤獨慣了的牠，第一次被親熱的擁抱，相當不好意思，連話都說不出來。依依不捨的兩人，拉著彈力繩盪出去，陶德回頭再看一眼逐漸遠去的王鷹，慈雨提醒他看著前方，免得撞到樹枝。才盪過一棵樹，就完全看不到王鷹了，只聽到牠道別的長嘯。

盪過了四五棵樹，天空終於漸漸開闊，陽光溫和卻刺眼，陶德和慈雨在最邊緣的樹上停了下來。黑暗的叢林中沒有高度的感覺，現在才清楚看到他們站在離地面將近三百公尺高的樹枝上，陶德嚇得幾乎腿軟，害怕的緊抓住慈雨。風勢強勁，在這片廣達一百五十萬平方公里（約是亞馬遜叢林的四分之一）的康闊大草原上，他們遙遙望著獨立在草原中央的太古帝王樹之母——吉吉力斯．卡巴．康闊。雖然不是最高的太古帝王樹，但因為祂是千萬年前第一株發芽的樹，所以地位崇高，備受尊崇。

「我終於來到這裡了！」

面對如此壯麗的景致，不禁讓人有一種君臨天下的暢快。慈雨安靜的閉上眼，聽狂風從耳際呼嘯而過，她要好好享受這生命中重要的一刻。要不是陶德一直尖叫，這一刻原本是很感性的，卻被他搞得很滑稽。慈雨沒好氣的準備降落地面，陶德就算要降落了也是怪叫連連，一路吵到接觸地面了才停止喊叫。

◀◀陶德抓著慈雨遙望吉吉力斯．卡巴．康闊

「地球人愛胡亂大叫。」這是慈雨給的評價。

走出陰暗潮溼的叢林，眼前是一望無際的草原，這裡就是野生海馬龍的棲息地。陶德和慈雨慢慢的走進草原區，這兒的草不高，約莫只有一公尺左右。陶德解開口袋扣子，小地鼠興奮的跳到乾燥的草葉上，愉快的享受陽光。

「為什麼只有這裡有海馬龍？」陶德呼吸著清新的草香，回頭問著慈雨。

「嘿！我似乎跟你解釋過了，不是嗎？」

「我忘了嘛！」陶德不好意思的搔搔頭。

「地球人的記憶力很差。」這是慈雨給的另一項評價。

「因為這裡才有豐富的適合小海馬龍吃的食物。」慈雨在旁邊找了一下，便叫陶德蹲下來，仔細看著一段長約二十公分、長滿紫紅色小花的穗子：「就是這種康闊穗花草。你看到上面的小花嗎？一粒穗米會發出一朵花，這個花就是小海馬龍的主食。它可以讓小海馬龍順利成長，而且不會造成嚴重的胃扭曲。小海馬龍的消化系統是牠們最脆弱的部分，對食物很敏感，亂吃亂喝會使海馬龍生病，甚至死亡。」

「哇塞！這麼難養？比我家隔壁柯婆婆養的貓還難養，有時候我餵牠吃螞蟻飯糰，牠也不會拉肚子，還吃得很高興。噢，當然是沒有讓柯婆婆知道。」

「地球人也養座騎嗎？」

「不是，是買車子來開。車子很快，有四個輪胎，會轟轟叫。」

「車子？是你說的狂奔猛獸嗎？這樣的動物應該很難馴服。」

「我爸爸說要等我十八歲才能開車。」

兩個人談著言不及義的話，沒有注意到小地鼠緊張兮兮的在周圍跑上跑下，等他們發覺頭頂上有東西飄過時，他們才一起站起來察看，這一看可不得了了！

一隻成年海馬龍緩緩飄過他們的正上方，還差點掃到陶德翹起的頭髮，嚇得他趕緊低下頭來。陶德沒來得及出聲，已經被慈雨摀住他的大嘴巴，慈雨低聲說：「不要叫！若是驚嚇到海馬龍就會引起大暴動，千萬不可以大叫，安靜的等牠們離開。」

「現在不是捕捉牠的大好機會嗎？怎麼……」陶德拉開慈雨的手，壓低嗓門的說。

「你仔細看看四周。」慈雨示意陶德站起來看，他站直了身體看了一下，立即又蹲了下去。四面八方都是緩緩飄動的海馬龍！數量多得難以計算，幾乎把整個天空佔滿，這場面嚇壞了陶德，也嚇到了慈雨——他們都沒見過這麼壯觀的野生動物群遷徙，而且就在自己伸手可達的周圍。

「我的媽媽咪呀！這……這麼多……海……海……海……」陶德嚇得口吃，慈雨用力地比手勢要陶德安靜，陶德趕緊用雙手摀住嘴，從指縫裡擠出聲音：「牠們從哪裡冒出來的？剛才怎麼都沒看到？」

「我也不曉得。我沒有牠們遷徙的資料，也不清楚牠們遷徙的模式。」

「妳不是有養過海馬龍嗎？怎麼可以不知道？」陶德說得有些大聲，引起一隻經過的野生海馬龍朝他們瞄了一眼，慈雨心想，這下糟了！大事不妙了！

慈雨緊閉雙眼，等待厄運到來。不過過了五秒鐘，什麼事都沒有發生，慈雨睜開眼睛，只看到海馬龍哼了一聲，優雅的跟著隊伍離開了。

慈雨尷尬的看著陶德，露出一個抱歉的笑容：「我以為牠們很容易被驚嚇，會引起暴動。嗯，看來，我有一些……可能是……」慈雨就是不肯承認自己的錯誤，那個字支支吾吾的說不出口。

「妳是說，有一些『錯誤』嗎？」陶德沒放過機會，擠出一張揶揄的臉。

「我並不承認這是錯誤，只能說是『資料缺乏以及與常識認知落差過大情況下的可容許範圍之內的細微判斷誤差』。」慈雨擺出一付高傲的樣子，硬是不肯低頭。

「拜託！又用這種遜招，故意說我聽不懂的話——幼稚！」陶德不以為然的交叉雙手在胸前，不屑的說。

陶德的話激怒了慈雨：「高貴的仙精是不會犯錯的，不容你冒犯！我命令你鄭重的道歉，立刻！」

「一天到晚說同樣的話，我都快背起來了，換點新鮮的好不好？」

「你這個……」慈雨滿臉漲紅，氣得像要殺人。

「我怎樣？」陶德不甘示弱，直瞪著慈雨看。

「低等生物！」幾乎是用吼叫的慈雨，不斷揮拳跺腳。陶德咬牙切齒地正要衝上前，這時候海馬龍群裡有些騷動，這讓原本即將起衝突的他們停止爭吵，警覺了起來。小地鼠驚慌的衝進陶德的口袋，他們面面相覷，然後一起說：「發生了什麼事？」

地面有節奏的震動，由遠而近，彷彿有什麼巨大的動物在奔跑。海馬龍群開始嚎叫，陶德和慈雨站起來看，海馬龍的隊伍大亂，遠處有一陣煙塵漫天正向著他們這裡衝過來，還間雜著好像獅子的巨大吼聲。海馬龍紛紛避開那一陣煙塵，地面震動愈來愈厲害，慈雨深覺不妙，拉著陶德就往旁邊閃避。這時他們終於看清楚造成這股煙塵的東西——一頭十層樓高、有六隻巨角、用後腳狂奔的巨龍！

「我的天呀！這是什麼怪物？」陶德失聲尖叫起來，慈雨也驚慌的說：「沒時間研究啦！快逃呀！」

他們混在奔逃的海馬龍中逃命，他們必須壓低身體，否則被驚惶奔逃的海馬龍撞到就慘了！可是這樣也減慢了他們的速度，眼看那頭巨龍就要跑過來了！

「慈雨！妳快想想辦法啊！我們會被踩死的！」陶德在奔亂中，用幾乎要哭出來的聲音向慈雨求救。

「我……我……我想不出來……」慈雨同樣也要哭了，巨龍奔跑造成強烈的地動讓他們跑得更困難，而巨龍以將近八十公里的時速狂飆，離他們愈來愈近了。

陶德靈光一閃，想起王鷹的話：「妳不是會法術嗎？快施法術來保護我們！」

「好……可是，要用什麼法術？」慈雨在這要命的時刻反而亂了方寸、手足無措起來，讓陶德幾乎抓狂：「我哪裡知道什麼法術？我的天！妳就用可以有防護罩的……」

「『防護罩』是什麼？說明。」

「快點變一個硬殼保護我吧！求——求——妳——」陶德崩潰急哭了，眼淚大滴大滴飆射而出。巨龍就在他們身後不到兩百公尺的地方，不消幾秒就要追上他們了。

生死關頭慈雨聽到「硬殼」，立刻想到仙精大族長慕法親手為她戴在手上的仙魔鍊，它就可以產生「空氣硬殼」的法術。電光火石之間，只見慈雨唸唸有詞，雙手勾住仙魔鍊結成奇怪的手勢，就在巨龍大腳要踩到他們的瞬間，陶德驚恐的抱住頭倒在地上、蜷成一團，慈雨機警的跳到陶德旁邊，她不知道法術來不來得及，只有閉上眼睛、側過頭，仙魔鍊還是伸向巨龍的方向，準備接受猛烈的撞擊……

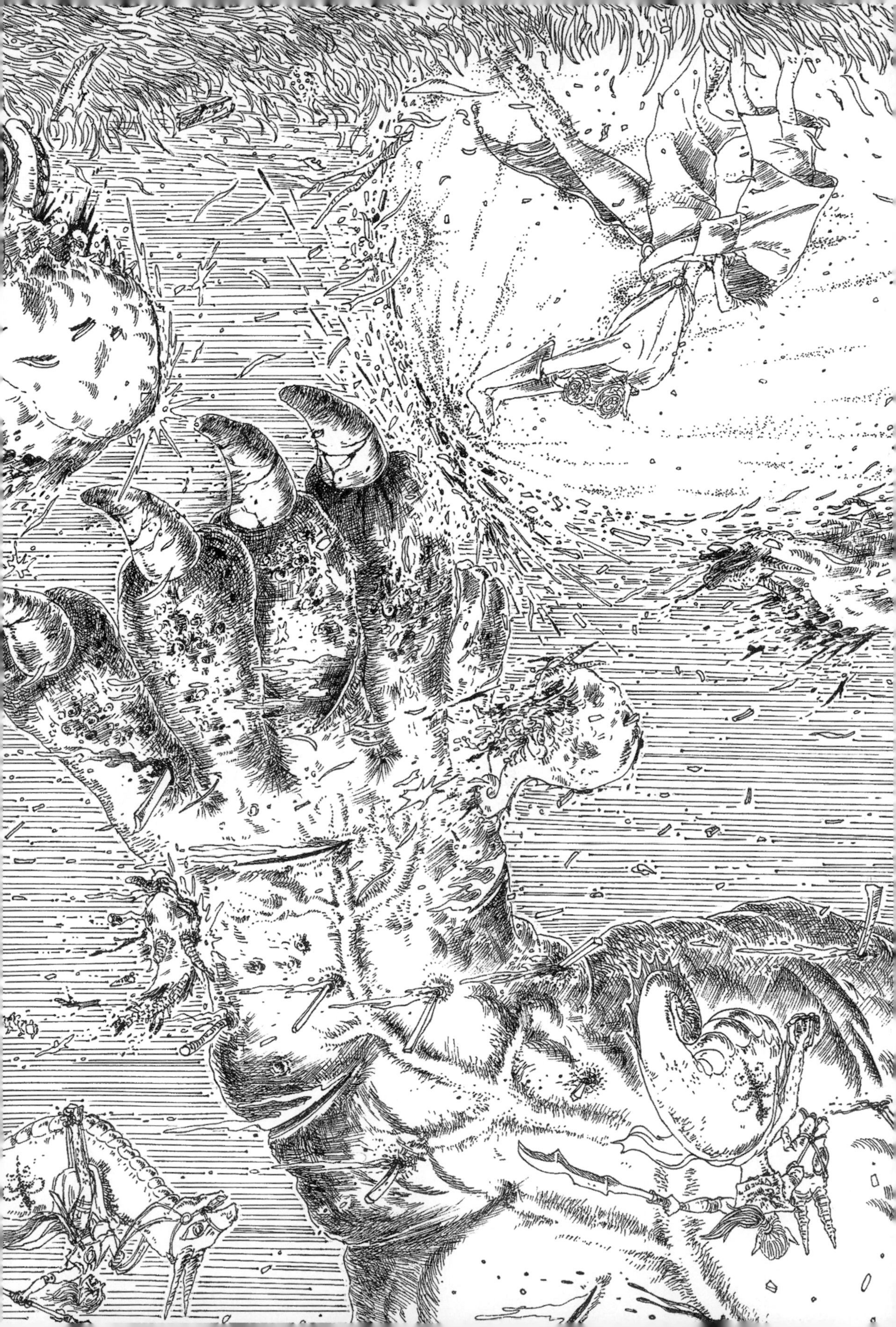

「哇——」陶德和慈雨同時尖聲慘叫，轟隆隆的衝擊把地面掀起了一大塊。煙塵漫天中傳出海馬龍的哀號和巨龍的狂吼聲。

原來千鈞一髮之際，慈雨的法術終於奏效，一個球形的空間在他們身邊張開，不僅擋住了巨龍排山倒海似的撞擊，也擋開所有的煙塵，而他們兩個完全沒有受傷，連巨龍驚人的衝擊波都被擋在空氣硬殼外。

巨龍高速奔跑被硬生生絆倒，結果翻了個驚天動地的跟斗，摔到幾百公尺遠的太古帝王樹叢林，重重的撞到樹幹，最後像八級地震般掉落地面，一大堆樹梢的枝葉動物也下雪一樣掉了滿地。

慈雨嚇得站不起來，陶德抱著她痛哭，兩人以眼淚慶賀彼此逃過驚心動魄的死劫。

事情還沒完，一群呼嘯而過的海馬龍快速的朝向巨龍飛去，牠們是有人駕馭的，上面的人發出火雞似的難聽叫聲。牠們飛過慈雨上空，慈雨想看看他們的長相，可是速度太快，看不清楚是什麼人，這場大騷動，就是這群獵人追捕巨龍引起的。

「會駕馭海馬龍，應該是我族的仙精。」慈雨愉快的擦乾眼淚，欣慰的看著他們遠去的背影。

「不要忘記王鷹說過的話。」雖然陶德還在抽泣，至少他還記得王鷹的警告。慈雨聽到立即警戒起來——陶德說得對，應該先看清狀況，絕不能貿然行事。

她站起來察看那群人，卻看到了一場殘酷的屠殺——約有三十多個穿著獸皮的仙精靈活駕馭著海馬龍，他們用下雨似的弓箭、武器射向巨龍，並且靠過去一刀一刀的剮破牠的身體。這頭撞斷脊椎骨的巨龍已經性命垂危，可是還要承受這樣的凌虐，悲痛的用盡所有力氣揮出最後一擊，可是沒有擊中任何獵殺者，反而加速牠的衰竭。沒多久，終於在牠發出最後一聲哀鳴之後，氣絕身亡。

接著他們用長長的巨斧開始切割巨龍的肉，載滿六大塊肉在海馬龍兩側之後，便往回頭的方向飛去。這次因為載重物飛得較慢，所以慈雨有機會看清楚他們的臉，他們是仙精沒有錯，但是臉上有五顏六色的刺青，圖案都畫得恐怖無比，相當嚇人！當然也嚇到了慈雨——仙精族人是不能在皮膚上刺青的，除了出獵偽裝外，連著色在上面都不行。慈雨幾乎已經百分之百確定，這群追捕巨龍的仙精，就是王鷹說的風雷古堡仙精！

「是風雷古堡仙精！趁還沒被發現快走。」慈雨拉著陶德的手，朝著另一邊逃跑。可是慈雨忘記收起法術，落塵中很明顯可以見到一顆移動的球狀空間，這一幕從空中看更清楚。一個風雷古堡仙精雖然覺得很怪異，幸好落塵很厚，他受不了灰塵，也就不予理會。這兩個小傻瓜直到碰到一匹受重傷的海馬龍，聽到牠的呻吟，才驚訝的發現這要命的疏忽。慈雨趕緊收起球形空間，看著被巨龍撞傷的海馬龍，牠渾身是血，頸子也斷了，嘴角不斷冒出血來，很明顯是內臟破裂所造成。海馬龍虛弱的呻吟，連掙扎的力氣也喪失掉，牠已經不行了。

慈雨眼眶紅了，就聽她唸了幾句奇怪的咒語，然後拿出短劍，頂在海馬龍的眼窩旁，準備刺穿牠的腦門。陶德驚訝的阻止她：「妳在幹什麼？這樣會殺了牠！」

「沒想到一來到這裡，就必須做這種事……」慈雨兩行淚撲簌簌地滾了下來，哭得整張臉都花了。垂死的海馬龍勉強睜開眼，見到哭泣的慈雨拿了短劍頂著牠的腦門，居然微笑、氣若游絲的說了話：「能在……高貴的……仙精手上死去，我的榮幸……」

「我……我實在下不了手……」慈雨哭得梨花帶雨，海馬龍反而十分平靜：「生死都是……自然的命定……我的時間到了……請您……終結我的痛苦……」

從沒看過慈雨哭泣的陶德，在旁邊看得也不禁鼻酸，他似乎了解慈雨要做的，其實是她極不願卻又非做不可的事，否則她不會如此傷心。於是他安靜的轉過身，不忍目睹這殘忍的一幕。

「動手吧……」在海馬龍微弱的催促中，慈雨咬緊嘴唇、雙手用力一壓，海馬龍悶哼一聲便斷氣了。慈雨拔出短劍，擦去血跡，然後擦去淚水，調整好心理狀態。等她心情平復，她才走到陶德身邊，拍拍他的肩膀：「結束了。」

「妳應該要救牠的！為什麼還要殺死牠？」陶德開始啜泣，慈雨難過的說：「海馬龍是仙精的夥伴，我怎麼願意這樣做？但是仙精律法有規定，若海馬龍已經傷重無救，仙精有責任終結海馬龍的生命。」

「什麼爛法律？什麼爛規定？你們仙精都瘋了。」

「也許有一天，我身受重傷時，我也會這樣要求你。」慈雨黯然的說。

「如果受傷的是我呢？妳會像殺海馬龍一樣殺了我嗎？會嗎？我們是朋友，妳也會下得了手嗎？妳一定會的，妳這個冷酷的兇手……」陶德歇斯底里的一番話，讓慈雨覺得心寒，這一次她的淚水不是為了海馬龍，是因為朋友的不信任。她站起身，獨自走了。

陶德跪倒在原地號啕大哭，他不知道自己怎麼了，也不曉得為什麼要對慈雨說那些話。他氣自己，氣自己沒有勇氣，沒有勇氣接受現實。

不知道哭了多久，陶德累得睡著了。

他做了一個夢，在夢裡，他回到地球的家，看到爸爸媽媽和妹妹，一家人高興的團聚在一起。突然之間，一群流血的海馬龍飛過，爸爸媽媽拿起刀子就砍，海馬龍屍堆如山，爸爸全身是血的笑著，拿了把刀給他，還對他說：你也試試，很好玩的……

「不——」

「陶德，醒醒！」

陶德被搖醒過來，刺眼的陽光中站了一個人。

「陶德，快醒醒！」叫醒他的不是別人，正是慈雨。

「你在這裡很容易被發現，我找到一個隱密的洞穴，我們最好趕快過去。」慈雨說得好像沒有發生任何事似的。

「慈雨，我……」陶德滿懷歉意，想對慈雨說些什麼，又不知如何開口。

「別說了，我都知道。沒時間了，我們快走吧。」

「我們還是朋友嗎？」

「我們不是一直都是朋友嗎？快走吧……等到他們過來就走不了了！」慈雨情急之下，硬拉著陶德的手臂、拖了就要走。

「好痛！妳弄疼我了。」慈雨趕緊放開手，歉疚的說：「我很抱歉，我只是太急了，我無意讓你疼痛。」

「算了，反正妳也不在乎。」陶德低下頭玩手指頭，裝做一付可憐樣。

「我在乎，這樣可以了嗎？我們快點離開吧！立刻！」慈雨無奈的攤開雙手，哀求陶德。

「不行！妳要說妳原諒我。」剛才是慈雨，現在換陶德，這一對愛耍孩子脾氣的小孩。

「嘿！別太過分。這樣子並不公平。」慈雨的孩子氣被激發，脾氣也上來了。陶德聳聳肩膀，看看她，然後擺出勝利的表情：「我贏了，因為我比妳寬宏大量——我原諒妳。」

慈雨聽不太懂，正要問陶德，上面一匹海馬龍咻地飛過，嚇到了他們。事不宜遲，慈雨放棄爭吵，當即帶著陶德藉著草堆和海馬龍的屍體做掩蔽，逃往慈雨說的洞穴。

在這場追捕中，最大的受害者除了巨龍，就是滿地慘遭池魚之殃、無辜被撞死的海馬龍。他們經過這群海馬龍的屍體時，陶德邊跑邊問：「這些海馬龍怎麼辦？就放在這裡不管嗎？」

「等獵殺者離開後，其他的海馬龍會來處理吧，我想。」慈雨不確定的說。

「妳也不知道嗎？我爸會看很多書去了解他的車子。你們仙精應該也會很了解海馬龍，不是嗎？」

「但是這種事我從未看過，書裡也沒記載意外死亡的海馬龍要如何處理？這件事我們不必傷腦筋，海馬龍自然會來善後。」

「他們好可憐。」

「我知道，但是自然界的事不是我們能對抗的，試圖改變就是……」

「好了，我不說了，我住口。」陶德不願意聽慈雨的長河大論，趕在她開始之前緊急喊停，阻止了一場可能名為「人與天爭鬥的後果論」的演講。

……

他們到達了洞穴，慈雨在洞口弄了許多草來偽裝，然後躲在洞裡等待獵殺者離去。遠處倒在太古帝王樹旁的巨龍，已經被支解掉大部分的肉，露出慘白的骨骼。成千的獵殺者像蝗蟲一般，貪婪的來回穿梭骨架之間，找尋任何可能遺漏的肉塊。

被割光肉的巨龍骨骸和風雷古堡仙精群

第九章　綁架

冷血的可怕實驗

※　　※　　※　　※　　※

彩虹市，陶德失蹤後的第二天，星期五上午十一點三十五分。姜氏父子生物科技公司總部大樓十八樓，姜森的辦公室。

「混蛋！區區一個女人都搞不定，你們這群該死的飯桶！」姜森拍著桌子在發脾氣，幾個穿黑西裝的人，臉色難看的在挨罵，其中一個階級較高、名牌上職稱是秘書長的人開口道：「姜森先生，我們已經找到她住的地方，只是……」

「只是什麼？只是沒找到人是不是？」

「……是……是的……」秘書長囁囁嚅嚅的小聲回話。

「那就去找呀！該死的！還要我教你嗎？」姜森氣極敗壞的在秘書長前面大吼，嚇得他往後面退了一步。「就算把彩虹市整個翻一遍也要找到。還愣著幹什麼？去找啊！你們這群沒用的東西，滾！」

一票人像喪家之犬，慌張的夾著尾巴、奪門而出。這時就只有秘書長還站在原地，一付有話要說又說不出口的樣子。姜森看著他，居然沒有罵人，他坐上超大型小羊皮製的辦公椅，雙腳翹到辦公桌上，拿起一把指甲銼刀修指甲，趾高氣揚的說：「有什麼事就快說，我還有五個該死的會議在等我。」

「姜森先生，關於這次的實驗計畫，有關單位已經聽到風聲，甚至派人來檢查。如果繼續這麼大張旗鼓的進行，樹大招風，恐怕對公司不利。我想不如先避避風頭，暫停一段時間，等到……」

「等到什麼時候？等到我破產是不是？你頭殼壞去了嗎？現在停下來，不要說你們這幫該死的廢物，連我都要去喝西北風，你懂什麼？」姜森丟掉銼刀，氣得從椅子上跳了起來。秘書長緊張的接著說：「可是環保署和生科防濫小組都在注意我們，若是被他們抓到把柄……」

「抓到了沒？還沒嘛！那幫該死的政客，送點吃茶喝酒的『招待券』就搞定了。這種小事別來煩我，出去出去。」姜森揮揮手，低頭看整疊的公文。

「可是姜先生……」

「還可是！你聾了不成？我說出去！」

「姜森先生！」秘書長深吸一口氣，再用力吐出來，他強硬著語氣說：「我還是要提出警告，若是您再這樣一意孤行，到時萬一東窗事發，大家都會被捉去坐牢的。」

「你擔心什麼？我的三十人律師團隨時可以出動，這群廢物什麼都不會，鑽漏洞可是第一流。」姜森一臉奸邪的笑容，得意的說著。

「只怕樹倒猢猻散，到時跑得一個不剩。」秘書長不以為然的暗忖。他想到一件事，雖然不是好時機，他還是想要現在講：「姜森先生。」

「又有什麼事？你不會一口氣說完嗎？」姜森丟下純金鋼筆，沒好氣的瞪著秘書長，好像要吃了他一樣。

「您要找的那個女人，我們查出她的丈夫是市政府的高階主管。」秘書長停了一下。

「說下去。」姜森耐著性子聽他說話。

「如果我們對她不利，恐怕會招來麻煩。」秘書長又停頓下來。

「所以？」姜森有些不耐煩了。

「所以我們最好祕密行動，不要打草驚蛇。」他再次的停頓。

「然後？該死的！你再要我問話，我就把你撕成碎片，拿去餵豬！」姜森終於受不了的發飆，重重的拍著桌子。

「然後，就這樣了，我只是要提醒您不要做得太張揚。」

「就這樣？」姜森不敢相信的問著秘書長。

「是的，就這樣。」

「你覺得我蠢到不懂這個道理？」姜森的臉漸漸變成豬肝色。

姜森辦公室門外有兩個警衛，他們聽到姜森的聲音：「你叫什麼名字？……你被開除了！」警衛迅速衝進去，把秘書長痛打一頓，然後拖到後門，丟到垃圾箱，還丟出他的公事包，一頭砸暈了他。

「喂！保全組長，你聽著！」姜森已經抓狂了，他幾近瘋狂的對著話筒大吼：「不管用什麼方法，給我把該死的『貨物』拿回來，就算要殺人放火也在所不惜！」

「呃，老闆，這樣不太好吧？！」保全組長在另一頭猛掏耳朵，憂心忡忡的說。

「你叫什麼名字？」姜森又來了，就連跟了他十一年之久的保全組長，他還是記不得他的名字。

「我知道了，老闆，我會辦好的。」他太熟悉姜森的模式，趕快讓他停止說話才是明智之舉。巧的是，保全組長也記不起來他老闆的名字，只模糊記得是姓姜。

十幾個裝備齊全的保全員，上了三部保全箱型車，還有一部道路施工用的工程車，浩浩蕩蕩的直奔往彩虹社區的陶家。

根據一直留守現場的監視人員表示，已經看到連恩進屋裡，於是他們兵分三路，阻斷陶家每個出口，三部車則在適當位置接應。工程車在陶家前的道路兩端豎起改道牌和三角錐，然後撬開陶家附近的下水道人孔蓋，假裝在施工掩人耳目。兩個工程人員在下水道口待命，一個肩扛一綑電線的工程人員走到陶家按電鈴。連恩偷偷走到窗邊掀開窗簾，看到遠處有施工，門前則站了一個工程員，她雖然害怕，還是勉強決定去應門，她順手拿起橡皮筋把頭髮紮個馬尾，順一下額頭的幾綹亂髮，深呼吸一下才拉開門，不過門鍊是栓著的。

「有什麼事嗎？」連恩緊張的問著。

「這位太太，我們在這裡施工，可能會有間歇性停電，為了不弄壞府上的電器用品，特別通知請您先關掉總電源。對不起造成您的困擾。打擾了。」說完，他轉身就要走，但旋即被連恩叫住，因為她不知道怎樣關總開關。

「我教您，您只要找到總開關的配電箱，按下保險掣，打開鐵門，裡面有三爪式的壓掣，有二二〇V和一一〇V……」

「好了好了，你還是進來幫我關一下，我聽得頭好痛。」連恩不疑有他，打開門讓他進去。門才打開，埋伏在門外的兩個保全員立刻衝進來，一個帶手套的摀住她的嘴，工程員拉住她的雙腳，兩人一把將瘦弱的連恩扳倒，讓她臉朝下，趴在地板上，第三個人拿出膠布迅速的將連恩雙手反綁，然後又纏綁她的腳，最後撕一大塊膠布，封住她的嘴。這幫人明顯受過特訓，動作俐落，毫不留情。

他們打開後門，讓其他的人也進來，然後在屋內大肆搜索，把整間房子搞得一蹋糊塗，可是沒找到他們要找的「貨物」。保全組長走到連恩身邊蹲下去，抓著連恩的頭髮，抽出一把藍波刀，將刀尖輕畫著連恩的臉，冷血的說：「那隻小老鼠妳藏去那裡了？如果妳不想在臉上畫朵花，就說出來。

我畫畫向來是不及格的，但我喜歡畫——尤其喜歡用血來畫。」

連恩嚇得冷汗直流，只好拚命點頭答應。保全組長同意撕掉她嘴上的膠布，他故意把藍波刀用力地插在連恩眼前的地板上，連恩嚇一跳，立即閉上眼睛，這時膠布被硬扯下來，痛得她叫了一聲。保全組長拔起刀，問著連恩：「說，在那裡？」

「我把牠關在洗碗槽下面，有一個養黃金鼠的透明箱，牠就在那裡面。」保全組長示意其中一個保全員依言去找出來，果然，小地鼠就在裡頭，還不知道發生大事，睡得四腳朝天。

「很好！這樣我對老闆就有個交代了。」保全組長拿走箱子，站了起來。

「你們的東西找到了，可以放開我了吧？」保全員不發一語的靠近，連恩感覺不對，她還來不及大叫，已經又被封住嘴，連眼睛也用黑布矇了起來。她被扛上車，很快的開走。接著工程人員撤除路障，迅速將周圍恢復原狀，也跟隨他們後面離開彩虹社區。

真正的保全公司的車，在他們誤觸隱形無聲警鈴後的半小時，來到陶家。保全員進門一看，馬上打電話報警，並通知保全公司總部。

沒多久，幾部警車來到現場，開始拉封鎖警戒線，管制人員進出和調查相關線索。這件事很快的被傳了開來，記者聞風趕來採訪，人群圍觀看熱鬧，讓這寧靜的社區頓時成為注目的焦點：前一天才失蹤一個兒子的陶家，又離奇的發生女主人遭歹徒闖入挾持的事件，而且男主人是市政府高層主管，陰謀論、利益輸送、黑道尋仇等等荒謬的聯想耳語充斥，讓剛趕回家的陶樂仕面對記者也不知如何回答。當他得知記者的消息來源是一位個子矮小、戴著黑框眼鏡的人士時，當場翻臉，還與記者發生推擠衝突。

陶樂仕衝過這群記者，還要面對警方莫名其妙的問話。他回答一些重要問題後，開始拒絕回答涉及隱私、影射、猜測的問題，並且指責警方辦案不力；警方則認為陶樂仕刻意隱瞞關鍵、不與警方合作云云，雙方吵得不歡而散，結果對於拯救連恩或了解連恩被擄往何處，通通沒幫助。

另一方面，幾部保全車回到姜氏大樓地下停車場，他們鬆開連恩腳上的膠帶，要她自己走上電梯。一票人直接進到十八樓姜森辦公室，保全組長把透明箱放在姜森桌上，姜森看到失而復得的寶貝，立刻緊緊抱在懷裡，喜出望外的指著保全組長：「你，還有你們，每人發三個月獎金，等一下到出納部領錢。」

開心的姜森準備親自把小地鼠送到實驗中心，這時才發現被矇眼封嘴的連恩，他不明白為什麼她會在這裡，經過保全組長的解釋，姜森稱讚他的思慮周密：「斬草除根，不留痕跡，很好！」

「現在這女人怎麼處置？」

保全組長曾經是「沙漠風暴」行動的外籍傭兵，殺人不眨眼，現在的他還是很冷血，所以現在他很想殺了連恩，可是還是要先問過姜森才行。

「這個嘛……我想到了！反正不能讓她活命，乾脆別浪費，好好利用利用她的剩餘價值，先關起來，到時候可以拿來做人體實驗。做完就剁成肉醬去餵豬！」姜森陰陰的說著冷血的話，連大氣都不喘一下，簡直泯滅人性到了極點。

連恩聽到了開始掙扎，被四五個大漢硬壓在地上，動彈不得。姜森走出了辦公室，回頭還交待一句：「好好照料，實驗之前可不能讓她受傷。」於是他們把連恩關進了原本是關大型動物的牢籠，那是用粗鐵條做的大籠子，還覆上一層細鐵絲網，裡面的動物臊味很濃，讓人想吐。連恩被推進去之後，便躲在角落哭泣：

「我做了什麼壞事？為什麼要遭受這種命運？老天爺！你太不公平了！」

姜森把小地鼠又找回來，獲得實驗中心所有人員的熱烈鼓掌，歐主任接過箱子，粗暴地把小地鼠倒進玻璃槽，痛得牠吱吱叫，轉過身向歐主任齜牙咧嘴的咆哮。照慣例是要噴灑消毒劑，一陣白色煙霧強烈的噴灑在玻璃槽中，弄得小地鼠不舒服地猛抓鼻子，又咳嗽又打噴嚏。

接下來的步驟是抽取包括腦部、脊髓、心臟、血液、皮下組織等重要部位的活化細胞，活體抽取是不能施以麻醉的，否則對細胞可能會造成破壞，影響萃取後的效能。為了要能順利抽取活體細胞，歐主任利用機械臂輔助，費了好大的功夫，才緊緊箝制住小地鼠的四肢，看得眾人吁了一口氣。

「好戲要上場了。」姜森心跳加速的看著歐主任操縱抽取針筒，逐漸刺向小地鼠的脊椎。小地鼠不斷掙扎，表情出現前所未有的兇惡，不僅溫馴的樣貌盡失，還發出「唬唬唬」的低吼，連尖爪子都伸出來了。所有的人都在注視著歐主任操縱針筒，竟沒人發現小地鼠的異狀，連應該緊盯生命現象顯示系統的觀察員，也心不在焉的站起來探頭觀看抽取細胞的「戲碼」，沒注意到螢幕上超過正常值數倍的數據出現。

針頭刺穿了牠的皮膚，扎進到脊椎，然後慢慢刮取細胞，再經由抽取的脊髓液帶進針筒內。眾人屏息以待，等針頭拔出小地鼠身體之後，全部的人突然爆出歡呼，道賀歐主任的成功。機械臂將針筒取下，自動置入一只真空低溫保存盒內，然後送出玻璃槽。姜森看著這支足以拯救公司的小針筒，激動得熱淚盈眶，他猛握歐主任的手，還十分煽情的擁抱他，久久不肯放手。

「姜森先生，我想，我們先將這東西拿去做活體融合比較重要。」歐主任幾乎要窒息的說。

「噢！是的，是的，快去，不耽誤你了。」姜森放開他，幫他理了一下衣領，拍拍他的肩膀，無限感慨的看著他。歐主任受寵若驚，不好意思的快步離開，對著眾人興奮的說：「夥伴們，開工了！」

對著歐主任鼓掌完畢的生命現象顯示系統觀察員，轉身觀看機器時才發現異常，所有指數都高得嚇人：心跳二六〇下、高血壓二三〇、低血壓一八〇，體溫上昇到攝氏四十五度！觀察員抬頭看看玻璃槽，怪聲尖叫了起來，因為他看到小地鼠的皮膚像吹氣球一樣的膨漲，連箝制牠的機械臂都被擠斷，身體足足漲大了一倍。

還沉浸在得救氣氛中的姜森，被觀察員的聲音拉回現實：「發生了什麼事？」

「牠要炸開來了！」觀察員撞倒了椅子，連滾帶爬的逃離玻璃槽。姜森趕到玻璃槽前，看著不斷膨漲的小地鼠……不，是大地鼠！他慌張的叫喚歐主任過去處理，歐主任看到這種情形大吃一驚，緊急按鈕想打開玻璃槽的門，卻被地鼠漲大的身體卡住而失去功用。現在他也束手無策，眼睜睜看著地鼠的身體不停地塞滿整個玻璃槽。這個玻璃槽是特殊塑膠合成的超強化玻璃，加上三圈的固定鋼圈，不可能會被弄破。**地鼠驚恐疼痛的臉緊貼在玻璃上，剛好就在姜森和歐主任面前。僅僅一瞬間，地鼠整個身體漲破，血肉爆開，鮮血染紅了整個玻璃槽。**

「嘔……」姜森當場吐了出來，難過得跪倒在地上；歐主任呆在原地，不知道該怎麼辦？

「我的老天！這是怎麼回事？」一群工作人員趕過來，紛紛驚叫作嘔，甚至有人受不了驚嚇而暈倒，整個實驗中心是一片混亂。

拿著僅存的活體細胞針筒，歐主任暗自慶幸：「幸好還有這最後的王牌。只要趕快把細胞融合的實驗完成，我的工作就能保住了！」

他飛快地拉著兩名助理，衝進一間生物實驗室。他忙亂的指揮兩個人完成融合實驗的準備。其中一個助理憂心的說：「主任，這項計畫還沒經過批准，這樣子是違反規定的。」歐主任白了他一眼，老氣橫秋的說：「小伙子，當你在研究室裡窩了大半輩子，突然有個可以讓你名利雙收的機會，你能不放手一搏嗎？不要說這麼多，幫我個忙，把這些開關打開。」助理沒再表示意見，順從的幫忙操作實驗。

實驗室裡面有很多被關在籠子裡的動物，有猴子、狗、兔子和一堆白老鼠。歐主任抓起一隻兔子，表情恐怖的說：「我將讓你成為全世界最特別的兔子！」

實驗室裡傳出奇怪的閃光和聲音，還有歐主任瘋狂的笑聲。

……

第十章　救援

康闊穗花草中毒

※　※　※　※　※

陶德和慈雨躲在不知什麼動物廢棄的洞穴中，大約過了一個小時，外面除了風的聲音，就沒有任何聲音了。慈雨拉開草葉，向外面看看有什麼動靜，確定安全之後，他們倆才爬出了洞穴。浩劫過後，滿目瘡痍的康闊草原，留下一地海馬龍的屍首，和遠處只剩骨骸的巨龍。草原上安靜的有點詭異，連昆蟲的叫聲也沒有。

「為什麼這麼安靜？」陶德小聲的問著。

「我也不曉得，不過我有一種不好的預感。」慈雨莫名的緊張起來，神經質的環顧四周。忽然陶德大叫了一聲，慈雨嚇一跳的轉過身，大聲的問他：「什麼事？」

「小地鼠不見了！」陶德憂慮的鑽進洞穴裡找，在四周盲目的找，就是沒有小地鼠的蹤跡，急得陶德在慈雨旁邊轉來轉去。

「停止！——我說停止！可惡！」慈雨被嚇到，心情不是很好，對陶德不理智的模樣覺得厭惡。可是她也不知道小地鼠是跑掉了還是怎麼，不過牠要逃倒是很容易，鑽個洞就行了。慈雨檢查皮囊袋，揹上肩，準備離開這個地方。

「妳要去哪裡?小地鼠還沒找到。」陶德有些茫然的看著慈雨。

「牠比你更懂得照顧自己，不用擔心牠。快走吧!這裡的氣氛會讓我發瘋。」到處是海馬龍的屍體，的確會令人不寒而慄，還是早點離開為妙。

「可是我的小地鼠……」

「沒什麼好可是的!丟了牠對你還是件好事，有什麼好捨不得的?」慈雨冷漠的看著陶德，伸手進皮囊袋，只剩下一些沙瓦魚乾，她拿出來平分給陶德，乾脆就坐下來先吃點東西。

「為什麼妳這樣說?」陶德咬了一口魚乾，真的非常可口。

「聽我說，波奇卡波地鼠很可愛，噢，牠的可愛是不容否認。記得我曾經說過牠也很可怕嗎?是的，當牠認定你是牠的主人，牠就會忠誠又細膩的跟隨，不會輕易變節。這樣聽起來很好，不是嗎?壞就壞在這裡，波奇卡波地鼠太忠心、太執著，牠沒辦法忍受主人的冷落甚至拋棄，所以經常發生悲劇。」慈雨慢慢咀嚼魚乾，優雅的揮去手上的碎屑。

陶德點點頭，若有所感的說:「被拋棄的小地鼠，一定很可憐。」

「錯了，不是牠可憐，是牠的主人可憐。」慈雨站起身，要陶德跟她一塊走，因為他們在這裡找不到食物，必須去別的地方找吃的才行。於是陶德只好離開，依依不捨的頻頻回頭，希望會有奇蹟出現，最後他還是失望了。

陶德邊走邊想，怎麼想都覺得不對勁，他實在想不通：寵物被丟棄，怎麼會是主人可憐呢？他趨前問著慈雨道：「妳說的話好像很矛盾喔！」

「我告訴你吧，我就是曾經因為想把牠送給朋友，結果……」

「結果怎樣？」

「……牠自殺了。」

「什麼？我有沒有聽錯？小地鼠自殺？這怎麼可能？」陶德不相信，相信大多數的人也不能接受。陶德不相信，但是他還是想知道原因：「真是太離譜了，小地鼠怎麼會自殺呢？」

「我說過，在仙境王國裡，令人驚奇的事是數不完的。小地鼠自殺還算是對主人仁慈，如果遇上一隻會報復的，才會讓你領略到小地鼠的恐怖性格。」慈雨看陶德一臉疑惑，她繼續解釋道：「小地鼠幾乎沒看過牠生氣，對不對？可是一旦惹惱了牠——例如冷落、拋棄，牠就會開始膨漲身體，把自己撐到原來的一百倍大，那個模樣非常嚇人，牠全身的皮膚變得很薄，透出紅色血光，裡面充滿氣體，所以會有飄浮感；接著波奇卡波地鼠會開始威嚇性的攻擊，因為並非獵殺型寵物，並不會造成嚴重傷害。然而因其體型變大後遲緩笨重，往往破壞飼主器物……」

陶德發現慈雨眼睛一直盯著某一點，他順著她的視線看過去，就看到書精靈不知何時拿出乾屍……不，拿出資料來給她看，難怪她會像唸書一樣唸得毫無感情。

「嘿！作弊，看小抄。」

「什麼是『小抄』？說明。」

陶德說明得不清不楚，慈雨也聽得模糊，乾脆不再多作解釋，免得愈說愈擰。原來書精靈會根據主人的手勢和說話的內容去找出資料，即時給主人查詢，所以有時候慈雨江河滔滔的演講，能夠豐富到沒完沒了，就是因為有書精靈的幫忙，慈雨照本宣科就成了。

「說仙精學識豐富，其實如果沒有這些好幫手的幫助，他們也沒什麼了不起嘛！」陶德暗忖著。慈雨被發現看小抄，只能承認自己並沒真正看過小地鼠生氣的模樣，都是書上記載的知識。但是她確實有經歷小地鼠自殺的陰影，小地鼠是在她和朋友面前吞下毒果液、吐血而死的。這件事讓慈雨受到強烈驚嚇，好一陣子都沒辦法睡好覺，還是經由大族長的撫咒術治療，才漸漸能安穩睡覺。

「聽妳這麼一說，真的很可怕。可是，我還是很想念小地鼠。」陶德踢開草堆，臉色陰沉，就像頭上有一朵烏雲似的，心情低落到了谷底。

慈雨探到了什麼動靜，她手一揮，示意陶德停止並且用手勢告訴他安靜地放低身體。陶德彎著腰走到慈雨身邊小聲詢問她情況，慈雨沒說話，眼睛直盯著正前方，用手指了一下，叫陶德自己看。

「可是我什麼也沒看到。」陶德瞇著眼睛、睜大眼睛，怎麼樣都看不到在慈雨指的方向有任何東西出現。慈雨不理會他，幾乎貼著地的慢慢匍匐前進。陶德不明白她要做什麼，乾脆什麼都不做，靜靜蹲伏在原地，等待慈雨的下一步行動。

慈雨像隻大蜥蜴，無聲無息地爬行十幾公尺，然後停止不動。陶德在她背後看著她輕輕拉出弓來，翻轉過身搭上箭，對著看不到的目標聚精會神的瞄準。只聽到咻的一聲射出了箭，幾乎是同時間「篤」的一聲，就命中二十幾公尺外的目標——箭尖大半截沒在半空中，箭尾的黑雪鷹翎毛還不停的抖動，分明就是射中物體的模樣。然後是長長的一陣低頻音，這時才看到有個「東西」倒下去，在草地上壓出一塊空間來。

慈雨興奮的跑過去，陶德也跟在後頭，慈雨停在那「東西」旁邊，先拔出箭來，再拿出短劍對著中箭處劃開，此時那「東西」逐漸現出原形：它長得像是用果凍做成的北極熊，可是它有六隻腳，頭上還有兩根長鬚；胖胖的肚子被慈雨劃開的地方，裡面有很多葡萄大小的顆粒，油亮油亮的酒紅色，看起來就像超大顆的魚卵。慈雨伸手進去挖了一顆出來，在太陽下才發現它是粉紅色的，外面好像沾了果糖似的，有透明的半流質液體包裹，慈雨舔了一下嘴唇，一口塞到嘴裡，還發出清脆的咀嚼聲。陶德看得目瞪口呆，直呼不可思議，慈雨嘴裡還在咬，手上又抓了一顆出來，她咿咿唔唔的要陶德也過去一道享用。

「這樣子生吃嗎？好噁心！」陶德不敢吃，因為感覺好像在吃生雞蛋，他不由自主的想反胃。

「我告訴你可以吃的東西，有不好吃的嗎？」慈雨拋下一句話，自顧自的繼續吃，不想理陶德了。陶德聽慈雨說的話，想了想，對呀！慈雨拿給他吃的像硬莓餅夾沙瓦魚乾、杜托鳥蛋飯包、皮優皮優樹果汁，還有擬葉獸的嘴邊肉……好像都是超美味的好吃，想著想著都流口水了，他涎著一張飢餓的臉，竄到慈雨身邊，慈雨笑了一下，讓了一個位置給他。

「就這樣挖來吃嗎？」陶德抓了一顆，拿近鼻子嗅，沒有味道。他看了看慈雨，慈雨比個手勢要他快吃，還伸起拇指和小指，不停的晃動。陶德大著膽塞到嘴裡，沒有古怪味，應該說是毫無味道，他心裡想：「奇怪！這有什麼好吃的？」然後沒防備的咬下去，顆粒外皮像餅乾一樣酥脆，咬開後，先是一股薄荷般清涼的感覺在口腔蔓延，接著咀嚼裡面的肉，是像哈密瓜一般甜美的水果味，還有豐富的帶有西瓜味的汁液，剛好可以給陶德解渴。原來它的好吃是在裡面，真讓人驚喜，陶德不由自主地一顆接一顆拿了來吃，嗯——味道真是美極了！

「我說過，我介紹的一定是好吃的，沒錯吧！」慈雨又伸起拇指和小指，不停的在嘴前面晃動。

「嗯，真好吃！」陶德也學慈雨的手勢，因為他覺得這是代表好吃的手勢。「這麼好吃的東西到底是什麼呢？」

「這叫六腳蜜子瓜，是一種跑得很快的植物。」慈雨一邊說話，一邊又塞下了一顆。

「跑得很快的植物？妳說錯了吧！應該是動物才對。」陶德塞了滿嘴，兩頰鼓得像猴子。幸好這食物很脆，咬起來不費力，不然陶德這樣吃法，很容易就會噎住。

「不，是植物。你看，它沒有血，這是一株雌株，裡面的是它的種子。雄株沒有種子，可是它有精球囊，味道比不上種子，也算美味。嘿！吃慢點，這裡至少有幾千顆，你吃不完的。」慈雨拍了一下陶德的手，才稍稍減緩他貪婪的速度。

「為什麼剛才我看不到它？它會動嗎？」

「等我吃飽了再告訴你。」

太陽已經接近中天，他們吃得非常飽，躺下來曬太陽。慈雨輕鬆的向陶德說明六腳蜜子瓜的事——它之所以會隱形，是它果凍般的身體有偏光折射的效果，還會反射周圍景物，讓它的偽裝自然的融入環境。六腳蜜子瓜的種子是許多動物的最愛，所以它的外型是欺敵的假冒品，包括六隻腳和長鬚，並沒有任何功用，斷了也無所謂，還會長出來。至於最奇特的「跑」，就要歸功於它靈敏的感應細胞，它只要感應到地面的腳步震動逐漸逼近，它立即會大量吸入空氣，充滿它的細胞，然後向著腳步的方向用力噴出，一方面可以嚇退侵入者，一方面可以急速逃開，有時可以達到時速四十公里；而且從充氣到噴射一次只需要〇．八秒時間，就能藉反作用力噴到七、八十公尺之外，要捕獲它不是件簡單的事。慈雨用箭射它的原因是讓它沒辦法充氣，失去了移動能力，當然就只能束手就擒。

「為什麼妳能看得清楚它？」陶德隨手扯了一段康闊穗花草，放在嘴裡嚼。

「仙精的眼睛有反偏光的自然調節功能，加上瞳孔能過濾光線，它的偽裝瞞不過我的。」這倒是，之前希里胡圖鳥的催眠舞迷惑不了慈雨，也是因為仙精眼睛的特異功能才會失敗。

「嘔！這東西的味道有夠差！」

陶德跳起來，努力吐口水，想要把穗花草的渣滓吐掉。慈雨爬起來，知道陶德無聊咬了穗花草，非常生氣的對他說：「我不是說過嗎？在仙境王國裡，要碰任何東西之前，都必須問過我！你的記性真是糟透了！」

慈雨拿出一把小鏟子，用力刨挖穗花草的根，刨了十公分左右，挖出一條黃綠色的粗根。用短劍斬斷了粗根，慈雨將它拉出來，切口的地方冒出黃綠色的黏液，還混著細細的泡沫。慈雨把這條根拿到陶德面前：「吃掉它！」

「我不要，這東西看起來好噁心。」陶德偏過臉，連看都不想看。這個根有著腐爛的味道，加上難看的外形，令人不敢恭維。

「你必須吃！穗花草對小海馬龍有益，對其他動物可是致命的劇毒！這段根是唯一的解毒藥，吃下去，立刻！」慈雨抓住陶德的頭，硬要塞進他的嘴。

陶德不是不吃，而是他開始想嘔吐，甚至有抽筋的症狀；慈雨強迫他吃，可是他吞嚥困難，呼吸也困難起來，根本沒法子吃下穗花草根。這是神經性中毒的症狀，若慈雨再不快點想辦法救陶德，恐怕他的小命就真的完了！

「真糟！地球人的體質太弱，我錯估了毒發的時間，怎麼辦？」慈雨還在硬塞草根，但是依然徒勞無功。慈雨急得哭起來，無助的看著口吐白沫的陶德。陶德的命在旦夕了！

浩劫過後，沒有風的康闊大草原，連蟲子的鳴叫聲都沒有，彷彿有什麼大事即將發生，空氣中充滿了詭異而狂亂的氣氛，這感覺慈雨也有感受到，只是說不上來具體的描述。慈雨的悲泣在安靜的曠野，變得強烈而清楚。草根滑落在慈雨腳邊，她坐在陶德身旁撫著他慘白的臉，唱著古老的仙精歌曲——她的精神崩潰了。

「六〇二歲的仙精救不了八歲的地球人，我真沒用！」慈雨再度掩面痛哭，陶德的嘴唇變成紫色，眼睛呆滯的看著天空，雖然還有意識，可是已經進入危篤狀態，十分鐘之內就會毒性遍及全身、毒發而亡。

慈雨哭倒在地，頭整個埋在手臂裡蜷伏著。

哭到沒眼淚的她，終於緩緩的抬起頭來，淚眼矇矓的慈雨，看到有海馬龍在看她。她以為自己眼花看錯，拭乾了淚，她發覺不是眼花，是真的有海馬龍靠近她，而且不是一匹，是八匹。

這八匹海馬龍圍著慈雨和陶德成一個圈，牠們好奇的向慈雨問她哭泣的原因。慈雨沒有回答牠們的問題，反問海馬龍：「吃了穗花草，已經中毒很深，還有解救的機會嗎？」

「我高貴的仙精！方法當然有，但是會疼痛和留下痕跡。妳能接受嗎？」海馬龍以為是慈雨中毒，完全忽略了陶德倒地的事實。

「不管這麼多了。時間緊迫，請你們趕快救救他！」

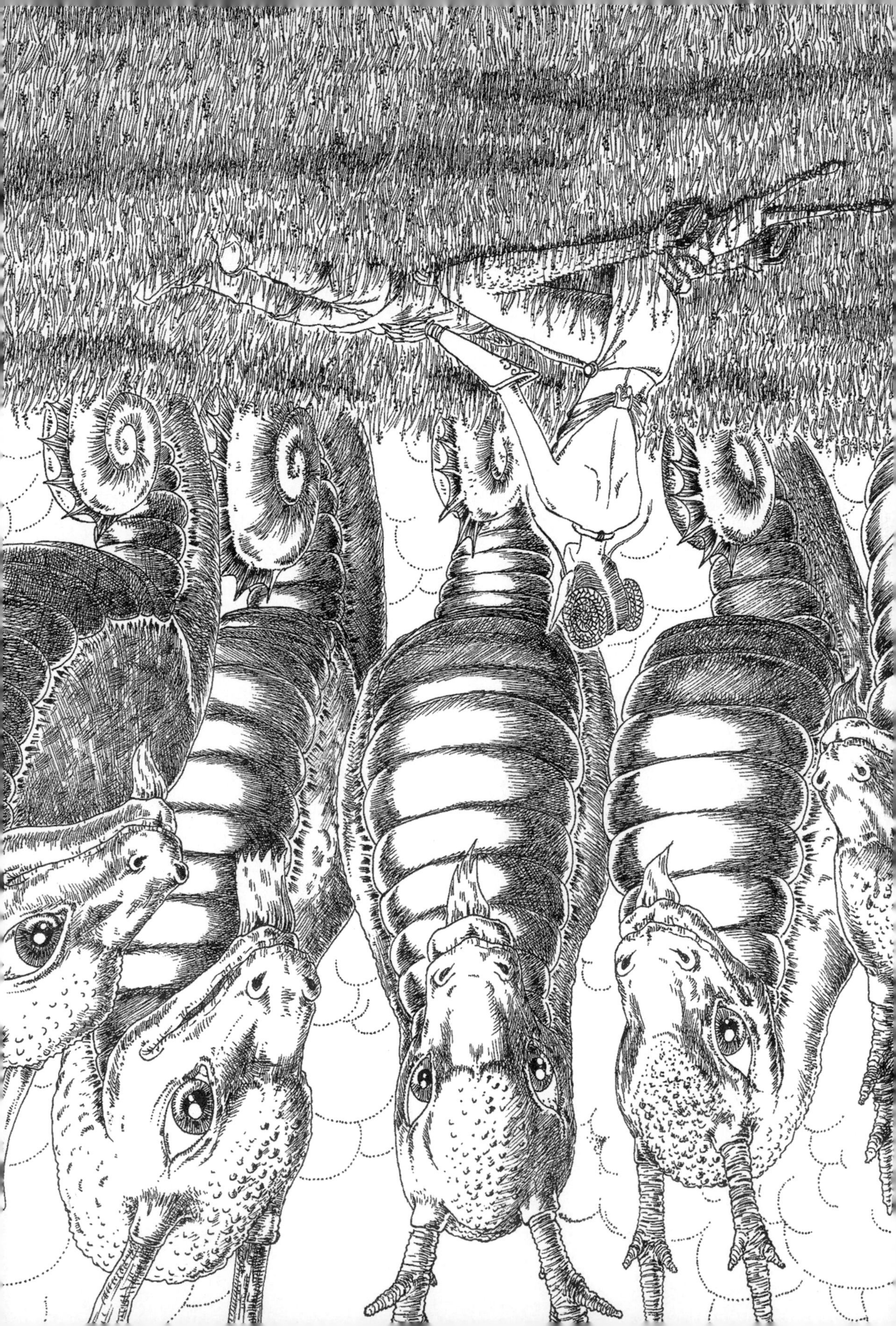

「他？不是您須要幫助嗎？我高貴的仙精！」海馬龍看了看倒地的陶德，非常鄙視的仰起下巴，還從鼻孔發出嘶嘶的噴氣聲。

「請你們務必要救他，他是我朋友。」慈雨低聲下氣的懇求，但是海馬龍顯然不為所動，紛紛掉轉頭去：「仙精何時墮落到和異族生物打交道了？若是拯救仙精，我族義不容辭；拯救一個異類生物，不嫌有辱仙精的尊貴嗎？我族人不願成為侮蔑仙精的幫凶。」

「尊貴?!我連朋友都沒辦法救，還談什麼尊貴？」慈雨在海馬龍身後大聲叫著，海馬龍微微偏過頭，斜瞄著慈雨：「我高貴的仙精！請注意您的身份，不要失了體統。」

「你們是怎麼了？救一個人會髒了誰的手？救一個人會傷了誰的心？難道仙精的生命尊貴，其他的生命就不是生命了嗎？」慈雨高聲控訴這一切，她已經沒有淚可以流，只能無力的跪坐地上，喘著氣，讓死亡一步步逼近她的朋友。

「我高貴的仙精！您若堅持救這個異類生物，我族沒有干涉的權力。」海馬龍排成一列，掉過頭來，並且不改高傲的態勢：「但是請您仔細思量，這樣做對仙精的影響。若是您不顧大局，依然故我，恐怕後果不是您一個人所能承擔。」

「什麼後果？我才不管會有什麼後果！我只要能救活我的朋友！可惡！你到底要不要救我的朋友？」慈雨抓狂的猛搥著地面，激動得連脖子上的筋肉都要扭曲了。

「請您尊重自己的地位，我高貴的仙精！您不能這樣子說話。」海馬龍略微被慈雨嚇到，有些無措。

慈雨一躍而起，逼到海馬龍跟前，怒目瞪著牠，氣得說不出話來。海馬龍被這舉動嚇退了一步，眼睛快速眨了幾下，面對慈雨的瞪視，牠嘆了一口氣：「總是會有這樣的仙精，真無奈。眾人這麼維護仙精，總有這樣不知珍惜的小伙子，真令人為之氣結……」

「住口！」慈雨打斷海馬龍的碎碎念，很兇的說：「不要跟我說大道理，我命令你救活他，立刻！」

「原以為是個小孩，可以欺負她一下，沒想到她竟這麼強勢！」海馬龍暗忖著，心念一轉：「算了，反正後果由她來擔，我充其量不過就是『迫於威權』罷了，犯不著在這裡跟她過不去。」

「我高貴的仙精！若您堅持，我們只好照辦。但是後果如何，我族一概不負責，就連這個異類生物的死活，我們也不承認曾經試圖救治……」海馬龍一邊靠近陶德，一邊跟慈雨說著外交詞令，慈雨正欣慰海馬龍決定拯救，完全不理會海馬龍的說詞，只催促牠快一些，還出手推擠。海馬龍咳了一聲，示意慈雨不要再推牠，慈雨自知失禮，趕忙把手縮到身後。

「這傻子吃了多少穗花草？」海馬龍嗅了嗅陶德，眼神渙散的陶德，瞳孔開始放大，已經瀕臨死亡了。海馬龍不慌不忙的左右診視，這可急壞了慈雨：「他只咬了一根。你不能快一些嗎？慢吞吞的。」

海馬龍沒好氣的回過頭，白了慈雨一眼：「請注意您的措詞！我並不是您的座騎，可以讓您頤指氣使。若要我救治這傢伙，請您不要多話，站在一旁看。」

慈雨識相的站在旁邊，心急如焚的看著海馬龍緩慢的救治。偶爾她還是忍不住開口，都被海馬龍斥罵，於是她不再吭聲，安靜地讓海馬龍診治陶德。

此刻天空泛著紫色光的雲愈來愈多，慢慢遮蔽住陽光，天色因此陰暗了下來，還透著詭異的紫光。

「嗯，『它』快來了。」海馬龍仰望天空的雲，然後互相看了一眼：「伙伴們，要開始了。」海馬龍圍成一圈，把陶德團團圍住，慈雨焦慮的開口：「誰要來了？」

海馬龍不答話，把頭全部低下去。海馬龍的身體擋住了陶德，慈雨看不到他，想擠進去看個究竟，可是慢慢旋轉起來的海馬龍陣列，完全沒有空隙可以讓她鑽進去。突然海馬龍陣列中傳出陶德微弱的呻吟，還有奇異的光照出來，慈雨一直在陣列外跟著轉動跑，不知道陣列內發生了什麼事。接著有某種液體滴下來的聲音，從地上流出海馬龍陣列，慈雨過來一看——是血！

「你們在幹什麼？」慈雨衝上前想要把海馬龍揪出來，無奈海馬龍陣列穩如泰山，根本拉不動。海馬龍也沒有理會慈雨的叫嚣，繼續他們的動作。地上的血流成一灘小池塘，血腥味濃重飄散在空氣中。陶德的呻吟聲愈來愈清晰，海馬龍陣列傳出震動的低鳴，光芒逐漸消退，一群海馬龍抬起頭，嘴邊都是血，漸漸停止轉動，陣列也散了開來。

「我高貴的仙精！我們已經依您的意思救活了這異類生物。其他的問題，麻煩您自行解決，我們要告辭了。」海馬龍彼此舔舐嘴邊的血跡，牠們看起來有些疲憊。

慈雨攔住牠們的去路，非常不禮貌的問道：「你們就這樣走了，我怎麼知道你們有沒有搞鬼？」

「吽——」海馬龍憤怒的吼聲，像阿爾卑斯號角般驚天動地。慈雨趕緊摀住耳朵彎下腰，還是會感受得到音波的震撼。海馬龍停止吼叫，鼻孔噴出陣陣白煙，顯示牠體內溫度極高。海馬龍生氣的逼近慈雨，惡狠狠的瞪著她：「您怎好糟蹋我族對仙精的友善？我們倘若不願救這個生物，他現在還能活嗎？我們將他的毒化細胞吸入自己嘴中，藉著我們的血來消滅毒素，稍有不慎，連我們都會中毒身亡！我們做得盡力，卻換來您不信任的輕蔑，我族斷不能接受這樣的侮辱，我們要求道歉！」

「非常抱歉！我的確失言，這一切都是我的錯！請原諒我的冒犯與無禮！」慈雨慌張的道歉，眼角的淚光閃爍，她第一次承認自己有錯，這對於自視甚高的仙精來說，是極為罕見的表現。

見到慈雨如此慌亂、失去尊嚴，海馬龍怒氣全消，嘆氣說：「您太年輕，該了解的事還很多，凡事多考慮、說話要周延，不要辱沒了您仙精的尊嚴，更不要踐踏眾生對仙精的尊崇。您的道歉我接受，告辭了，我高貴的仙精！」海馬龍說完，頭也不回的離開慈雨。

慈雨望了望遠去的海馬龍，心中後悔得要命，她怪自己怎麼如此無禮？然後衝到陶德旁邊，看看他的情況。陶德雖然還沒醒，但是臉色已經恢復紅潤，呼吸也順暢了許多，種種跡象顯示，陶德的確讓海馬龍救回一條小命。地上流出的血很快的被土地吸收，留下一大塊黑色的血漬。

「忘記問牠們是誰要來了。」

天空中紫色的雲堆得厚厚一層，在玻貝衛星方向的遠處，雲層裡不斷閃電，好像真的有什麼東西要從那邊過來。

「是暴風雨嗎？應該趕快找個高地避雨。」慈雨自言自語的望著天空。

慈雨撫著陶德的額頭，看著他安詳的睡臉。她叫書出來，看一篇上古時代仙精的詩集，安靜的等待陶德清醒過來。

……

第十一章　逃離

實驗室意外

※　　※　　※　　※　　※

姜氏大樓的大型動物牢籠，連恩關在裡面已經超過三個鐘頭。

連恩用力敲著門，大聲喊了好久：「我要上廁所！放我出去！你們這群沒人性的土匪！我要找律師！喂！有沒有人在？」連恩的叫聲迴盪在空蕩蕩的走廊上，可是沒有半個人過來，連一隻老鼠也沒有。

「怎麼會這樣？半小時前還好多人走來走去，現在他們都去哪裡了？」連恩叫累了，坐下來休息。她沮喪的搔頭髮，回想起姜森的話，不禁冷汗直流、全身發抖。她看沒有人在外頭，便試著拉扯鐵絲網，試圖扯出一個洞，她的手被鐵絲弄傷好多道傷痕，終於扯開一個手可以伸出去的破洞。她伸到門鎖的地方，有一個鎖頭，但是無論她多用力，就是拉不動鎖頭，拉了一下，她知道這方法行不通，坐在門前發呆。

她東看西看，看到旁邊有一面掛鑰匙的玻璃櫃，上面有七八串鑰匙，可能是保管鑰匙的人匆忙離開忘了鎖上，玻璃櫃的門是虛掩的。連恩喜出望外，想找一些可以搆得到鑰匙的工具，她看到籠子靠牆這邊有一桶清潔用具，裡面有掃帚、拖把、海綿刷，還有……可伸縮的塑膠刮刀。她只要拿到伸縮刮刀，就可以把鑰匙搆下來，接著一把一把試就成了。可是她沒辦法再扯一個洞出來，她的手都是傷。

連恩摸了摸身上，只有一枝原子筆，筆的長度不夠，要搆到掃帚還有一段距離。她想到頭髮上別了幾根髮夾，就把筆芯拉出來，插在筆頭，並用髮夾塞緊，如此一來筆的長度就能搆著桶子了。這時候難題又來了，筆芯太軟，完全不能施力，別說桶子，連掃帚都扳不倒。

試驗失敗讓連恩很沮喪，可是她不願放棄——一定還有東西可以用。她雙手交握胸前，坐在牆角，咬著拇指思考。她低頭看到自己的胸口，若有所思的想了想，突然伸手進去衣服裡面一陣動作，接著抽出了兩根半圓形的鋼絲。她扯下綁頭髮的橡皮筋，將鋼絲綁在筆芯前端，這樣伸出去就能勾住桶子的提把，慢慢把桶子拉到門鎖邊。

「慢慢的……小心……」連恩聚精會神的勾著提把，一根鐵條一根鐵條的緩緩移動，還不時自言自語提醒自己。這時狀況發生了，桶子太重，鋼絲竟然被拉掉了。幸好還有一根鋼絲，她重新綁好之後，又開始漫長的移動。

就在桶子拉到她的手快搆得到掃帚的地方，連恩沒注意鋼絲即將鬆脫，等勾到提把拉扯時才發現，她立刻想收進來重綁。人往往愈急愈容易出錯，連恩想把勾著的鋼絲拉回，卻怎麼樣也脫不開，她看到橡皮筋也在跟著鬆動，若繼續拉扯搞不好連橡皮筋都會飛掉，於是她孤注一擲，用力將提把往鎖頭方向甩，果然鋼絲和橡皮筋都彈了出去。

桶子晃了一晃，連恩的心也被牽著晃起晃落，她不禁大聲祈禱：「不要倒後面！不要倒後面！」連恩看到掃帚往鎖頭倒下，趕緊伸出手接住，阻擋這些用具倒在地上。她努力撐著，抓緊了伸縮刮刀之後，她讓其他的用具倒在地上，發出很大的聲響，不過並沒有人衝過來。連恩把刮刀拆下來，利用它把鋼絲和橡皮筋都勾回籠邊，再將鋼絲纏在伸縮桿上，開始吃力的勾鑰匙串。

花了將近四十分鐘，試了三串鑰匙，終於在第四串找到正確的，鎖頭「喀喳」一聲應聲開啟，連恩興奮的淚流滿面，快速的逃出籠子。她撿起救她一命的鋼絲，激動的親吻一下，再把它「塞」回原位。

連恩在走廊上狂奔，差點踩到一隻兔子，她彎下身檢視一下有沒有傷到牠，連恩驚訝的發現，兔子嘴邊都是血。

「我踩傷你了！老天，我不是故意的！怎麼辦？」連恩抱起兔子，看到有一間像是病房的房間，她就想進去找看看有沒有醫藥箱之類的，想給小兔子擦藥。不料在門口她就看到兩個穿醫師袍的男女倒在地上，四周還有血跡。

「哇！救命呀！有死人！」尖叫不已的連恩退出房間，跑向電梯要搭，結果電梯門一開，裡面的鏡子血跡斑斑，地上躺了三個人，嚇得她再度失聲尖叫。她往緊急出口的方向跑，每個房間幾乎都有人倒下，她哭著抱緊兔子，從太平梯跌跌撞撞的跑到一樓。

一樓大廳裡，兩名警衛倒在警衛檯裡，連恩想從旋轉門出去，可是幾扇門都是由電腦控制，沒有門禁卡是不能進出的。連恩氣憤的在門前又踹又踢，門卻依然動也不動。忽然後面有一個滿臉是血的警衛一路吼叫的衝向連恩，嚇得她張嘴尖叫，說時遲，那時快，連恩抱著的兔子縱身一躍，直接衝撞警衛的臉，壯碩的警衛竟禁不住這一撞，往後退了十幾步，一頭撞到警衛檯的大理石板，暈了過去，兔子則掉了一地兔毛，逃逸無蹤。驚嚇過度的連恩張大嘴巴，愣在原地，然後她雙腳一軟，坐在地上。

坐了一會兒，連恩想想這樣枯等也不是辦法，她鼓起勇氣到警衛檯裡，推開其中一名倒在監視螢幕上的警衛，拿起沾有血跡的電話，顫抖的按下了「一一〇」。

「喂！這裡是報案台。」

「喂！我在……」連恩瞄了一下出入登記簿上的公司名稱，用著幾乎哭泣的聲音說：「這裡應該是姜氏父子生物科技公司，我看到好多人流血倒地不起，到處都是血，還有人要攻擊我……」連恩再也忍不住，泣不成聲的說不下去。

「妳待在原處不要離開，我們立刻派人過去！」

過了大約十分鐘不到，一部警車和一部救護車來到姜氏大樓前，警察看到倒在警衛檯前的警衛渾身是血，這才覺得事態嚴重，立即向上通報。過沒多久，姜氏大樓前就被警車佔據，並且破壞大門強行進入，連恩很快的由醫護人員送上救護車，這時連恩完全的放鬆緊繃過頭的身心煎熬，才說了一句：「通知我的家人。」之後就昏了過去。

救護人員忙碌的進出姜氏大樓，抬出一名又一名的傷者，看來姜氏公司的所有員工都遭到了不明的攻擊。全市的救護車都來支援，驚心動魄的警笛響徹整個彩虹市。記者和SNG轉播車在警戒線外排得水洩不通，加上看熱鬧的民眾，還有賣烤香腸的小販，整個姜氏大樓周邊的交通徹底癱瘓。

連恩的丈夫陶樂仕在家中坐在沙發前，電視開著，可是他沒在看。警方的蒐證小組剛剛完成蒐證，和負責此案的潘警官才一起離開不到五分鐘，電話進來了。

「喂！我是陶樂仕。」

「陶先生，我們找到一位女士，很可能是尊夫人，請您到市立醫院急診室一趟。」

「真的嗎？這真是太好了！我馬上到！」

陶樂仕連電視都來不及關，立即開了車就趕往醫院。他穿過擁擠的推床和人群，好不容易擠進了急診室，潘警官看到他立即招手要他過去。

陶樂仕擠到他旁邊，就先問他：「我太太在哪裡？」

「在加護病房，請跟我來。」潘警官表情凝重，不禁讓陶樂仕憂慮。陶樂仕好奇的問：「今天醫院怎麼人這麼多？」

「發生大事，受傷的人多達兩三百人。」潘警官和陶樂仕進了電梯。陶樂仕緊張的又問：「我太太也在其中嗎？」

「她是重要關係人，可是她說沒見到你之前，她什麼也不肯說。」

「到底發生了什麼事？」陶樂仕摸不著頭緒的抓下巴。

「這也是我們警方急欲了解的事。我們到了。」潘警官帶領陶樂仕到一間門口有兩名武裝警員戒護的病房，打開門，連恩躺在病床上，手上吊著點滴，還有一位護士在旁邊照顧。陶樂仕過去立即擁抱、親吻連恩，連恩喜極而泣的看著陶樂仕，想起幾小時的折磨，恍如隔世；如今平安脫險，一時悲從中來，哭得淚如雨下：「親愛的，我以為再也見不到你了……」

連恩除了皮肉傷和精神較差之外，並無大礙，所以她把她知道姜氏的犯行和勾當一口氣全說個仔細，這給了警方很大的幫助，因為他們早就在注意姜氏公司的動態，這次總算掌握了他們違法的證據，可以依法提出告訴，光是姜森一個人就要揹上包括教唆殺人、綁架、洗錢等十幾項指控。

「不過，」潘警官嚴肅的對著陶氏夫婦說：「姜森並不在這次事件的傷者名單中，很可能被他逃脫了。至於你們的人身安全，我會派員二十四小時全程保護，這一點你們可以放心。我比較擔心的是貴公子陶德，恐怕是落在他手裡，從他綁架尊夫人的囂張行徑，這點不無可能。」

「如果真是他做的，我們該怎麼辦？我們跟他無冤無仇，他為什麼要這麼做？」陶氏夫婦對這種莫名其妙的行為，十分不解。

「犯罪動機需要靠證據的蒐集才能釐清，等嫌犯被捕後就可以真相大白。目前姜森的住處和公司都受到嚴密監控，目前研判他極可能會偷渡出去，應該會利用肉票來勒贖跑路費。若是這樣的話，貴公子暫時是不會受到傷害的。」潘警官分析得頭頭是道，嚇壞了這對無辜的夫妻。

「對了，我忽然想到一個人，他也許和姜森有關係。」連恩想到了彤霓．仙恩——那個詭詐的怪老頭。連恩說完有關怪老頭的事，陶樂仕就怪她私下行事沒和他商量，才會惹來無妄之災。

「這是一條很重要的線索，我會立刻去查。尊夫人也累了，我先告辭。」潘警官辭過陶氏夫婦，匆忙離開醫院。

這時，接到通知的陶家親戚，紛紛趕來醫院探視。媒體不知道從何處獲得消息說連恩被殘暴的凌虐、性命垂危云云，大批記者馬上到病房外守候，希望能採訪到陶樂仕或連恩，現場被搞得像菜市場一般嘈雜，完全忘記他們身在醫院，應該「禁止喧嘩」。陶樂仕探出頭來問媒體：「你們的消息是不是一個個子矮小、戴著黑框眼鏡的男子提供的？」

「你怎麼會知道？」

陶樂仕無奈的敲打自己的額頭，悶聲不響的關上病房門，留下一群滿臉疑惑的記者在走廊上面面相覷。

鏡頭一轉，轉到怪老頭住的公寓。他被姜森從車上摔出去之後，他便去一家認識的藥房，請老闆幫他包紮敷藥，剛剛才回到家。怪老頭從冰箱拿出一罐啤酒來喝，正準備批閱學生的作業，他的手機就響了。怪老頭找了半天，最後才發現在他襯衫口袋裡，他接起來還沒說話，對方劈頭就罵：「彤霓．仙恩！好樣的！你有種，敢跟我要花樣！你立刻出來，我們把話說清楚。」

「我說姜森先生，姜大老闆！你打也打了，問也問了，還有什麼不滿意的？」怪老頭一臉糾結的說。

「你給的貨品是瑕疵品，出了問題，該死的！」

「出了什麼問題？我可沒給那小東西動過手腳，保證百分之百原裝進口。」

「誰知道你下了什麼蠱？那玩意兒才抽了幾滴血，就像氣球一樣爆成了一灘血水；活體融合還產生突變，居然分裂出十幾隻該死的兔子，咬傷我全公司的人！我要你賠償我所有的損失。」

「姜森先生，你這樣說就太不上道了，我交貨時可都好好的，至於你們怎麼惡搞，應該是你們的問題，怎麼算帳算到我頭上呢？這太扯了吧。」怪老頭拿起啤酒大口喝下，還打了個酒嗝。

「誰管你這麼多？反正這事你脫不了干係，現在三百萬拿來，其他事我就一筆勾銷，不再追究。」

「我現在拿三百塊出來都有問題，三百萬？叫我去搶劫嗎？我年紀太大，搶不動啦！您就行行好，叫你的手下去搶比較有希望，別來煩我。」怪老頭並未喝醉，可是他卻如此大膽的和姜森說話，莫非他瘋了？

「我昨天晚上才拿給你的，怎麼可能今天就花光了？」

「在彩虹市裡，令人驚奇的事是數不完的。」這句話好熟悉，好像在那裡聽過。

「彤霓．仙恩！你少跟我打哈哈，我告訴你，我今天就要錢，你最好趕快去想辦法，否則……」

「你又要把我撕成碎片，拿去餵豬嗎？」怪老頭笑得很不禮貌，笑著把啤酒喝完。

「該死的！你敢揶揄老子！」

「姜大老闆！狠話我比你更會說。你趕快找個地方躲吧！新聞快報十分鐘報導一次，『姜氏公司違法洗錢、負責人姜森逃逸』，你還要我說細節嗎？拜託您就別再唬弄我了好不好？要錢，去找別人吧！」

手機另一端沉默了一會兒，才傳出姜森低聲下氣的說：「既然你知道了，難道你就見死不救？」

「要救也不是救你這種人！」怪老頭把空啤酒罐捏扁，一把丟向垃圾滿出來的垃圾桶。

「你就幫一次忙，當做善事積陰德吧！」

「放屁！你真讓我作嘔！要我幫你，等下輩子吧！如果你還能投胎做人的話。」怪老頭不等他答腔，連再見都沒說就切斷了通訊。他痛快的直跳，覺得爽快極了。

怪老頭再去拿了一罐啤酒，喝了一口，電話又響了，他把啤酒罐放在茶几上，起來接電話。啤酒旁邊有一張他和一位小男孩的合照，壓在一張寫著「乾爸爸生日快樂」的賀卡上。再旁邊是一疊亂成一團的劃撥收據，最上頭是一面感謝狀，寫著「茲感謝彤霓．仙恩先生捐贈新台幣三百萬元予癌症兒童基金會……」。

瞧他愉快的談著話，顯然不是姜森打來的：「……乾爹買的玩具收到了嗎？……喜歡就好。」

「……當然，海邊很好，只要你的病趕快好起來……」

「……今天又做化療了嗎？要勇敢喔……」

「……乾爹也愛你。」怪老頭掛斷電話，淚水在眼眶裡打轉。他拿著啤酒走到窗邊，倚著窗看外面車來車往的街景，心情落寞了起來。

潘警官開著有閃燈的公務車，停在怪老頭公寓樓下，怪老頭直覺不對勁，雖然不知道自己為什麼要逃，可是有警察來一定沒好事，於是他拿起外套就走出門。潘警官乘電梯上到七樓，警覺的聽到有人在消防梯快步奔走的聲音，當機立斷的衝到後門，果然看到往下逃跑的怪老頭。他指示另一名警官從電梯下去，他則從消防梯追趕。

怪老頭下了梯子，朝另一條防火巷跑，潘警官腳步快，照這樣下去怪老頭很快就會被追上。但是怪老頭對附近巷道熟悉，鑽來鑽去的讓潘警官也覺得吃不消。就在怪老頭轉過一條巷子之後，潘警官清楚聽到垃圾箱蓋闔上的聲音，他轉過去，果然看到兩只垃圾子車，他從蓋子縫隙中看到怪老頭的外套，他舉槍對準垃圾箱，這時另一位警官也追過來，見狀跟著拔槍瞄準，大聲喝令怪老頭舉雙手出來。這時一個不知情的要倒垃圾的婦人走過來，被兩人斥退，沒想到反而招來更多民眾探頭觀望。潘警官此時為防意外發生，決定叫同僚掩護，他上前掀蓋攻堅，只見他身手矯健的一把抓出了怪老頭……的外套。

「可惡！被擺了一道！」潘警官他們趕緊收起槍，低頭穿過圍觀的人，快步離開現場。

「警察持槍追捕垃圾車裡的外套」的烏龍事件，在稍後的網路上被署名「史達林」的人轉寄散播，很快就傳開了。連躲在網咖的怪老頭都收到消息，笑得他合不攏嘴：「笨條子！道行這麼差也敢出來混？再多磨練幾年吧！」

……

第十二章　大戰

風雷古堡仙精

※　※　※　※　※

紫色的雲堆滿整個天空，雲層裡的閃電範圍也逐漸加大，奇怪的是一點風也沒有，連空氣都好像凝固了一樣。

「這裡是天堂嗎？」陶德望著天空，孱弱的說著。

慈雨收起詩集，轉頭過看著陶德，溫柔的說：「你能醒過來，真是太好了。你可能不知道，是海馬龍救了你。」她幫忙陶德坐起來，他看著奇怪的天空發呆。

「天空的顏色怎麼是紫色的？」

「我也不曉得，海馬龍只說有誰要來，沒說明是什麼東西。」慈雨看著無聲的閃電和紫雲，心中有種很不好的感覺，她對陶德說：「你能走嗎？我們最好趕快找地方躲，不知道這是不是暴風雨要來，我們還是提早準備比較好。」

慈雨攙扶著陶德，慢慢向地勢較高的台地移動。紫雲中出現的閃電愈來愈多，規模也有變大的趨勢，這讓移動速度緩慢的慈雨不禁擔心起來，她怕會來不及在暴風雨來臨前趕到台地。不過閃電和低壓壓的雲還是沒有半點聲音，這違反自然的現象讓慈雨更覺頭皮發麻，明知道要發生大事了，卻完全不明白究竟是什麼事，這樣的感覺讓敏感的慈雨難受極了。陶德元氣尚未恢復，沒有心力去想這些事，一路上他只是聽慈雨訴說她的憂慮，沒有提供任何意見。

紫雲又往地面下沉了一點，空氣被擠壓得很悶很重，讓人喘不過氣。第一道閃電破雲而下，直接殛打在草原上，發出沉悶的聲音，被擊中的地方冒出煙塵。接著落電數愈來愈多，發射的頻率也愈來愈密集，可是奇怪的是落電從四面八方發出，但都擊向一個區域，並未在整個紫雲覆蓋的地方隨意落下。陶德也發現了這個奇異的現象，他瞇起眼睛，看著大量落電的方向，閃電愈來愈多，多到像是一大束光束從雲端直射地面，場面相當壯觀懾人！這樣的場面讓陶德和慈雨不由自主的停下腳步，駐足觀看這場奇觀。

「那個方向，就是海馬龍群被巨龍撞死的地方。」陶德幽幽的說，慈雨這才恍然大悟，沒錯！正是剛才慘劇發生的地方，閃電擊中的地上躺著許多橫死的海馬龍。如此頻密的電殛，海馬龍的屍體會被燒到焦黑，最後化成灰燼。原來這些紫雲和閃電是來火葬海馬龍的，可是這一切又是什麼人在操縱的呢？陶德不禁提出這樣的問題，這也是很多人的疑問。

「不用問，一切自有定數。自然運行不需要渺小的我們去插手，天的事我們不明瞭，就如同昆蟲不明瞭我們的事一般。」慈雨感動的說。

陶德不再說話，靜靜看著紫雲落電氣勢磅礴的擊打地面。轟隆隆的落電經過將近十五分鐘的激烈衝擊，逐漸停歇，取而代之的是漫天向上竄昇的煙塵。剛開始煙塵動得很緩慢，漸漸的煙塵呈螺旋狀捲動，最後形成驚人的巨大龍捲風，強大的風勢，將周圍的草木連根拔起，而且暴風半徑逐漸擴大，也影響到慈雨他們。

「風好強！我們快走！」慈雨拉著陶德就跑，無奈陶德跑不快，跑沒幾步就體力不濟的倒在地上，急得慈雨直跳腳。龍捲風的外圍環流增強的速度很快，已經讓慈雨幾乎要站不住了，她尖聲吶喊：「怎麼辦？我們會被捲進去！陶德！」

「硬……殼……」陶德勉強吐出一句話，強烈的風聲，慈雨完全沒聽到，慈雨伏下身挨在陶德身旁，大聲的喊著：「你說什麼？」

陶德沒力氣說話，只好抓著慈雨的手，指著她的仙魔鍊。

「這個嗎？噢！我竟然沒想到，謝謝你提醒我。」慈雨說完便趕快唸唸有詞，雙手勾住仙魔鍊結成奇怪的手勢，施出「空氣硬殼」的法術，在風勢更強之前，一個球形的空間在他們身邊張開，形成了安全而穩固的防護罩。

「仙精是健忘的。」這是陶德對仙精的第一個評價。

紫雲龍捲風從他們頭上狂暴的橫掃而過，沙塵、草木、地面都被捲上半空中，驚心動魄的景象，任何人見了都會嚇得驚聲尖叫。但是他們倆不同，經過之前確認空氣硬殼法術的威力後，他們好整以暇的觀看難得一見的場景，他們安全地坐在球形空間裡，超近距離觀賞自然奇觀，彷彿在看一場三六〇度全景投射的立體電影。

「看！那是什麼？」陶德指著龍捲風的中心，慈雨也看到了——一顆顆紫色的心在龍捲風裡冉冉飄浮，像一群閃著紫光的螢火蟲在隨風飛舞。慈雨向陶德解釋：「那個紫色的心是火化海馬龍遺下的『龍的心』，在仙精的葬禮中，是把『龍的心』裝在金壺裡，再拋回彩虹龍海。野生海馬龍的葬禮沒有人看過，眾說紛紜，穿鑿附會的佔多數；今日有緣得見，原來是如此轟轟烈烈，驚天動地，真是大開眼界。不過這些龍的心要送去哪裡呢？有傳說野生海馬龍的心是被送回海馬龍聖地——大彩虹龍海，這聖地的位置就一直成謎，也沒有任何相關的記載。」

龍捲風慢慢向玻貝衛星的方向移動回去，一路上的草木遭殃，大地面目全非，只為了海馬龍的心能夠送回到大彩虹龍海，這樣的「盛大」是過分了點，不過在之前不曉得用什麼方法，讓所有蟲獸鳥類都自動撤離的作法，似乎又有點人情味。仙境王國自然界的主宰，好像比地球的主宰要仁慈許多。（以上言論僅供參考，不代表地球人全體的立場。）

紫雲消散到遠方，太陽再度露出笑臉。經過這一場浩劫，除了草原滿目瘡痍之外，昆蟲開始鳴叫，鳥獸也逐漸出現走動，草原的生命力又重新甦醒過來。慈雨收起球形空間，地上明顯的一圈草地毫髮未傷，和周圍被蹂躪得亂七八糟的樣貌，形成強烈對比。剛剛的休息讓陶德恢復不少元氣，現在他已經可以起來東跑西跑，和他剛醒過來的樣子，判若兩人。

「我的身上，都是牙齒印。」陶德掀起衣服，果然滿是海馬龍咬過的痕跡，慈雨安慰他：「別擔心，很快就會消失的。那是海馬龍為了救你，『吸毒』留下的。」

「吸毒？我身上又沒有毒品，怎麼吸毒？愛說笑！」陶德沒有追問下去，轉了一個話題：「妳什麼時候要去抓海馬龍？我好想看喔。」

「你不要急，這需要耐心等待機會，而且最好擬妥計畫以後再說。」慈雨看著滿地雜亂，只想趕快離開。她現在也沒有頭緒，腦子裡一片空白，她問問陶德有什麼想法，陶德天真的說：「我們先去打獵好了。對，妳可以教我射箭，我從來沒射過，一定很好玩。」

「你是認真的嗎？若是你想學，我當然可以教你，不過我先說在前頭，我教人是很兇的。」慈雨表情相當認真的說。

「平常就夠兇了。」陶德小聲的說。

「你說什麼？」慈雨瞪了他一眼。

陶德只好硬轉話題的說：「我是說，妳就趕快教我吧。」然後虛偽的假作殷勤，要幫慈雨拿弓揹箭，慈雨樂得輕鬆，就交給他拿。陶德發現弓箭重量不輕時，暗暗叫苦：我的媽呀！早知道就不要雞婆了，好重……

慈雨反正沒有計畫，就教陶德在草原上學習打獵的基本技術，順便打幾隻獵物來吃。陶德還拿彈力繩耍了個「甩繩擊物」的特技，準確度幾乎百分之百，所以慈雨把彈力繩送給他，當他的隨身武器。這幾小時的打獵成果豐碩，一共獵到三隻飛禽、兩隻小獸，還有不小心打到的一隻走雉（一種沒有翅膀、腳很長善奔跑的雉雞）。走雉不能吃，誤殺牠的原因是陶德用果子當靶來做甩繩練習，沒想到貪吃的走雉就衝上前要吃，陶德來不及抽回，走雉就這樣給誤擊而死——真可謂「鳥為食亡」的最佳寫照！

慈雨看見不遠處有一片大灌木叢，於是建議去那裡紮營休息。他們拖著獵物走在一條往灌木叢方向的獸徑，沿路上慈雨發現有血跡沾在草葉上，她只是感到奇怪，並未深思其中的問題。他們進到灌木叢內，先尋找適合搭營帳的地方，等地點確定之後，他們就開始整地砍雜枝，這一切動作是慈雨相當熟悉的工作，做起來駕輕就熟。陶德一邊聽慈雨指揮，一邊學習搭營帳的技巧，因為他也受過基本的童子軍訓練，做得還算差強人意，馬馬虎虎。這裡搭帳篷的狀況沒有之前森林裡多，兩人通力合作只花一個多鐘頭就完成了。

「你學習力還不錯，幫了我不少忙。尤其是『繩結』，更讓我工作順利，可惜這裡還是找不到記憶蟲，不然就能傳給我的族人了。」慈雨在架烹飪架，陶德則四處收集乾柴，這裡不像陰溼的叢林，乾柴隨處可見，不一會兒陶德就撿了許多，堆了一大落在烹飪架旁邊。慈雨跟他說不用再撿，陶德便過來坐下，準備生火。

「我可以去教他們，我相信我可以教得很好。」陶德在烹飪架底下搭著木柴，好讓生火時容易燃燒。

「噢！恐怕不行，我的朋友。」慈雨眼中帶著憂傷。

「咦？為什麼？」陶德抬起身的動作太大，弄垮了柴堆。

「聽好，陶德，這很重要。」慈雨拉近陶德，嚴肅的說：「你是我的朋友，可是我的族人和你不是朋友。我的族人認為，來自其他界境的生物，都是……都是……」

「……低等生物嗎？」陶德不喜歡這侮蔑的用詞，可是慈雨曾經說過很多次。

「正確的說法是『異類生物』。仙境王國十二億年來，一直保有著牢不可破的戒律，仙精在這裡是至高無上的種族，和其他族都必須保持距離。仙精的古老傳說中，曾提到異類生物屠殺仙精的慘痛歷史，所以仙精律法明文規定：仙精絕對禁止與異類生物接觸。」慈雨說著說著，她再度想起鼓囊巨鳥獸烏邦的話，因為恐懼與誤解，仙精趕盡殺絕無辜族群三千年，卻沒有人質疑過這件歷史。在真相追尋的熱情中，與嚴守戒律的心靈法則裡，她不知道自己該如何選擇，她的內心充滿了矛盾。

仙精向來只懂得接受前輩的教導，不允許懷疑，古老的神話變成傳統，再變成遵奉的法統，最後變成不變的戒律。為了保有種族優越與尊崇，仙精的世界是極度封閉的，然而，在眾多積非成是的規定中，支持的理論脆弱的不堪一擊，卻因為是仙精律法而迂腐的捍衛，真相沒理由的遭到掩蓋，永遠不見天日。難怪仙精族光一個打繩結的問題，就可以五百萬年不聞不問，這應該就叫做「見識多上天，活用的一點點」。

「你們真是奇怪，這麼看不起人。」陶德專心搭木柴，不想和慈雨討論這個問題。

「我不知道和你做朋友是對是錯，可是你教了我很多事情，我相信這個部分是好的。可是，我還是不能帶你去見我的族人——他們還沒準備好。」慈雨搭好了烹飪架，轉身去找水源，她拉了一根扭曲的蔓藤，就著中間削開一刀口，水就汩汩流洩而出。她用樹葉做成鍋子盛水，吊在架上燒，此時陶德也起好火，開始煮水準備料理食物。

這一段時間裡，陶德不想和慈雨說話，刻意避開談話的開端，只做一些簡單的問答。陶德不是很瞭解仙精的傳統沿革，但是慈雨說的種族優越與歧視，卻讓他不舒服，甚至作嘔。他靜靜的學習處理食物的方法，他做得很好，可是他嘟著嘴不說話的模樣，讓慈雨愈來愈沒辦法忍受。

「嘿！你幹什麼不高興？我並沒有做錯什麼，你不能這樣不說話的對待我。」慈雨終於受不了了，尖著嗓子對陶德說。

「我只是不想說話。」陶德冷漠的吐出一句話，把處理好的食物丟進鍋子裡去煮，然後起身去把手洗乾淨。慈雨生氣了，站在陶德身後大聲說：「我命令你跟我說話，立刻！」

「我不是奴隸，也不是低等生物，我是人。我可以自由決定和誰說話或不和誰說話。」陶德略微回過頭，激昂但是音調冷漠的說。

「你在仙境王國裡就要聽仙精的話，仙精的話就是命令，你必須遵從。」

「憑什麼？我是地球來的，我才不管什麼仙精不仙精，我不需要接受妳的命令。」

「大膽！你竟然如此蠻橫無禮的忤逆仙精，按照仙精律法我可以將你送交監禁。」

「無聊！妳真是無聊得要命。」陶德知道自己的困境，他要回家還需要靠慈雨的幫忙，於是他識相的停止爭辯，委屈自己把情緒話全吞下去。

「我命令你道歉，立刻！」咄咄逼人的慈雨，氣燄囂張的說。

「好吧，我道歉，我對不起妳。」陶德低著頭，眼淚滴了下來。

「不行！我要你真誠的道歉，很誠心的。」張牙舞爪的慈雨，忽然變得令人厭惡。

「對不起……」陶德頭更低了。說完話，他噙著淚走到一棵矮樹旁邊坐下，久久不發一語。

這兩人的關係破裂了。慈雨覺得自己勝利得理所當然，沒事一般的繼續料理食物。陶德心裡很受傷，他一股怨氣沒地方發，只能用力的撥弄手指。他摸到腰際佩帶的彈力繩，抽出來折了折，他想要做點什麼事來發洩，他的眼珠子骨碌碌轉著，不曉得在動什麼腦筋。他瞄了一眼慈雨忙碌的背影，手上抓緊了彈力繩，一步一步的靠近她……陶德該不會是想……不會吧！

陶德走到慈雨身後，雙手拉起彈力繩……

「你在做什麼？」慈雨忽然站起來，嚇了陶德一大跳，陶德一顆心差些跳出來。他連忙說：「沒什麼，沒什麼。我只想說沒我的事，我去旁邊練習彈力繩，想過來問妳可不可以？」

「是嗎？」慈雨斜睨著他，滿臉不相信的表情。

「妳不是說做什麼都要問過妳的嗎？」

「這倒不必，只是說你不能亂碰亂吃就是了。」

「噢，那我到另一頭去練習了，免得打壞這裡的東西。」陶德話說完，就鑽進樹叢後面去，還拿彈力繩亂甩，打落不少枝葉。

「這傢伙，他到底想幹嘛？真是奇怪。」慈雨自言自語的說，然後又低頭繼續料理食物。

太陽逐漸向地平線偏去，以地球的時間來計算，現在是下午四點左右。風舒適的吹，天空的雲輕輕的飄，好一幅景色優美的圖畫。

「陶德跑哪裡去了？這麼久還不回來。」陶德出去快一個鐘頭了，慈雨都已經用花椒滷汁滷好了一鍋肉，還把禽鳥烤得金黃酥脆，糖漿油亮亮的在酥皮上滴下；旁邊用好幾種果蔬加獸骨熬煮了一鍋濃湯，正滾滾沸騰著香味。食物都煮好了，怎麼還沒見他回來？慈雨不禁擔心這愣小子，會不會又發生了意外？她想出去找陶德，又怕營地沒人看守會被野獸侵入破壞，真是左右為難。

過了幾分鐘，慈雨豎起了耳朵，她彷彿聽到遠遠的有人在大聲呼喊，而且好像是陶德的聲音。他的叫聲忽遠忽近，還有啪啦啪啦的草木斷裂聲，讓慈雨十分疑惑——莫非陶德又發明了什麼遊戲不成？還叫得那麼大聲。慈雨耐不住，決定要去一探究竟。明的是要看看陶德是否發生危險，其實骨子裡真正的目的，是希望陶德又發明新玩法，能像叢林飛盪遊戲一樣，讓她再享受一次玩瘋了的樂趣——孩子就是孩子。

慈雨循著聲音快步奔馳，跑了約莫兩分鐘，他看到前方陶德拉著彈力繩從灌木叢中飛來飛去，還好似崩潰了的怪聲大叫。他一忽兒上、一忽兒下，刺激的程度不輸給雲霄飛車。慈雨沒看清楚狀況，馬上興奮的跑過去，還一邊大喊：「我也要玩！」

等慈雨來到被撞斷一堆樹木的「現場」，還來不及觀察，就被咻的一聲飛撲的陶德嚇一跳，她趕緊低下頭閃避，還抱著頭問：「你在玩什麼？快教我玩。」

「我快死掉了！救命啊——」

聽到陶德呼救聲，慈雨猛然抬頭，才發現陶德做了一件天大的蠢事——他竟然用彈力繩套住海馬龍！

「陶德！你這個瘋子！快放手！」慈雨在旁邊大聲叫喚，希望轉移海馬龍的注意力，可惜驚慌的海馬龍只想甩掉陶德，只顧著四處亂撞狂奔，還差些撞到慈雨。

「我不要放手！好不容易抓到——快幫我！」陶德死抓著彈力繩不放，被海馬龍甩得傷痕累累，頭上還撞紫了好幾個腫包。

慈雨不得已，也拿出彈力繩跟著套海馬龍，可是她的準頭不夠，反而變成鞭打海馬龍，這下惹得海馬龍更驚慌，甩動得更用力，撞得陶德唉唉叫。陶德雖然被甩得暈頭轉向，還是拉緊彈力繩，讓自己一寸一寸的靠近海馬龍。他見慈雨幫不上忙，便加快爬近海馬龍的速度，終於在激烈碰撞的情況下，八歲的陶德成功攀上了海馬龍的背。他用彈力繩當韁繩，努力拉扯想讓海馬龍安靜下來，但是海馬龍顯然不吃他這一套，擺動得比遊樂場的馴野馬機器激烈一百倍。

「我該怎麼讓牠……停止……」陶德咬緊牙關說話，免得咬到舌頭——這是爸爸在玩大怒神的時候教他的。

「放開彈力繩，抓住牠的角！」原來陶德拉扯彈力繩會勒緊海馬龍的咽喉，所以牠以為陶德是要殺牠，才會拚命想要甩開陶德。

陶德先放開一隻手，艱難的握住海馬龍的角，然後迅速放掉彈力繩，兩隻手都抓住了牠的角。就見陶德幾乎呈水平在海馬龍背上「飛行」，嚇得他尖叫著：「救救我！我的手快斷了——」

陶德的手快抓不住了，他不願辛苦了大半天卻換來一場空，於是他使出吃奶的力氣，奮力的一扭腰，讓雙腳勾住海馬龍的下頦，整個人扒在海馬龍的後腦上，這一招果然讓海馬龍慢下了奔跑的速度，變成猛力的搖頭，想把陶德甩下來。

「海馬龍！我是小仙精慈雨！我命令你停下來，立刻！」慈雨也大聲的喝斥，希望海馬龍能因此停止瘋狂的舉動。海馬龍這回有反應了，牠氣喘咻咻的看著慈雨，鼻孔噴出蒸氣的靠近慈雨，但還是偶爾甩甩頭，畢竟頭上多一個人是很奇怪的事。海馬龍終於安靜了，陶德興奮到了極點：「嘿！我們馴服海馬龍了！太棒了，GIVE ME FIVE！」

慈雨沒有理會陶德，一味的看著海馬龍身上奇特的烙印，那是很多顏色烙成的圖騰，這圖案很面熟，好像最近才看過，她努力回想的時候，陶德打斷了她的思路：「我們馴服了海馬龍，可以回家了，趕快佩服我吧！」

「你真是犯了大錯！這隻海馬龍是別的仙精的座騎，我們不能帶走。」慈雨臉色凝重的說著，雙眼飄過一片烏雲的擔憂起來。

「啥咪？別人的?!那我不就做白工、白費力氣？」陶德還緊緊扒在海馬龍的頭上，又驚訝又洩氣。

「恐怕是的。不過牠的主人呢？海馬龍應該不會離開主人太遠的。」慈雨四處觀察是否有其他人的蹤跡。

「我不管，這是我抓到的，牠是我的。」海馬龍受不了陶德緊抓不放，「吽」地長鳴了一聲。

「陶德，放棄吧！現在牠在呼喚主人，應該很快就會過來了。」慈雨再細看海馬龍身上的烙紋，愈看愈不對勁。慈雨用力回想，她終於想到了，她震驚的跑過去要拉陶德下馬：「快下來！我想起來這圖案在哪裡看過了，這隻海馬龍是……」

慈雨還沒說完，就看到一個臉上紋了跟海馬龍身上圖案一樣的仙精，氣急敗壞的從樹叢中跑出來，手上拿著一柄長刀。

「風雷古堡仙精！」

兩人不約而同的驚呼，讓這個仙精嚇了一跳，但隨即就恢復正常，拎了大刀向著慈雨就砍，慈

雨敏捷的閃開這一刀，可是風雷古堡仙精卻步步逼死、刀刀要命，讓手無寸鐵的慈雨幾乎招架不住。慈雨一路後退，一個不留神，給樹根絆了一個踉蹌，風雷古堡仙精立刻抓準機會，揮刀向慈雨的頭砍去！

「啪！」一聲清脆的聲響，風雷古堡仙精手上的刀應聲落下，手背還赤辣辣的一道血痕，痛得他慘叫連連。原來陶德在千鈞一髮之際，一手抓海馬龍的角，單手施出甩鞭的特技，救了慈雨一命。風雷古堡仙精想要去撿刀，又被陶德一鞭擊中背部，痛得他翻倒在地，臉部表情都扭曲變形。陶德有些憐憫的對慈雨說：「這樣會不會太殘暴？」

「謝謝你救了我。」慈雨有驚無險的撿回一命，趕緊向陶德致謝。

「不用客氣，妳也救了我好幾次，我也應該向妳說謝謝。」陶德還是不肯從海馬龍身上下來，扒得海馬龍又長吽了一聲。

「陶德，我覺得怪怪的。」慈雨對於海馬龍又叫了一聲很敏感，極可能是在通報訊息，她警覺有事情要發生了。

「小心！」陶德一聲尖叫，讓慈雨嚇得立即低下身體，風雷古堡仙精抓了一把有指環的利刃，從後面要刺殺慈雨，不料卻撲了空，讓自己全身暴露在陶德面前。陶德情急之下，將彈力繩猛力一甩，登時風雷古堡仙精半邊臉皮綻肉開，眼睛都打瞎了一隻，這下子他的戰鬥力是徹底喪失，半張臉血流如注的倒地不起。

「哇！我不是故意的！對不起！」陶德沒想到這一鞭幾乎把他殺死，嚇得臉色慘白、冷汗直流。慈雨又被陶德救了一命，她沒有道謝，倒是立刻跳上海馬龍背上，惹得海馬龍一陣顫動。

「王鷹說過，千萬不能對風雷古堡仙精仁慈，否則他會毫不猶豫的把我們殺了！」慈雨用自己的彈力繩纏住海馬龍的嘴，當成臨時的韁繩：「陶德，快！坐到我後面，抓緊我。如果碰到其他的風雷古堡仙精，不要心軟，把他們全部打下馬！」

「妳怎麼知道會碰上別的風雷古堡仙精？」

「因為，王鷹說風雷古堡仙精不會單獨行動，而且剛剛這隻海馬龍跟他們通風報信過，恐怕他們已經來了。難怪這附近的草葉上會有血跡，原來他們之前在這裡狩獵過，我太大意了！」慈雨用硬蹄踢海馬龍的腹部，並且輕拉韁繩，示意牠移動，彆扭了一陣子，慈雨勉強可以操縱這隻海馬龍了，牠讓海馬龍緩緩上升，想看清楚營帳的方向。

營帳方向是看得一清二楚，但是滿天包圍的風雷古堡仙精，更清楚的映入他們的眼簾。陶德嚥了一口口水，渾身發抖的問著呆若木雞的慈雨：「怎……怎麼辦？」

「殺——」

不等慈雨反應過來，風雷古堡仙精已經殺聲震天的向他們發動攻擊。散裝武器多如雨下的射向他們！

「抓緊了！」慈雨擊打海馬龍的雙耳，驚得牠超快速的直線衝到高空，一直到大約二十層樓高度才停止，海馬龍抖了抖頭，不知道發生了什麼事。這是只有仙精（不包括風雷古堡仙精）才知道的海馬龍祕密駕馭術——同時擊打海馬龍雙耳，會刺激牠的生物磁場瞬間增磁，於是和地磁平衡衝突，產生瞬間彈跳的效果；生物磁場會立即調整回正常，不致被無限制彈出。這一點連海馬龍一族都不知道，所以牠現在才會驚訝自己怎麼會突然在這麼高的空中。

驚訝的不只是海馬龍，風雷古堡仙精將近五十名獵殺者也驚訝不已。慈雨趁著風雷古堡仙精還愣住的時候，趕緊駕了不太聽話的海馬龍往康闊森林主林的方向逃逸，想利用叢林許多遮蔽物的天然保護，逃過風雷古堡仙精優勢人數的追殺。

「陶德，他們追來了嗎？如果追上來就用你的『神鞭』把他們打下去！」慈雨不顧一切的加速前進，還不忘幫怯懦的陶德加油打氣。

「神鞭，嗯！我喜歡。妳放心，我一定打得他們落花流水！」這一招果然有效，陶德變得信心滿滿。可是當他看到風雷古堡仙精真的追上來，信心又飛到九霄雲外了。陶德想到剛剛被他打爛半邊臉的傢伙，就害怕得不敢出手。

「陶德！看在我們是朋友的份上，求求你反擊吧！」

「我……我……」

「你不用殺死他，只要把他擊落下去，讓他們不能殺我們就好。」

「我下不了手！我不敢……」

風雷古堡仙精很快的有人追上了，而且毫不留情的發射大批圓盤刀攻擊，唰的一聲，其中一片差點劃到慈雨的右肩，幸好她機警的閃過，但是卻割傷了海馬龍的頸子。

「啊！牠受傷了！」慈雨看一眼海馬龍的傷口，十分不捨的撫摸海馬龍。

陶德被海馬龍的血濺到，這才醒悟對方的確冷血地想要他們的命，於是鼓起勇氣，一鞭甩去，就把那個風雷古堡仙精甩下馬，隨著悽厲的哀號聲，摔落將近八十公尺高的地面上，當場慘死！

「我打中了！」興奮的陶德並不知道仙精摔下去也會死，若是這時讓他明白這點，恐怕他寧願自己被殺死，也不希望害死他們——縱使他們是窮兇惡極、殺人不眨眼的風雷古堡仙精。

其他風雷古堡仙精見有如此可怕的武器，有所顧忌不敢太靠近，只有飛行到武器的射程內才匆忙發射，然後馬上又退得遠遠的，免得被神鞭擊落。不過他們錯估了彈力繩的射程，它原長兩公尺左右，若是力道夠，最遠可以伸展擊中一千六百公尺外的目標！而以陶德的功力，準確擊中五十公尺以內的目標是絕對不成問題的，所以擁有射程僅僅二十公尺左右武器的風雷古堡仙精，不一會兒就被殲滅了將近一半。

「這太簡單了，好像在打PS-II一樣！」慈雨不說話，她不敢告訴他實話——讓一個八歲的小孩不知不覺成為殺戮者，太殘忍；對他說出殺戮的真相，更殘忍！她打算就這樣一直隱瞞下去，免得無端在一個純潔小孩心中，留下一輩子的傷痕。她偏過頭問道：「他們還有追來嗎？」

「他們在很遠的地方——有我神鞭陶德在，誰敢靠近？哈哈哈！」心裡正得意讓敵方聞風喪膽的陶德，忽然感覺到海馬龍好像喝醉了似的，搖搖晃晃的往下墜落，而且掉下去的速度愈來愈快。慈雨伸手去摸海馬龍剛被傷到的地方，血像是噴泉般的冒出。

「糟糕，牠傷口裂到大動脈，快失去意識了！」慈雨用盡方法讓牠能保持清醒、控制下降的速度，可是牠已經到達極限了，就在離地面約二十公尺的空中，牠完全陷入重昏迷狀態，連人帶馬筆直的墜落地面。

「哇！我們要墜落了——」

「碰」地一聲巨響，他們摔在一堆爛泥灘中，真是不幸中的大幸，不過海馬龍卻當場犧牲了。牠的身體太重，重力加速度的墜落，直接撞到爛泥灘底的石頭……慈雨察覺這情形，趕快拉了陶德往不遠處的太古帝王樹就跑，還說海馬龍會照顧自己……

風雷古堡仙精見他們失去飛行的座騎，立刻召集剩下的仙精重新展開追殺行動。他們不敢大意，五人一組的編隊攻擊，採取左右交叉的行進方式，想擾亂陶德神鞭攻擊的準確度。只不過他們還是錯估了陶德的能耐——他算出他們交叉的頻率，然後出鞭直擊，依然鞭鞭命中，無一倖免。會打小蜜蜂電玩的朋友都知道，要利用時間差來發射子彈，才能當目標飛到定點，子彈也同時到達定點的原理來擊中目標。陶德就是將這原理運用在這裡，又殲滅不少風雷古堡仙精，為自己爭取跑進叢林的時間。

兩人終於到達最外圍的太古帝王樹下，這時就是兩人發揮的時候了！他們在爛泥灘沾了全身的黑泥，剛好讓他們在黑暗的叢林中有了更好的偽裝效果。

「陶德，別走散了！」

兩人用彈力繩躍上樹枝，開始靈活的飛盪。慈雨體力較好，她負責四處飛盪，擾亂敵人，並且引誘他們前來陶德附近，再由神鞭陶德將他們擊落。就這樣兩人通力合作，叢林中落馬的慘叫聲，一聲接一聲的迴盪，摔死的風雷古堡仙精也一個接一個的增加。幸好叢林很暗，陶德和慈雨看不到摔死在底層的風雷古堡仙精悽慘的死狀。

有一個摔下去沒有受傷的風雷古堡仙精，爬到樹上想伏擊行動較慢的陶德。他趁陶德打得不可開交的時候，悄悄爬到他身後，正要持刀刺殺陶德，被眼尖的慈雨發現，立刻一個飛盪，重重踹到偷襲者身上，隨著直直落下的慘叫，風雷古堡仙精就消失在黑暗的底層中。

還有一些殘存的風雷古堡仙精在叢林中穿梭，陶德和慈雨並不想趕盡殺絕，所以除非他們攻擊過來，不然都會放他們一條生路。剩下幾個仙精看大勢已去，不再戀戰的落荒而逃，連頭都不敢回。

「好像都打完了……」

陶德話還沒說完，突然一把利刃架在他的脖子上，驚嚇的陶德馬上尖叫了起來，慈雨在兩棵樹外聽到，立刻往陶德的方向趕過來。她躲在樹枝隱密處，先觀察情況再做判斷和行動。她看到有一個風雷古堡仙精不知道什麼時候爬到陶德後面，現在正用尖刀頂著陶德的脖子，周圍看不出有其他風雷古堡仙精埋伏，慈雨正想這時候出現，不過對方忽然開口，讓她又縮回原來的地方躲藏。

「仙精！你聽著！」對方大聲說話，還不安的四處張望。「我已經抓了你的攻擊兵，你快點棄械投降，否則我一刀拉穿他的喉嚨！」

「你最好放開我的朋友！你這卑鄙的小人。」慈雨現身在他看得到的樹枝上。

「哈哈哈！高貴的仙精和異類生物是朋友？這倒是新鮮事，我今天一定是走運了。」叢林裡掀起一陣騷動，風雷古堡仙精以為是他說話引起的，沒有特別理會它，繼續他的叫罵；「把你手上的武器丟掉！快！」

「高貴的仙精豈會接受恐嚇？你找錯對象了！」

「少廢話！我現在就宰了這隻異類，讓你後悔一輩子！」

「慈雨！救我！」陶德被刀尖抵出了血，痛得他大聲呼救。

「我不會向低賤的族類屈服！你趕快投降，我保證你能平安回到你族人那裡。若你執迷不悟，看看你同夥的下場，必然要你死無完屍！你才應該放下武器，立刻！」慈雨嚴正用力的說話，額頭上的青筋都暴出來，臉孔變得相當猙獰恐怖。

風雷古堡仙精被慈雨的氣勢震懾住，握刀的力道也小了許多，他在猶豫了。

「你能保證我的安危嗎？仙精！」

「我以仙精的榮譽保證，沒有任何人可以傷害你。」

「好！我接受。」風雷古堡仙精的刀子離開陶德的脖子，卻冷不防被陶德對著他的手猛咬。他沒料到陶德有這突然的舉動，原本抓著蔓藤的另一隻手伸過來要抓陶德，結果一個重心不穩，他就要往下掉了！

「陶德，放開他！」慈雨見狀要阻止，卻已經來不及。

一對鷹爪抓住差點要跌下去的風雷古堡仙精，陶德鬆開嘴反而讓自己墜下樹端，不過他早有準備，他甩出彈力繩纏住另一根樹枝，輕鬆的便盪了過去。

「你說過保證我的安全，還讓我受到攻擊！」歇斯底里的風雷古堡仙精抓狂的咆哮，幸好有鷹爪抓住他，否則他摔到樹下，必死無疑。這麼大的一對鷹爪，沒錯，就是王鷹。

「王鷹！」慈雨和陶德異口同聲的驚呼，原來叢林中的騷動是牠疾行飛翔所造成的。

「你們真是胡來，已經承諾俘虜，怎麼可以傷害他？還差些將他害死。真是太不像話了！」王鷹沒有寒暄，反而劈頭就教訓起人來，慈雨頻頻道不是，才平息了仙精俘虜的激動情緒，安靜的等候處置。

陶德完全插不進他們的談話，不過他明白一件事：不能咬已經投降的敵人。

一行人緩緩走出叢林，在草原上開始對俘虜的即時審判。慈雨坐在一株貴族樹下，王鷹和陶德站在一旁，俘虜盤腿坐在慈雨前方三公尺處。王鷹以翅膀掩嘴，悄聲對陶德說：「待會兒什麼話都不能說，靜靜的看。」

「開庭！你叫什麼名字？」慈雨威嚴的說。

「我叫風雷電，一千四百歲，仙精族女性。」原來她是和慈雨一樣的女性，只不過被她的厚重皮甲冑、刺青掩蓋她女性的外貌。

「大膽的小輩！仙精之名不得誣攀，仙精族豈有如妳刺青黥面？妳是何族群？立刻說明！」慈雨的臉因為激動而紅了起來。

「我是……被十六大族長合議驅出仙境王國的風雷古堡仙精，第三代後裔，隸屬熱火魔谷地第三獵殺隊。」這個叫風雷電的女仙精，有些不甘願的承認自己的身份。

「如妳所言，身份確認。座下風雷電聽判。」

「風雷電聽判。」她低下頭雙手支地，做出臣服的樣貌。

「依據仙精律法，小仙精慈雨判決風雷古堡仙精風雷電襲殺仙精有罪。但念其犯後深有悔意，並善意投降受判，小仙精慈雨依全體仙精賦予的權力，判處風雷古堡仙精風雷電除罪，當庭釋放，並保證其到達家族範圍之前的安全。庭審結束，退庭。」

「感謝高貴的仙精！感謝您的仁慈。」風雷電滿臉刺青，實在看不出她的表情。她站起來，朝著王鷹一鞠躬，感謝牠的搭救。王鷹優雅的揮開翅膀，高傲的說：「小事一樁，妳走吧！」

她走到陶德跟前，撫著被他咬傷的手，低沉而且惡毒的說：「異類生物，我會記住你滅我獵殺隊之仇！當心點，不要被我遇到，否則我一定一條一條剮下你的肉，曬成醃肉乾來吃！」這番話讓陶德臉色發白，直嚥口水。

「風雷電，快走，不准停留！」慈雨厲聲的趕她走。風雷電回頭冷笑，對天空尖嘯一聲，她的海馬龍才從樹叢中跑出來，她跨上受了傷的海馬龍，從容的離去。

「我才不怕妳咧！恰查某！」陶德放馬後砲，扮了個鬼臉。

「你差點破壞了仙境的信任平衡！若不是因為你是異類生物，就會被判處終生重勞役到死！」王鷹氣呼呼的對陶德大吼。

「算了，他只是八歲的小孩，什麼都不懂，別太苛責他。倒是你，王鷹，你的傷勢復原了嗎？」慈雨見到王鷹很是開心，因為她沒想到這麼快就再見到王鷹。

「託您的福，我高貴的仙精！除了那群小矮人不死心又偷襲我一次之外。」

「哇！偷襲嗎？那一定很刺激，快說給我聽。」陶德一聽有故事可以聽，興奮的跳著。

王鷹斜著頭，白了陶德一眼：「你剛剛的殺鬥還不夠刺激嗎？笨瓜一個！」

慈雨沒心情理會他們兩個的鬥嘴，看著一群失去主人的海馬龍發愁。

「這些無主海馬龍怎麼辦？帶走還是就地放生？」慈雨叫書出來，想查詢相關消息，可是連書精靈也查不到先例。以往只要稍有不如她的意，她就會施出「電指」的法術懲罰書和書精靈，現在這情況恐怕難逃皮肉之痛，急得他們直發抖。

「沒關係，書精靈，我知道你盡力了。書，收起來吧！」

慈雨變得如此體諒人，讓書精靈是又意外、又感動。她已經很會綁蝴蝶結，書舒適的讓她綁住，和書精靈一起收進皮囊袋。

「看來我必須開個先例，決定這些海馬龍的命運。」慈雨在心中衡量盤算，終於做出了決定。

「我們走吧！海馬龍，跟隨小仙精慈雨，我帶你們到我的營地去，我將宣判你們的處置。」慈雨大聲的召喚，引起海馬龍的注意，紛紛向她聚攏。王鷹和陶德停止鬥嘴，也走了過來。

「妳要如何處置這些敵軍的座騎？我高貴的仙精！」王鷹關心的問。

「到我的營地裡再說。我料理了許多好吃的食物，一起去品嚐吧！」慈雨故做神祕的眨眨眼。

「太好了！我好餓。」陶德聽得口水直流，王鷹也愉快的答應：「嗯！能吃到仙精的美食，我真是太榮幸了！請帶路，我高貴的朋友。」

慈雨和陶德坐上一匹海馬龍，帶領王鷹和一大群海馬龍，浩浩蕩蕩的向著營地的方向緩緩飛去。

第一個月亮出現了，這時已經是仙境的黃昏時分，等第二個月亮出來時，太陽完全沒入地平線，黑夜就來臨了。

……

第十三章　逃亡

圍捕行動

※　　※　　※　　※　　※

彩虹市的星期五，晚上八點。

怪老頭在網咖裡窩著，他覺得肚子餓，他從中午就沒吃飯，只有喝啤酒。他在網咖門口探頭探腦，確定沒有警察在附近，才像小偷一樣的溜出來。他想走到在附近騎樓下擺攤的老朱那裡吃牛肉麵，當他在人行道上翻著皮夾看自己還有多少錢、專心盤算要吃什麼的當口，冷不防從旁邊伸出一隻手，硬把他拉進去防火巷去。

「不准叫，否則賞你子彈吃！」這個人是姜森，他正用一把銀色的貝瑞塔ELITE 2型手槍抵住怪老頭的腰，另一手摀住他的嘴。

「姜森先生！您怎麼知道我在這裡？」

「你除了酒吧就是網咖，還會混去哪裡？」

怪老頭懊惱自己的行蹤，竟然被姜森摸得一清二楚。姜森確定怪老頭不會亂叫之後，命令他雙手抱頭跪在地上，然後冷血的拿槍抵著怪老頭的額頭，一付要施以黑道私刑處決的架勢，嚇得怪老頭鼻涕眼淚橫流，說話都不清楚了。

「住口！該死的，住口！」姜森壓低嗓門地怒斥怪老頭，見他仍未停止哭泣，一槍托打在他的頭上，怪老頭倒在地上痛苦呻吟。

「姜森先生，你還要怎麼樣？我真的沒錢了，我都捐出去了。」

「哈！你捐出去？三百萬耶！你當我三歲小孩？」姜森要他起來，還用腳踢他的肚子，手段兇殘。

「我是說真的，收據在我家，我可以證明……」

「我管你是真的假的，我現在只要錢！」姜森抓著怪老頭的領子，用槍抵住他的太陽穴。怪老頭雙手發抖的舉起來，緊張的看著那把槍，汗水溼透了他的臉。「姜森先生，槍子兒不長眼，您先行行好，把它收起來……一切好商量嘛……」

「你這老滑頭！又想耍什麼詭計？告訴你，這回老子我沒那麼容易騙，你給我現在去拿錢出來，快！該死的！」姜森對著他的頭又一記重擊，怪老頭痛得像殺豬似的滾在地上大叫。姜森想阻止他叫，可是沒有用，他情急之下，竟然對著怪老頭開槍了！

「砰——」

一聲槍響劃破夜空，驚嚇到附近的民眾，也驚嚇到在巡邏的警車，警員清楚的辨識出這是槍聲，立即向總部求援，並拿出配槍，下車前往可疑的地點搜查。

怪老頭眼睛睜得大大的，旁邊一根水管破裂，不斷噴水出來。樓上有住戶拉開窗戶對他們大罵：「搞什麼鬼？誰亂放鞭炮？」

「閉嘴！死老太婆！」豁出去的姜森對著上面又開了一槍，嚇得樓上的人全關起了窗。

他抓起怪老頭，要他回去拿錢，可是怪老頭驚嚇過度，還處在失神狀態。姜森氣得用力搖晃他，還打他幾巴掌，這才讓他痛回了神。

「姜森先生！不要殺我！不要殺我！」怪老頭雙手擋在頭上，拚命求饒。

「走！少跟我裝死。該死的！起來！」姜森拉起怪老頭，就看到背後有人拿手電筒照他，他轉過頭，被亮光照得眼花：「是誰……」

「我們是警察！不許動，把武器丟掉！」

「糟糕！快逃！」姜森拿怪老頭當擋箭牌，朝巷口的警察開槍，然後向巷子另一邊逃逸，警察閃到牆邊，然後快速的發槍還擊。怪老頭搞不清楚狀況，也跟著姜森後頭逃跑。

「緊急事件！茶花路發生槍擊案件，請求緊急支援！重複……」警員趕緊呼叫救援，自己也奮不顧身的跟蹤槍擊嫌犯。

姜森和怪老頭跑得上氣不接下氣，姜森罵著他：「不要跟著我！該死的！」

「有人在追殺我，我也是逼不得已……」

「你跑你的，不要拖累到我，滾！」

姜森跑來跑去，跑到一個好多岔路的巷子，他發覺迷路了！四周傳來警笛聲，嚇得姜森不知往那裡跑比較好。怪老頭胸有成竹的跑向其中一個巷子，姜森沒有主意的也跟著他跑，情況整個轉變過來。

「嘿！姜森先生，怎麼您跟著我跑起來了？」

「少囉嗦！快帶我離開這該死的巷子！」姜森又開了一槍威脅他，怪老頭不敢多話，快步帶領姜森穿過這些錯綜複雜的巷道。

根據通報，潘警官研判是姜森和彤霓．仙恩出現了，於是他帶著專案小組出發去緝捕這兩人。

「敢讓我出糗，我一定要抓住這傢伙！」於公於私，潘警官都有非逮捕他們到案不可的強烈理由，尤其是私仇方面。

怪老頭和姜森竄出了防火巷，居然來到彩虹社區的外環道路。兩邊街上都有警車閃燈和警笛聲，姜森對著怪老頭說：「你跑到這裡來幹什麼？」

怪老頭也不曉得自己會到這裡，可是他腦筋一動，馬上變了一張陰險的臉：「我們去找一位老朋友。」

他們衝到陶氏夫婦家門外的草地上，看到裡面有燈光，知道他們在家。姜森躲在門邊，怪老頭去按電鈴，是陶樂仕來應門，他正要拿衣物到醫院去給連恩住院用，這時看到怪老頭，一時怒火中燒，馬上衝出來要海扁他一頓，此時姜森的槍口抵住他的太陽穴，陶樂仕只好放掉怪老頭。

「你們是一夥的?!」

「不！我是被逼的，他有槍。」怪老頭把事情推得一乾二淨。

「少廢話！去拿錢出來，還有你的車鑰匙。」姜森慢慢把陶樂仕逼回屋裡，要他進房拿東西。

「嘿，那部車是我的生命，你不能……」陶樂仕生氣的轉過身，卻被槍抵緊鼻子。

「等你腦袋多個洞，看是你的命值錢、還是車子值錢！」陶樂仕沒再答腔，悶不吭氣的翻抽屜找錢，他只找到幾千塊，還有一張提款卡。陶樂仕臨時想到一個計策，時間緊迫，沒機會讓他思考，就不管三七二十一、走一步算一步的去做。

「我想起來了，這是我老婆的帳戶，裡面好像還不少錢。」陶樂仕故意提高分貝說，當然引起了正在嫌錢太少的姜森的注意，他一聽到這樣的話，馬上過來問陶樂仕：「年輕人，你說的是真的？」

「當然，不過我要找密碼出來。」陶樂仕轉過身去翻抽屜。「嗯，好像在這個抽屜……啊，也許是這個抽屜……」陶樂仕背對著姜森讓他很不安，於是他火大的把他硬轉過來：「你找到了沒有？」

「啊！剛好找到。」陶樂仕苦笑了一下，手上拿了一張便條紙，上面有一組數字。

「我不懂，你為什麼要把提款卡的事說出來？你是不是想搞什麼鬼？還是你們兩個聯合起來搞鬼？」疑神疑鬼的姜森已經是驚弓之鳥，所以特別謹慎，時時擔心被出賣。

「不是的！我只是希望趕快解決事情，趕快把您這位大神送走。」陶樂仕連忙解釋，怪老頭在旁邊也猛搖手，表示自己完全不知情。

「最近的提款機在路口的便利超商裡頭，你可以開我的車一起去。」陶樂仕的態度改變太大，連怪老頭都覺得有問題，可是姜森認為他只是懾於槍桿子，變得上道了。

「你開車，進去超商後我看著你提錢出來。別耍花樣，這把槍裡的子彈夠把你打成蜂窩。」姜森用槍比著陶樂仕到車庫取車，他叫怪老頭坐前面，他坐在後座右邊，好一次監控兩個人。

車子慢慢停到路邊，姜森用外套擋住槍，看著兩人下車。三個人很不自然的黏在一塊兒走路，怪模怪樣反而更引人側目。他們艱難的走進超商，女店員老遠就看到這三個人，等他們進來後，她的手已經在櫃台下的警鈴按鈕上準備了。

「歡迎光臨！」

「請問，」陶樂仕緊張的問著店員，眼睛卻一直示意店員往下看，臉都快擠成包子了，店員卻還是一臉茫然。

「您需要什麼嗎？」店員努力的想了解他要傳達的訊息，急得他都快要尿褲子了，店員還是霧煞煞。

「請問提款機在哪裡？」陶樂仕沮喪的低下頭，只好真的問問題了。

「噢，就在書報架旁邊一直走到底。」店員伸手指一下方位，正常人的反應都會順著所指的方向轉頭過去看，姜森也反射動作的轉頭瞧了一下，陶樂仕就利用這短暫的瞬間，塞了張紙條給店員，然後若無其事的跟她說謝謝，三人就一起走向提款機。

「討厭！用這種方法……」店員想太多的臉紅起來，她撥一下鬢角的頭髮，左右瞧了一下，興奮的打開紙條，上面寫著：「有槍，快報警」。

店員愣了一下，馬上會意過來，她慌張的蹲下去打電話報警，然後故做鎮靜的站起來，雖然勉強露出笑容，可是一想到對方有槍，她又想哭，就這樣一個人在櫃台前表演變臉的獨腳戲。

陶樂仕領出來一疊千元鈔，因為姜森一手拿著槍，另一隻手不方便拿錢，他叫陶樂仕先捧著，並命令他丟到車上去。姜森正打算走出門，陶樂仕故意拖時間的說他要買一些東西，讓姜森能在車上吃：「孤獨的逃亡太苦了，朋友。」

姜森簡直不敢相信還會有人把他當朋友，一時被陶樂仕迷惑，感動的說他將來一定會回來報答他云云，陶樂仕心裡想：不要回來找我報仇就好了……

「這個麵包不錯……大亨堡……還有提神的飲料不要忘記，對！買一本旅遊指南，跑路最需要這個來解悶……」陶樂仕隨口亂說的見一樣拿一樣，多到姜森都開始覺得事有蹊蹺，不禁懷疑陶樂仕的目的。

「夠了！你是不是在拖延時間？」姜森回復理性的思考，陶樂仕這樣子根本不合常理。

「拖延時間？當然不是，哈哈哈，我是真的希望你路上不要餓著了……是不是啊？」陶樂仕偽裝的功力太差，他閃爍的眼神瞄到店員時，他發覺有人比他更遜——店員臉上笑得很假也就算了，姜森才一看到她，她臉上兩行淚立刻滾下來。

「完了……」

此時外頭的警車剛好趕到，姜森瞪大了眼睛，發覺自己被擺道了，他大吼了一聲，就要搶陶樂仕手上的錢，陶樂仕趁著自動門打開時衝出去，卻不慎絆倒，整個人重重的摔在磚道上，姜森正要追出來，警察已經在車門邊持槍喝令他放下武器，姜森一氣之下，朝陶樂仕開了一槍，又朝警車開了三槍，然後抓狂的射擊櫃台，嚇得店員躲在櫃台下不敢出來。他跑進櫃台裡面問店員後門在哪裡？店員哭著說：「在……後面……」

這時警察衝了進來，姜森一把抓住嚇呆在旁邊、雙手抱頭的怪老頭來當人質，他一步步退到倉庫裡，然後關上門，一陣乒乒乓乓的東西散落聲之後，姜森抓著怪老頭從後門逃到後山坡地去，警察追出去時，他們已經躲進草叢中。

陶樂仕剛才跌倒時，姜森對他近距離開了一槍，幸好沒有打中，只是受了點驚嚇，他立即被送往醫院觀察。不知道消息是如何傳的，機警逃出魔掌的陶樂仕居然變成身中十餘槍、被宣佈腦死的悲劇英雄！當他被送進醫院時，自然成為媒體追逐的對象，記者像蟑螂一樣的在醫院裡神出鬼沒，一個不注意就有鎂光燈閃個不停。他四處逃竄，最後只好躲進連恩的病房裡，不願踏出房門一步。

潘警官隨後趕來現場，指揮現場警員截斷姜森所有可能逃逸的路線。副局長因為去南部考察，不克回來指揮，於是潘警官成為追捕姜森行動的指揮官。大批警力迅速的部署在後山坡地周邊，在兩旁路口拉起拒馬，還在地上放雞爪釘（想知道這東西的長相，到總統府前面看就有），調度得彷彿要發生千人暴動。潘警官還申請調派直昇機來支援，荷槍實彈的警員隨處可見，場面媲美警匪電影。看來潘警官這次的行動是勢在必得：「這是升官的難得機會，我一定要好好把握！還有大批採訪媒體，成名的大好時機，嘿嘿嘿……」

各家新聞台的記者和SNG轉播車紛紛在緝捕現場集結，效率之好，連動員演習都比不上。大批的探照燈來回照著草叢，空中的直昇機也不斷的巡邏搜尋。因為得知姜森擁有強大火力，而且任意開槍逞兇，員警們都不敢大意，穿上防彈衣、子彈上膛的嚴陣以待，以免火力遭遇時會發生傷亡。在警方的搜索中，草堆裡的野狗，成為第一波被掃蕩的對象：能活捉的交給捕狗隊，兇惡的當場亂棍擊斃，由環保單位拖走。為什麼要這麼做？道理很簡單，為了避免在追逐人犯時，成為妨礙緝捕的隱憂。

潘警官穿了防彈衣在警車旁邊，指導拿了揚聲器的警員對姜森心戰喊話。他利用無線電指揮數個搜查線的警力，兵分五路包抄，並逐步縮小範圍，如此滴水不漏的圍捕，姜森怕是插翅也難飛了。

伏在草叢中的姜森，全身沾滿了鬼針草的「黑針刺」（其實是果實），還被含羞草刺傷了膝蓋和手肘，因為他都是用爬的。怪老頭不知道自己幹什麼也跟著他受這種罪，他氣喘咻咻的對姜森說：「你乾脆出去自首算了，反正你早晚會被逮到。」

「哼！要不是你，我現在也不會這麼狼狽。」姜森不斷揮手趕蚊子，感慨的說：「人一落難，連蚊子都欺負你。」

「姜森先生，你現在不自首，你有把握逃脫嗎？現在四面八方都是警察，我勸你趁早放棄，免得繼續在這裡活受罪。」其實要不是怕逃跑時會遭到姜森射殺，怪老頭早就衝出去自首了。

「該死的老頭！要不是你拿給我什麼亂七八糟的老鼠，我也不會這麼慘！這一切都要怪你！」

姜森把所有過錯往別人身上推，他想起自己的遭遇，不禁悲憤難過，拿起槍對著怪老頭就想殺了他，怪老頭雙手擋在胸前，緊張的要姜森冷靜。

「你殺了我也於事無補，反而多一條殺人重罪，何苦跟自己過不去？」

「我現在什麼都沒了，一切都完了。之前想找個人幫忙湊點跑路費，這些平常像蒼蠅亂黏的傢伙，這時候反而一個個閃得遠遠的……全世界都要我死，我還有什麼好忌諱的？我死之前，先找你來墊背！」姜森在強大壓力下，精神狀態瀕臨瘋狂。他再度把槍口抵住怪老頭的腦袋，甚至拉槍機上膛，只要稍微扣一下扳機，怪老頭就會腦袋開花。

「姜……姜森先生，你不要開我玩笑，老頭子……禁不起嚇……」怪老頭臉色慘白、不停發抖。姜森拿槍緊抵著怪老頭，就這樣維持不動長達一分鐘，怪老頭緊閉雙眼，不敢面對。姜森看到怪老頭怕死的模樣，一時無法克制，突然莫名其妙的笑了起來，笑得移開槍口，雙手軟癱在地上，然後笑到落下淚來。

怪老頭再也受不了這種折磨，趁機翻起笨重的身體，狠狠的給姜森臉上一拳，打得他暈頭轉向。怪老頭爬起來後大聲呼救，姜森一把抓住怪老頭的腳將他扳倒，不想讓行蹤敗露。然而他們已經引起注意，全部的燈光準確的聚過去，姜森的周圍亮得像白晝一般。警察發現了他的蹤跡，紛紛向他的位置挺進，不消幾分鐘，幾十支上膛的槍全部瞄準過來，姜森已經被重重警力包圍了。

「姜森！你已經被包圍了，趕快棄械投降，我們警方會保證你的人身安全……」這時由潘警官

◀◀被警方包圍的姜森和怪老頭

向姜森喊話，試圖瓦解他的心防。可是潘警官話才說一半，姜森就從草堆裡開槍，還大聲叫罵：「我不會投降的！叫那隻該死的猴子閉嘴！」

姜森突如其來的舉動，讓所有警員緊張的蹲低身子。姜森讓潘警官在這麼多鏡頭前面面子盡失，惱羞成怒的叫狙擊手就位，只要他再開槍就開火，格殺勿論！

姜森站起來了，埋伏在制高點的四位狙擊手立刻瞄準待命。可是他拉著怪老頭當人肉盾牌，潘警官緊張的下令不准開槍，讓員警們不敢輕舉妄動，只能在遠處跟著他移動隊伍。大概是因為有媒體轉播的緣故，警方的行動明顯保守了許多。攝影機用長鏡頭捕捉新聞畫面，姜森拿槍抵住怪老頭下頦的清楚影像，出現在每一戶家庭的電視螢幕，大家都在期待警察能夠逮捕惡徒、拯救人質，所以一邊吃晚飯吃得食不知味，還目不轉睛的盯著無聊的現場轉播。

姜森大叫著聽不懂的咆哮，又向天空開了兩槍，震撼了所有在場的人。潘警官眼尖的看到姜森的嘴角流血，怪老頭的額頭也有血跡，判斷人質曾經有過抵抗。他認為姜森有傷害人質的可能，於是交代員警小心動作，不能刺激到姜森。

姜森一路把怪老頭往山後拖，警察跟著推進，後面的媒體也跟著推進，希望不要錯過任何鏡頭。他們退到了土地廟被破壞成平地的老榕樹邊，怪老頭馬上察覺到異常：他感覺頭髮豎起，鬍鬚也飄了起來。全身汗毛直立，皮膚還不時有刺刺麻麻的刺痛，這裡的磁場混亂，充滿了靜電。

「姜森……姜森……你聽我說……」怪老頭被勒住脖子，說起話來格外困難。

「說什麼？你還有資格說話嗎？我沒一槍斃了你，算你走運！」姜森殘暴的用槍拖敲了怪老頭一記腦袋，這一幕讓旁邊圍觀的群眾驚呼出聲——奇怪，不是拉警戒線了嗎？這群人居然進得來，還有賣香腸的也來了……

「我說這裡，就是我穿梭時空裂隙的地方，小心別被捲進去……」怪老頭好心的警告他，可惜他不領情。姜森直覺躲在樹後面會比較安全，硬是把怪老頭拖到老榕樹邊，躲進樹幹的陰影裡。

「姜森！你要發表聲明嗎？」「姜森！你要對家人說話嗎？」「姜森！你以後要朝演藝圈發展嗎？」「有消息說你是一隻兔子，你有什麼話要說？」……

媒體為了要拍姜森的畫面，連個子矮小、戴著黑框眼鏡的不明人士提供的離譜線索都出籠了，拚命喊話希望他出面，否則現場轉播就要冷場了。可是全國的觀眾望眼欲穿，他們就是不出現，急壞了現場的記者和轉播車裡的導播。

在榕樹陰影裡的兩人，開始感受到狂亂磁場的威力，他們的頭髮向著四面八方飄揚，衣服上到處跳著電流，霹靂啪啦的閃個不停。姜森害怕的想撥掉電流，反而更加強了電力，痛得他哇哇叫。

「這是什麼玩意兒？好痛！該死的！」姜森又氣又痛的破口大罵。

「我們趕快逃離這裡，否則一旦被捲進時空裂隙，那就完蛋了！」怪老頭怕掉進時空裂隙，比怕姜森的槍要強烈一百倍。

「要能逃我還會窩在這鬼地方嗎？外面都是警察……」

「這個裂隙快要崩解了，如果被捲進去，就回不來了！」怪老頭急著想逃走，卻被姜森扯著領子後面，不讓他跑掉，急得怪老頭大喊救命。所有的警察以為姜森在傷害人質，幾名警員冒險爬到樹旁邊，卻被怪老頭斥罵：「快走開！你們靠近會害死我們的！退後！」

「所有人停在原處，不要亂動！」潘警官慌忙阻止警員前進，然後和幾名高階警官緊急會商對策。

「這些人身上的磁場會加速時空裂隙的崩解，我們的也會。姜森先生！就算我求你，放我走吧！」怪老頭哀求著，姜森半信半疑的不知如何是好，忽然裂隙冒出一陣黑色的霧氣，還有電磁流閃爍。這個異像被全部拍攝下來，可是眾人的解讀是姜森要施放毒氣或是引爆爆裂物。旁邊的警員見狀嚇得連滾帶爬離開，樣子十分狼狽。

「快放了我！時空裂隙要崩解啦！」怪老頭破鑼似的尖叫聲，響徹整個社區。

在所有的鏡頭前，時空裂隙像龍捲風一般扭曲周邊的空間，還發出驚人的聲音，靠近它的東西都被捲進去。濃濃的黑霧愈來愈大，即將要爆炸了，圍觀的群眾驚慌奔逃，賣香腸的也推著車子趕快逃命，後面跟了四五個等香腸烤好的民眾……

姜森這時候才想逃，可是為時已晚，強烈的吸引力讓他怪叫連連，把他一步步拉向裂隙。怪老頭更慘，肥胖的身體擋不住被捲進去的命運，隨著一聲慘叫，怪老頭像被排油煙機吸走油煙一般，消失在黑霧裡！

「哇！」

姜森抓著樹幹死撐，他的手緊緊抓住手槍，扣動了扳機，連續開槍直到子彈打完，潘警官還以為他在槍殺人質，嚇出一身冷汗。姜森終究不敵裂隙的力量，一瞬間被捲進了時空裂隙。幾乎是他被吸進去的同時，時空裂隙發生大爆炸，強烈的火光和爆炸聲，震撼了整個彩虹社區的夜空。

「嘩——」

全國觀看現場轉播的千萬民眾，對這壯觀的場面，一齊發出了驚嘆。

……

爆炸過後，現場沒有留下任何碎片、血跡，連火藥的硝煙味也沒有，只留下一把姜森使用的槍，槍口還冒著煙。

第十四章　審判

寫下歷史新頁的判決

※　※　※　※　※

仙境王國的夜來臨了，草原上有一簇營火，在夜色下顯得特別明亮。

慈雨的營地上，就著飄搖不定的火光，照出滿地吃剩的骨頭。

「喔！吃得好飽。」陶德坐在枯橫木上，滿足的摸摸肚子。王鷹也吃得很飽，頻頻以爪子剔牙，但是牠很有禮貌的以翅膀遮住不雅，真是有王室風範的禽鳥。

「飄盪多年，從未吃過如此美味的晚餐，而且是高貴的仙精美食，太榮幸了！」王鷹剔完牙，還客氣的讚賞慈雨，噢，不，是真的很美味，牠是發自內心的讚美。

「如果你喜歡，倒是可以常到慈家莊園第五城堡區，我們經常舉辦宴會，你的造訪將會大受歡迎。」慈雨喝著濃湯，優雅的邀請王鷹。

「我？噢！我高貴的仙精！恐怕要辜負您的好意了，接下來幾年我必須到魔界參加玄密修鍊，等我修練結束，自會登門致意。只要您不忘了王鷹我。」

「宴會？我可以去吃嗎？我爸爸會帶我們去吃喜酒的宴會，很好吃又好玩，還可以看到新郎新娘玩親親。」陶德天真的說著。慈雨凝重的看著他，心裡五味雜陳，不知道該如何回答，她用求助的眼神看向王鷹，牠也不曉得該怎麼說，只好聳聳肩膀，無奈的眨眨眼。

「聽不懂嗎？是哪一句？喜酒對不對？我知道，『說明』！」陶德正要解釋，慈雨搖搖手說不用了，她充滿歉疚、感性的說：「不用說明了。你解釋得很好，可是你說的世界我完全不清楚，我還是沒辦法體會——就像我的世界你沒辦法懂一樣。」

「這倒是，你們的世界有很多我連想都沒想過的事，很奇怪。」

「是的，就像我不能請你到我家和我的家人見面一樣，我解釋得再清楚，你還是沒辦法懂的。」慈雨無可奈何的說出這句傷人的話，王鷹對她點點頭，牠知道她已經盡力了。

「沒關係，因為我爸爸也不喜歡我帶朋友回家，他說我們小朋友在一起，不是搗蛋就是闖禍——沒關係，我能了解，真的。」陶德窩心的幫慈雨找台階下，雖然原因跟他說的大相逕庭，也讓慈雨心頭很受用了。

「對了，我高貴的仙精！您不是說要宣判這群海馬龍的處置？是連夜宣判還是明天再議？」王鷹提醒著慈雨，怕她忘了這檔事。

「我正要說這件事，不等明天了，現在就宣判。」

慈雨請王鷹幫忙召集海馬龍，將近五十匹海馬龍聚集起來，也是相當壯觀的場面。這群無主的海馬龍忙而不亂的自動整隊，對於仙精會做出什麼處置完全沒有底，個個忐忑不安，不時會大力噴氣來緩和情緒。當隊伍整好，慈雨要最前面一匹海馬龍載著她到高處俯視海馬龍群，然後才要宣佈牠們的未來。

「她要殺了牠們嗎？」陶德想起慈雨殺死受重傷海馬龍的畫面，不禁出聲詢問。

「就算如此，海馬龍也要接受，仙精權威不容置疑。你最好停嘴，若是宣判中出聲音，可是三十年苦役的重罪！」王鷹站得挺挺的，像個將軍一樣。他嘴不動的小聲警告陶德，陶德哦了一聲，就真的靜靜觀看這場決定海馬龍生死、命運的宣判。

「開庭！無主海馬龍，報上名來。」慈雨在空中中氣十足、威嚴的說話了。

「奇查風雷，四千歲，雌海馬龍。」「北風風雷，兩千歲，雌海馬龍。」「努奔風雷，一千三百歲，雄海馬龍。」……

光是報名就花了好一段時間，直到載著慈雨的海馬龍報完名，這一段才算結束。

「如眾海馬龍所言，身份確認。座下眾海馬龍聽判。」

「海馬龍聽判。」海馬龍群臣服的紛紛低下頭，幾乎同時的說著。

「你們為了主人而蒙羞，卻沒有因此埋怨、叛離，即使戰爭到最後一刻，依然效忠主人那一方，你們的忠貞值得敬佩——雖然你們跟錯了主人。」慈雨的臉在飄搖的火光中，顯得溫暖而仁慈。她停頓了一下，張開雙手仰望天際，臉上浮現笑容，笑得燦爛、笑得令人動容——笑得海馬龍個個心驚膽戰。

「仙精從未有對海馬龍的判決先例，小仙精慈雨在此，將要寫下歷史新頁。」有幾匹海馬龍承受不了壓力，激動的猛噴氣。

「小仙精慈雨依全體仙精賦予的權力，判決眾海馬龍協助風雷古堡仙精襲殺仙精的罪名——不成立。」

判決一出，眾海馬龍爆出「吽吽」聲不絕於耳，連王鷹都不自主的驚嘆長嘯，反而是陶德冷靜得很，他嘲弄王鷹的說：「三十年苦役的重罪喔！」

「咳咳……嗯，抱歉，失態了。」王鷹因為有羽毛擋著，不然我可以打賭，牠的臉絕對紅得像火一般。

「秩序！秩序！」載慈雨的海馬龍雖然一樣興奮，還是要大家安靜聽慈雨說完。眾海馬龍逐漸平靜，慈雨眼睛瞇起來，看了看大家，然後沉穩的繼續說完判決內容。

「判決理由：海馬龍的精神是忠誠，這是仙精挑選座騎的首要條件，也是眾家挑選的條件。主人是何等人物，不是海馬龍所能決定，斷以海馬龍助兇逞惡為由而橫加誅殺，似嫌牽強；要忠誠如海馬龍者，跟隨主人的罪行殉葬，有欠公允，亦難服眾。為鼓勵海馬龍無有忠誠與判斷矛盾，特開先例，判決無罪。現在你們效忠的對象已不存在，無罪判決亦已確定，眾海馬龍，你們自由了！庭審結束，退庭。」

「感謝高貴的仙精！感謝您的仁慈。」

若是牠們有手，一定是掌聲震天。海馬龍高興的互相摩擦頸子和犄角，這是海馬龍表現彼此愉悅心情的方式。王鷹靠過去要護著慈雨下海馬龍，眾海馬龍也聚過來向慈雨道謝，慈雨完全淹沒在高大的海馬龍包圍中。

跟這場盛會唯一沒關係的人，似乎就只有陶德他一個。陶德不清楚這次宣判的特殊意義，也聽不明白慈雨在說些什麼內容，只曉得慈雨這回做了一件天大的好事，大家都很開心，如此而已。他孤單的坐到火堆旁邊，無聊的隨手扔木柴進去燒。這時書精靈四處亂飛，就飛到了陶德身旁，書也飄著龐大的身軀過來了。慈雨叫他們出來，但是還沒來得及將他們收回，就被海馬龍圍住，這一下可能會聊很久，他們趁著這難得的機會，享受少有的悠閒。陶德讓螢光綠色的書精靈站在手掌心上，涼涼的沒有重量，書精靈急躁的發出細碎聲音，陶德完全聽不懂。

「請容我解釋，可以嗎？」陶德現在想起來了：書會說話的。徵得同意之後，書輕聲對陶德說：「我們仙精主人這幾天改變很多，書精靈認為是你影響了主人，讓她變得溫柔體貼又謙遜。」

「我？你粉愛說笑唷！我只是八歲的小孩，我什麼都不懂……」陶德這樣一說，書精靈又開始急躁起來。

「包括你解決了五百萬年的困擾這一點？你真謙虛！」

陶德沒興趣聽牠講這樣的事，轉了一個話題，他問書說：「這裡又沒有記憶蟲，她叫你們出來幹什麼？」

「將宣判的範例找出來給主人參考，還有幫忙記住判決內容和犯案者個人資料，以後好查詢判例。」書慢慢將牠的任務講給陶德聽，陶德聽到「幫忙記住內容」這句話，眼睛一亮的想到什麼，他想要確定自己沒聽錯，要求書再重覆一次。

「果然沒錯。你說你可以幫忙『記錄』判決內容，那你可以『記錄』別的事情嗎？」

「當然可以，我可是全仙境王國最專業的記錄工作蟲。」書驕傲的說。

「那你會跟記憶蟲記得一樣多嗎？」陶德愈問愈興奮了。

「可能沒辦法像牠們那麼快……」

「不管快不快，有沒有辦法記那麼多？」

「這是當然的，別忘了，我們可是最專業的！」

「耶！賓果！」陶德開心的跑向慈雨，書聽不懂「賓果」的意思，趕緊衝上前對陶德說：「請不要跟主人說我擅自發言，求你……」

「放心！她聽了一定會很高興的！慈雨……」

眾海馬龍聽到這異類生物直呼仙精的名字，甚至不加敬稱，都感到十分厭惡；而慈雨不以為忤的笑著跟他交談，更讓大家驚訝的頻頻搖頭。

「什麼事？」慈雨看陶德笑得合不攏嘴，也感染他的愉快，笑著問他。

「書說牠會幫忙記錄判決對不對？」

「是的，有問題嗎？」

「既然牠能記錄判決，為什麼不能記錄其他的事情呢？不是都一樣在記錄資料嗎？我這樣說有沒有道理？」陶德因為興奮而有點喘不過氣的說著。

慈雨忽然傻住了，王鷹趕緊用巨大的翅膀遮住失態的慈雨，責怪陶德不懂得挑場合說話。慈雨瞪大雙眼，推開王鷹的翅膀，緩緩走近陶德，雙手搭住他的肩，好像要昏倒的對陶德說：「你實在是太……」

「我……我怎麼了嗎？」陶德嚥下一口唾沫，以為自己公然冒犯了仙精，即將要被處罰。

「實在是太不可思議了！沒有仙精想過，書也從未想過；從有書出現到現在，從來沒想過能夠這樣！這又是歷史的重大發現！你太了不起了！」慈雨緊緊抱住陶德，卻引起海馬龍的議論紛紛，一直猜測這揮鞭神準的異類生物是什麼來歷。

王鷹彷彿是慈雨的秘書似的，匆忙結束與陶德的談話，讓慈雨繼續與海馬龍交談。最後慈雨還對陶德說：「晚一點我們再談這件事。」

陶德感覺得出來大家對他的刻意冷落與排擠，他覺得好孤單。之前雖然被慈雨兇，被她罵，至少她都在身邊互相照顧，而現在他徹底被排除在外，連小地鼠也失去蹤影，八歲的他突然好想回家。一陣鼻酸，陶德坐在黑暗的樹旁，他哭了。

王鷹對於慈雨的言行舉止頗有微詞，在與海馬龍的談話告一段落時，牠拉慈雨到一邊講話——以同為高貴者的身份交談。

「我的朋友！妳和那個地球人如此的行為，對仙精尊貴的形象打擊太大，妳不能再這樣繼續胡鬧下去。」

「我不贊同你的說法。他給予仙精新的視野，更廣闊的世界觀，我看不出哪裡在胡鬧。」

「你們嘻笑玩耍、不顧體統，甚至公然身體接觸，讓一個異類生物無禮越界，這還不夠嗎？」

「這是我對他智慧尊重的表現，況且他一來就解決好幾件千古流傳的難題，這又怎麼說？這難道會是低等生物做得到的事？」慈雨生氣王鷹的話，更訝異牠狹窄的胸襟。

「這不過湊巧罷了。」王鷹抬高下巴，不屑的說。

「就因為異類身份來抹煞他的成就，這太荒謬了！王鷹，這些話說到此為止，我知道我在做什麼。」慈雨閉上眼睛，深呼吸一口氣。

本想勸慈雨以大局為重，沒想到被她倒將一軍，牠見說服無效，只好放棄：「既然妳聽不進去，我多說無益。最後恕我無禮的說一句：仙境王國不會因為妳的特立獨行而改變，太陽也不會因為仙境的改變而屈服於黑夜。這樣下去嚴重的後果，將會超乎妳的想像。」

「夠了！」慈雨轉身離去，倨傲的態度讓王鷹為之氣結，但也只能搖搖頭、徒呼負負，誰叫她是高貴的仙精呢？王鷹嘆了一口氣，獨自走到一棵矮樹下綣起身子休息。

幾匹來自丘陵地的海馬龍從談話中得知慈雨正在尋覓適合的座騎，紛紛推荐一匹與慈雨同年紀、也是六〇二歲的年輕雌海馬龍——蘇米（SUMEE）。牠是噗普慈的直系第四代，跟這幾匹海馬龍是同一族群，所以牠們對彼此很了解，也願意為慈雨說項，要求蘇米前來歸順慈雨，免除她奔波之苦。

順道一提的是，仙精馴服海馬龍是必經的修練，所以倘若接受自動歸順的海馬龍是不被允許的。但是戒律簡單的規定裡記載：只要有追捕行動和綑綁的動作，就可以算是完成馴服的程序了（這應該也算是某種程度的形式化吧）。慈雨是解放海馬龍的英雄，這件事蹟一定會被傳頌，所以蘇米會如何做、該如何做，已經呼之欲出，不需多做敘述了……

……

※　※　※　※　※

姜森和怪老頭飄浮在時空裂隙裡面，姜森瘋狂大吼大叫已經超過四十分鐘了。

「你省省力氣吧！老弟。」怪老頭不明瞭狀況，不敢輕舉妄動，可是他也受不了姜森忽左忽右的叫罵，只好出聲阻止他。

「該死的！我連罵兩句都不行嗎？我就要死在這個鬼地方了，罵一罵都犯法嗎？」姜森口水噴得到處都是，還四處飄浮，有夠噁心的。

「你要離開當然可以，但是誰也不知道會跑到哪裡去？也許是總統府前面，也許是月球上面，或者直接掉到地獄裡去。」

「該死的！你在唬我？彤霓．仙恩，你在唬我對不對？」姜森不相信的說。

「看看你四周這個怪樣，連這裡都進來了，你還有什麼好不相信的？面對現實吧！老弟。」

「我……難道就要這樣……在這裡……過一輩子嗎？」姜森害怕的臉上，五官都糾結在一起，而且毫無血色。

「一輩子？你在做夢嗎？你能活過三天就算命大了。」

「我真希望我是在做夢，夢醒就好了……」姜森先是沮喪，而後開始發脾氣，沒東西可摔的他，用力揮舞手腳來發洩：「不！我不要死！告訴我，怎麼離開這該死的地方？」

怪老頭想了想，還是決定告訴他：「好吧！我就告訴你出去的方法，到時你可別後悔到錯了地方。」

「任何地方都比這鬼地方要好！快告訴我！」姜森被逼到精神異常，用瘋子的眼神惡狠的瞪著怪老頭。

「有沒有看見旁邊這些小光點？每一點都是一個出口，至於是什麼地方的出口，對不起，我也不知道，你若想冒險，先祈禱吧！」

「我不管這麼多了！告訴我怎麼出去？」姜森的眼窩突然凹陷下去，嚇了怪老頭一跳，看他這副衰樣，恐怕老天都要絕他的路了。

「什麼都不必做，只要選個順眼的光點用手指戳它一下就成了。」

「就這樣？」姜森十分意外，脫離竟然這麼輕易。

「沒錯！」

「既然這麼簡單，為什麼你不做？」姜森一臉不信任的瞥了怪老頭一眼。

「我不敢冒險，我害怕會到一個生不如死的地方，若是如此，我寧願在這裡等死。」

「哈哈！還有比這鬼地方更糟的地方嗎？我不這麼認為。我走先，你慢慢等。」

姜森相中一個他認為是幸運的黃色光點，用力戳下去，結果姜森一瞬間被吸了進去，連叫都來不及叫，就消失得無影無蹤。

「阿彌陀佛！願神明保佑你的靈魂。」

時空裂隙裡頭只剩孤單的怪老頭彤霓·仙恩了，他看姜森離開，自己卻不敢決定去留，緩慢地在分不清上下左右的五彩迷幻中飄浮……

……

第十五章　謎語

海馬龍部落之鑰

※　※　※　※　※

「嘿！陶德，起來，快起來！」

被叫醒的陶德揉揉眼睛，他竟然哭著哭著就睡著了。現在不知道是幾點鐘，除了一點點營火照耀，四周一片漆黑。海馬龍群重獲自由，已經連夜趕回牠們的部落；王鷹和慈雨關係破裂，不歡而散的獨自飛走，牠原本就不歡喜和他人共同生活的。

搖醒陶德的是慈雨，她已經整裝待發，營地也整理平坦，就只等陶德起來滅掉營火就可以出發了——可是要出發到哪裡？

「現在第三顆月亮剛昇起，是出發的時候。動作快，好戲要『商場』了——是這樣說的對吧?!」慈雨難掩興奮，說話也放得開起來。

「是『上場』。呵……這麼早妳要去哪裡？」陶德打了一個呵欠，伸伸懶腰，慢慢清醒了。

「你不是想看獵海馬龍嗎？現在就跟我走吧。」

「真的？太好了！我要去、我要去！」

第三顆月亮昇起大約是地球時間的午夜十二點，這個時候要夜襲，慈雨是不是頭殼壞了？海馬龍都已經承諾要將蘇米海馬龍說服，讓牠歸順慈雨，那麼她現在出發去馴捕又是為了什麼呢？

「快！福米拉（FORMELA）在等我們。」慈雨一面熄滅營火，一面催促著陶德。

「福米拉是誰？」

「正是在下。」低沉渾厚聲音從陶德的頭上傳來，他循著聲音的方向向上看，嘩！一匹壯碩高大的海馬龍不知道什麼時候跑到他旁邊。

「我徵詢了所有海馬龍，只有福米拉願意幫忙。」慈雨把轡具調整一下，好坐得下他們兩個。

「為什麼要這麼做？」

「我們要直接到海馬龍部落去馴捕海馬龍，惟有靠海馬龍才有辦法快速的到達和接近部落。」慈雨先幫忙陶德上馬，然後自己揹著所有行囊跨上馬。她的力氣真不小，背上的東西加起來少說也有三四十公斤，她還能爬上爬下的臉不紅、氣不喘，這種體能別說是地球女性，就連男性恐怕也很少能辦到的。

「這是妳原本的計畫嗎？」

「計畫改變了，我總要圖點方便吧！」慈雨對他眨眼，然後駕著海馬龍昇到空中，朝向海馬龍部落進發。

這算是陶德第一回正式的乘坐海馬龍，他感覺舒適極了：沒有隆隆的引擎聲，只偶爾從海馬龍肚子傳來內臟的低鳴；飛行快速平穩，完全不會顛簸，若不是地面景物的改變，還以為自己是在高處靜止不動的吹風呢！可以想見飛行品質簡直沒話說。

不過才二十分鐘，他們已經到達海馬龍部落的外圍，這段路若用走的，可能要花上一天。慈雨要福米拉停在部落外的空中，她要先觀察環境。慈雨用咒語召喚出鷹眼精靈——亞（YA），它是低等精靈，結構簡單而脆弱，但是就如同它的名稱一般，擁有超強的全方位視覺功能，平常依附在書的皮膚上，靠吸食書的老化皮革維生。慈雨必須先閉上眼睛，才能戴上「亞」，因為黑暗中突然接觸「亞」強烈的光亮，會造成眼睛暫時性失明，這是很危險的事。慈雨慢慢睜開眼，逐步讓眼睛適應，最後她的視野頓時明亮清晰，一草一木都看得清清楚楚。

「現在開始，什麼聲音都不能有，否則驚嚇到牠們，就什麼都別想了。」慈雨一邊觀察地形一邊警告陶德。

「像上次說的，會引起大暴動嗎？」陶德用上回遭遇海馬龍的糗事揶揄她，被她白了一眼。

「我沒在開玩笑，這次是說真的，你絕對不能出聲音。」

「如果我忍不住想放屁呢？」

「陶德！」慈雨用指關節敲了一記陶德的頭，生氣的望著他。

「我知道，我，閉嘴！」陶德在緊閉的嘴巴做拉拉鍊的動作，慈雨看不懂，懶得理他，繼續偵察地形。

這是一塊起伏不大的丘陵地，主要入口在東側的某兩座丘陵中間。東側的丘陵比較密集而陡峭，樹木也比較茂盛，階級高的海馬龍才能夠在這裡找掩蔽休息，丘陵上有幾匹負責警戒的守衛者。丘陵地中央有一條引水渠道，做為東西側的分界線。西側丘陵緩和，以康闊穗花草為主要草類，在這裡休息的海馬龍階級較低，年紀也較輕。雖然沒有守衛，但是周圍有刺藤樹擋著，唯一能從西側進入的只有一條小通道，連接邊界的一道緊閉的柵門，沒有守衛防守，應該是上鎖了。

她調整「亞」的焦距成望遠鏡，仔細觀察西側周遭的地形地物，慈雨看到西側有一群沉睡的海馬龍，她相中其中一匹藍灰色斑紋的壯碩海馬龍：「有了，就是牠。」

她還看到一個奇特的景象，就是海馬龍周圍的穗花草叢裡，閃爍著成千上萬像螢火蟲的小光點，顏色不斷變化，若不是使用「亞」來觀察，根本看不到這些小光點。她盯著目標動也不動，輕聲問著福米拉：「那些在穗花草裡飄來飄去的小光點是什麼？」

福米拉臉色驟變，驚訝的問慈雨：「您看得到那些『殭孢子』？」

「嗯，我是看得到。『殭孢子』是什麼？說明。」

福米拉嘆了一聲，用低沉的嗓音很不情願、緩緩的說：「其實這東西並沒有太大的威脅性……

『殭孢子』是我族繁殖的半自主飄浮生物，是由穗花草種籽植入毒菇孢子所產生。它能聽見雄海馬龍的低音頻鳴聲，有聽命攻擊的特性。不過『殭孢子』應該不算是攻擊武器，它們只是不起眼的小東西……它是以撞擊方式攻擊，撞到目標時，孢子裂開並噴出毒液，可是毒性不強，根本不具有殺傷力……而且孢子一裂開它就會死亡……」

「若是成群攻擊呢？會造成入侵者什麼傷害？」慈雨覺得福米拉語帶保留，於是追問牠詳情。

「成群攻擊，嗯，這個……」福米拉支支吾吾的樣子，更讓慈雨相信事情沒那麼簡單。她要求福米拉將實情據實以報，否則她若因此遭受傷害，這群海馬龍部落就會以擅自繁殖改造生物謀殺仙精的重罪論處，判以全族滅絕（介於滿門抄斬和誅連九族之間）的刑罰！

「我高貴的仙精！請求您大發慈悲，萬萬不可！」福米拉痛苦的哀求著慈雨。

「那你快說實話，這東西究竟有什麼用處？」

「這些『殭孢子』是……是給雌海馬龍吃的。」福米拉閃閃爍爍的講出來，可是慈雨仍然聽不懂，她只想知道這玩意兒會不會傷人？若是碰到了身體有沒有危險？福米拉一再保證這東西不會傷人，一付有口難言的模樣，可是慈雨就是不滿意牠的解釋。

「好了！你們別吵了好嗎？再吵就天亮了。」陶德聽不下去，跳出來說話了。

「我必須要弄清楚才下去，否則出了差錯誰負責？」慈雨有點賭氣的說。

「我高貴的仙精！請您相信我，這東西對您一點傷害力也沒有。請別追究我不說明的苦衷，在下真的有難言之隱。」福米拉還是不肯明講，陶德見他們這樣子下去，一定沒完沒了，他乾脆扮起和事佬來。

「福米拉你不肯說，慈雨妳非要牠說，怎麼辦呢？」陶德耍寶的怪腔怪調說話。「那麼福米拉不告訴慈雨，告訴我就好了；慈雨妳不要再問福米拉，問我就可以了。這樣好不好？」

「你在胡說什麼？這是什亂七八糟的方法？玩孩子遊戲嗎？」慈雨不以為然的對陶德甩甩手。

「我倒覺得是可行的。」福米拉竟然贊成陶德的說法，讓慈雨大感意外。「我告訴他，再由他決定要不要告訴仙精，這樣我就不算是洩密者了。」

「為什麼告訴他就不算洩密？」慈雨不解的問。

「我成年時有宣誓：絕不洩漏這件事給仙境王國任何生物知道。告訴您，我就要破壞我的誓約，成為我終生的罪惡；而他，不是仙境王國的生物，說給他聽當然不算洩密！」福米拉認真的對著慈雨解釋，陶德雖然不知道怎麼回事，不過從慈雨的表情可以看出事情解決了。全是陶德的功勞，而且他還得知了海馬龍不足為外人道的驚人祕密。

福米拉再三保證那些光點無害，慈雨才勉強決定開始行動。一般海馬龍飛行高度是三到十公尺之間，最高只能飛到地平上八十公尺左右，因為海馬龍是靠生物磁場和地磁發生作用才會飄浮飛行，八十公尺已經是地磁作用的極限，不可能再飛高上去。這裡的丘陵地大多超過一百公尺，所以無法飛過去，只能走西側唯一的一條小通道，穿越邊界柵門，才能進去馴捕那匹被鎖定的藍灰色海馬龍。

「我們走！」福米拉俯衝而下到通道邊，那是一條艱辛地斬除刺藤樹才開闢出來的通道，因為年代久遠又少有使用，新長的刺藤已經有封閉通道的跡象。福米拉小心翼翼的在幾乎變成隧道的通道裡飛行，盡量不去碰到刺藤，更不敢讓刺藤樹碰到慈雨。戰戰兢兢的樣子，這讓福米拉飛行的速度慢了許多，慢得像馱負一千磅貨物的老驢子。

「還有多遠？」慈雨耐著性子的問。

「約十馬步。」福米拉謹慎的回答。馬步是海馬龍的測距單位，一馬步等於一點三公尺加減三點一四公分。這個單位沒有標準長度，全靠海馬龍的目測來認定，這種粗糙的測量方式，對地球人來說很不科學，對嗎？可是牠們目測的誤差率卻不到千分之一馬步，這麼精確的測量，誰還需要麻煩又難懂的科學儀器來多此一舉？

「還要多久？」慈雨還是耐著性子的問。

「約十跳跨。」福米拉還是謹慎的回答。跳跨是海馬龍的時間單位，一跳跨約等於一分十秒加減十秒。這個單位沒有標準長度，全靠海馬龍的心跳速度來認定，這種粗糙的測量方式，對地球人來說更不科學，對嗎？沒錯！這種方式誤差率極大，可是牠們不需要精確的時間計算，因為牠們的壽命長到可以拿去擺地攤，又何必跟幾秒鐘的誤差來計較呢？

為什麼要說明得這麼詳細呢？因為福米拉飛得真的很慢！慢到說明都講完了，牠還沒前進一馬步，真是急死人了！

「放我們下來，我們走過去。」慈雨的眉毛在抽動，拍拍福米拉的頸項，牠緩緩降到地面，讓慈雨和陶德下馬。

「福米拉，你到邊界守候。若是我們成功，你可以立刻飛回你的部落；如果我們失敗，我會放『馬煙』叫你過去接應我們，等我們安全離開，你才可以飛回去。」慈雨簡單交代任務給福米拉，便帶領陶德穿過通道，來到柵門前。

「嘩！這個門有夠大。」陶德看到這扇巨門，不禁發出讚嘆。這門有三層樓高，全是用很粗的樹幹做的，而且在這些樹幹中間上下各鑿一個洞，用另兩根樹幹橫向插緊，讓這扇門堅固緊實。這扇門根本不需要上鎖，誰有這種力量推得動它？

「我們該怎樣進去？」慈雨收回「亞」，藉著月光來檢視這扇門。

它看起來至少有一千年沒動過了，門上長滿的蔓藤和植物，茂盛的簡直可以媲美植物園；地上的草長得半個人高，完全沒有巨門移動過的痕跡。慈雨懷疑的思考這個問題：不可能推動，爬又爬不

過去，旁邊全都是要命的刺藤樹阻隔，海馬龍當初是怎樣進出這裡的呢？

「陶德，別離開我的視線，不准碰不該碰的東西。」慈雨警告他，怕他亂碰亂動，會弄出亂子來。

「包括這個『茶壺』嗎？」若不是慈雨的提醒，陶德的確已經碰了某些東西——小孩子總是記不住教訓。慈雨慢慢走過去，看看陶德說的「茶壺」是蝦咪碗糕？陶德張開雙手給慈雨看，表示他真的沒有碰任何東西。慈雨尋找他說的「茶壺」，可是怎麼找就是找不到，陶德指出位置給她看，還是看沒有。

「噢！我剛剛取掉『亞』，所以視覺還沒恢復。」慈雨在自欺欺人，她取下「亞」之後的幾分鐘，視覺就已回復正常，她只是想掩飾自己的尷尬罷了。為什麼她無法看見陶德看得到的東西？真正的原因慈雨並不十分確定，她猜測有人利用仙精的視覺盲點設計了偽裝物。仙精眼睛的濾光功能會產生對部份色調「色盲」的缺點，深綠色和橘黃色的近似色調他們分辨不出來。她的眼前正是一片深綠色，她不想解釋原因給陶德聽，只得叫陶德把那東西的外表描述給她聽。

「嗯，它像個茶壺……聽不懂？……它有一根直直的嘴，還有蓋子，後面有把手，肚子圓圓的，卡在門上面。……要我去扳動它？妳確定？好！」陶德依慈雨所說，用力扳了幾下，沒有用，它動也不動。慈雨要他多試幾種方式，於是陶德又推又轉、又扯又拉，就是不見那東西有任何動靜。陶德擦擦汗想要放棄，不過那東西被他一陣亂碰，外頭的苔蘚剝落，露出裡面黃銅的顏色，反而讓慈雨能夠看清楚這東西了。

「我認為這是一種古老的門鎖機器，來，交給我。」慈雨胸有成竹的走向前，用雙手捧住它，然後輕輕搓它的圓肚子，「壺嘴」的尖端冒出……精靈嗎？我知道你在想什麼，可是不對，這不是阿拉丁神燈，所以不會冒出精靈。它冒出一顆金色的珠子，然後張開一圈十二片相連的金葉片，葉片上面有奇怪的文字，連慈雨也沒見過。

「這是什麼？」陶德看著金葉片發愣，呆呆的問慈雨。

「是門鎖沒錯，但是裡頭跟我知道的不太一樣。」慈雨叫書出來，查詢關於這些文字的記載。書精靈查到深層記錄裡才發現，這是距今五萬年前就已經滅亡的古王朝文字，現在已經沒有人在使用。書精靈十分勉強的翻譯出這些文字，每片都有一個數字和兩個字：2轉動、5轉回、9三次、7緊按、3六圈、8按珠、10向下、1向下、11轉回、4相反、12原位、6八圈。

「這是古老的謎語！我們遇到大麻煩了！這下子真的進不去了。」慈雨非常沮喪的靠在巨門邊，甩一甩頭，對著陶德說：「沒辦法，我叫福米拉來接我們回去。」

「妳在幹什麼？妳『秀抖』啦？這麼簡單的謎題也叫大麻煩？遜斃了。」陶德的反應應該和很多地球人類一樣。

「什麼？你會解謎嗎？我不相信，證明。」慈雨手扠腰，懷疑的看著陶德。

「當然！妳看，我只要先照數字順序排好，然後再去掉數字、加上標點，就會變成『向下轉動六圈，相反轉回八圈，緊按按珠三次，向下轉回原位』的指示啦！妳試試看吧！」陶德比了一個勝利的手勢，要慈雨趕快照著解出的指示做。

「真的可以嗎？」慈雨半信半疑的照陶德說的做，等把葉片轉回原位，兩人充滿期待的退後幾步，等著看巨門打開，場面一定很壯觀。

「還沒嗎？好慢喔！」陶德邊等邊搓手，奇怪的是柵門還是紋風不動。

「你瞧！沒有用，我就說你怎麼可能解開古代謎語……」慈雨走過去門邊，覺得被耍了，氣憤的踹了巨門一下。

「奇怪，不是這樣排就好了嗎？難道還有其他的排法？」陶德還在思考時，被慈雨踹了一腳的巨門，竟然開始嘎啦嘎啦的動起來！嚇得慈雨連忙往後退，陶德看到可開心了：「誰說沒用？只是門卡住了而已，耶！叫我第一名！」

情況似乎不太對勁，門應該是向兩邊開啟，為什麼現在卻兩片門扉都向著陶德這兒倒？陶德不知所措的傻在原地，慈雨抓住陶德就要閃躲，可是通道兩旁長滿了刺藤樹，要躲去哪裡？慈雨不顧一切的把他往通道拖，還回頭看著倒下來的門……

「門要倒了！救命啊！」

轟隆隆的巨響和煙塵，驚醒了最靠近門邊的一群海馬龍，嚇得牠們往內地的丘陵移動，造成不小的騷動。巨門的橫木斷成好幾截，兩扇門扉整個砸得四分五裂，波及到茂密的刺藤樹叢，原有的通道反而因此被阻斷。

在倒塌的巨門下的慈雨和陶德呢？他們莫非已經遭到不測？

煙塵良久才塵埃落定，此時海馬龍的騷動也逐漸平靜。巨大的樹幹交叉相疊，崩解的植物散落各地，一片混亂。此時聽到有咳嗽聲，是陶德的聲音，他居然沒事！他從木頭堆爬出來，叫喚著慈雨，慈雨也從不遠的樹幹中爬上來。他們倆互道平安後，開始揮拍身上厚厚的灰塵。

「好險！幸好這些樹木已經腐朽，要不然就會被砸成肉醬。」慈雨身上傷痕累累，因為巨門倒塌時，她緊緊抱住陶德，用自己的身體保護他，所以陶德除了吞了點木屑進去之外，完全沒有受傷。不過他們應該要感謝真正的救命功臣——茂密堅固的刺藤樹，替他們擋掉直接落下的巨木，並且被棘刺像碎木機一般粉碎樹木，慈雨才沒有受到更大的傷害。

「謝謝妳保護我。妳受傷了……」陶德不好意思的搔搔頭，對慈雨的傷則是不知如何是好。

「沒關係，出來打獵，受點傷是必然的，不礙事，別放在心上。」慈雨拿出一瓶藥沙罐子，用短劍挖出來就往傷口灑，痛得她齜牙咧嘴，不住叫痛。陶德幫她塗抹背上的傷口，她的背光滑無瑕，觸感很好。這種膚觸，讓陶德想起媽媽，他不禁擔心自己的失蹤會帶給爸爸媽媽多大的痛苦，想著想著他又哭了起來，眼淚在滿是灰塵的臉上明顯流下兩道淚痕。

「嘿！我受傷了都沒哭，你在哭什麼？」慈雨聽到他在抽泣，回頭來看他。

「我想媽媽……」陶德愈哭愈傷心，幾乎泣不成聲。

「我知道你想家，我也是。所以我們趕快馴服海馬龍，趕快回家去。」

「為什麼不能騎福米拉回去？」

「噢，當然不行。你看過牠身上的烙印，那是風雷古堡仙精的的印記，我怎麼能騎著牠回家？這是瘋子才會做的蠢事。」

他們整理完以後，朝著丘陵地望去，沒有動靜，於是趁著月光，穿過了一片草地，來到距離目標大約三百公尺遠的小山丘上。他們趴著觀察，慈雨指著藍灰色的海馬龍，讓陶德了解牠就是目標，並且要陶德使用彈力繩纏住海馬龍的犄角。

「不要弄錯，纏住脖子會讓海馬龍以為要獵殺牠，事情將變得難以收拾。抓犄角是要牠知道我們在馴捕，這樣會使牠反應沒有這麼激烈，可以加速馴服成功的速度。」慈雨用氣聲跟陶德說明，然後她要陶德禁聲，因為她要準備發動攻擊了。

慈雨從這一群海馬龍左邊爬行靠近，陶德則從右邊，採取兩面夾攻的戰術。他們陰錯陽差的沾滿灰塵，這樣反而對他們有利，因為可以遮掩身上的氣味。當慈雨到達攻擊距離時，她用弓箭綁彈力繩的傳統方式射向海馬龍，陶德同時也甩出彈力繩，兩人都準確命中海馬龍的左右犄角。

「吽……」

吽叫是從另一邊傳過來的，藍灰色海馬龍是被吽叫聲嚇醒的，又發現犄角被套住，驚慌的也吽叫起來。整群海馬龍都起來了，慈雨和陶德感覺狀況不對，立即運用彈力繩的力量將自己拉到海馬龍身邊，並以迅雷不及掩耳的速度跨上海馬龍，連陶德都變得身手矯健，一個跳馬就躍上了馬背，姿勢優美到他自己都不敢相信的地步。

「海馬龍！我是小仙精慈雨，你將服順於我。」

海馬龍哪會輕易屈服？只見牠四處奔跳，左甩右搖地想把兩人摔下馬。慈雨大聲為陶德加油打氣，陶德緊緊抓住彈力繩，眼睛閉著不敢看。

旁邊的海馬龍就著月光發現仙精來夜襲，都覺得不可思議，他們是怎麼進來的？當牠們明天看到巨門變成一堆木屑，相信會更驚訝。

「海馬龍！你可屈服？」只要過程中不被海馬龍摔下來，馴捕就已經成功一半了。果然，海馬龍漸漸沒有了瘋狂的奔跳，速度也慢了下來。這時，不知何故，旁邊的海馬龍開始向南邊奔逃，慈雨回頭一看，不得了！原來夜襲的不只他們，還有一群十餘個風雷古堡仙精也衝進了這群海馬龍部落。

「我的天！他們要獵殺我的族人！」慈雨要馴服的海馬龍悲痛的說話，慈雨聽了十分氣憤，大舉夜襲的風雷古堡仙精，竟然罔顧仙境王國對海馬龍的禁獵律法，只為了取肉而獵殺溫馴的海馬龍，真是令人髮指的行為！

慈雨二話不說，立即施放馬煙召喚福米拉，並且把陶德放下去等福米拉：「你駕馭福米拉，幫忙殲滅這群偷獵者！我以仙精的身份請求你的幫忙！」見慈雨如此誠懇的請託，陶德也十分義氣的答應。慈雨謝過陶德，跟海馬龍講了幾句悄悄話，便快速的衝向風雷古堡仙精的獵殺陣去。

福米拉趕過來，聽陶德說明原因之後，雖然牠不是這一部落的，但是連異類的陶德都要上陣幫忙，身為龍族一份子的福米拉，當然義不容辭的加入這場保衛戰。

慈雨的出現，讓風雷古堡仙精一時之間亂了手腳，隊伍被衝散開來，其中一個帶隊的頭目發出火雞叫聲，一群獵殺者才回去勉強保持隊形的完整。

慈雨用綁了彈力繩的箭射擊，一名風雷古堡仙精應聲落馬，慈雨在他未落地前用力抽拉，將箭從對方的心臟部位拔出，血水頓時在空中噴灑、染紅了地面。其他風雷古堡仙精見狀，紛紛轉頭攻向慈雨。雙方在這一次的交手中，慈雨再擊落一人，可是她也被一支倒刺鉤刺中左臂，導致她無法再用弓箭射擊。

這群風雷古堡仙精有人認出慈雨，她是風雷雹，黃昏時才被慈雨放走，現在又出來偷獵，簡直是惡劣到極點。她見慈雨受傷，馬上哈哈大笑的叫著：「慈雨！妳的異類朋友不在旁邊，妳就威風不起來了嗎？我看妳再囂張嘛！哈哈哈！」

他們掏出武器，朝著慈雨的方向攻去，說時遲、那時快，一陣快鞭甩來，一鞭一個，才一瞬間就摔了三個——陶德趕來支援了。沒被甩到的人愣了一下，除了風雷電了解「神鞭」的可怕外，其餘的人紛紛轉向攻擊陶德，風雷電想出聲阻止他們卻已經太遲，幾個不知死活的傢伙全摔得非死即傷，甚至有一個頭被鞭子捲住，一個用力抽拉就在空中變成陀螺，面目全非，相當悽慘！

風雷電見打不過陶德，又想重施故技的繞到慈雨後面，意圖綁架慈雨以令陶德，但是被機警的慈雨識破，反而被及時趕到的陶德從正面擊中，臉頰腫得像豬頭的摔下馬去。

這一仗打不到五分鐘，就在雙方實力懸殊的戰況下結束，慈雨要求野生海馬龍幫忙清理戰場，自己則因為手臂受重傷，暫時不能亂動，她也順便把陶德拖住，不讓他看見戰場的慘況。海馬龍最後報告死傷風雷古堡仙精共十七個，慈雨判他們全部墜死之刑，由曾被偷獵者殺害數匹親友的海馬龍執行。但是慈雨決定留一名活口傳話，這個人就是風雷電，她的刑罰是被海馬龍衝撞十次，然後由強壯的海馬龍馱負，連同處死的風雷古堡仙精屍首運至仙魔地谷外棄置，警告他們不准再犯，否則下場就是如此！

「真不知要如何感謝您？我高貴的仙精！」慈雨馴服的那匹海馬龍謙卑的說。

「不需要謝我，你們應該謝謝這位地球來的小朋友，今天若不是他奮力相救，恐怕結果不會是現在這樣。」慈雨忍住手傷，激動的說話，並且揮手要陶德上前，讓海馬龍能看清楚他。就在海馬龍的熱烈道謝下，慈雨順利的馴服她中意的海馬龍——蘇米。原來她早就知道牠就是蘇米，而她夜襲的原因很簡單，她要試驗自己的實力，否則等天亮後消息傳開，她就沒機會證明自己有多行了。

蘇米，噢，現在叫做蘇米慈了，牠知道主人是解放海馬龍的英雄，高興的吽吽叫。而牠的高祖噗普慈是慈雨的座騎、他倆同為六〇二歲的事也讓牠深感緣份的奇妙——雖然知道高祖過世的消息令人難過。

福米拉在英雄式的歡送中離開丘陵地，奔向甜蜜的家園。慈雨看著遠去的福米拉，覺得自己忘記了一件事，可能是手傷痛得她想不起來，到底是什麼事？

「是有關『殭孢子』的事嗎？」陶德此話一出，一群海馬龍立刻尖叫起來。

「我們，還是趕快走吧！」慈雨見到和福米拉一樣的表情，決定走為上策，免得又為難了這群善良的海馬龍。

蘇米慈告別了親友，跟著慈雨離開了丘陵地。有海馬龍載著飛行，很快就飛到康闊森林主林了，這時第五顆月亮就要隱沒，到時大地將會陷入全黑狀態，蘇米慈問慈雨要不要在太古帝王樹上稍做休息？

「你能飛多快？」慈雨試探性的問，蘇米慈驕傲的回答：「很快！」

慈雨又再問：「全黑前出得了康闊森林嗎？」

「小事一件。」

「別太勉強。」慈雨故意激牠。

「放心，只要您和您的朋友拉緊繩子，我一定辦得到！」牠果然中計了。慈雨將陶德用彈力繩固定好，自己則抓緊暫代韁繩的彈力繩，準備好接受高速狂飆了！

「請坐低身體，抓緊繩子，我們出發了！」

海馬龍在主林高大的太古帝王樹中疾駛，左穿梭右穿梭，比玩電動遊戲還刺激一百倍，樂得陶德一路尖叫不已。當他們超速越過王鷹站在上面休息的太古帝王樹，王鷹突然被陶德的叫聲嚇醒，迷糊的看看四周，以為自己在做夢，又繼續閉上眼睛休息。

慈雨眼尖，看到「黑色地毯」盲蠍群，倒楣的牠們還在迷路當中，一直找不到出去的路。慈雨笑著想：「笨蠍子！想吃龐龐野牛，也不該跟到這裡來，叢林裡怎麼可能有牛肉呢？真是笨得可以！」

不出兩跳跨的時間，他們已經衝出主林，到達闊葉矮叢樹林。地面飄浮著霧氣，大大的第五顆月亮隱沒一半在地平線下，就見一匹載著兩個人的海馬龍疾馳而過，在牠飛過的地方留下一道淡淡的凝結雲氣軌跡。闊葉矮叢樹林一片溼，真看不出之前曾經被曬成熱浪地獄，一滴水都不見的模樣。

在蘇米慈狂飆之下，已經到達巨大多刺的刺藤樹山，接著牠就要進入神祕的出口通道，沒想到就在入口旁邊的刺藤樹裡，但是進去的洞口很小，又離地五公尺，要爬上去將會遭棘刺戳穿手腳……通道中變種刺藤樹亂纏亂繞，若不是海馬龍擁有高超的閃躲天賦，早就被纏捲得動彈不得了。加上有一大段垂直向上的煙囪型通道，沒有海馬龍，休想出得去。

他們終於脫出康闊森林了！金巴巴聞到味道衝過來，牠醜陋的外貌嚇壞了陶德，於是蘇米慈匆匆和守護神道別，正式離開了海馬龍棲息地。

離全黑還有幾跳跨，慈雨知道離別的時刻到了，她命蘇米慈下降，然後尋找到神祕的時空裂隙，這條裂隙十分穩定，從古至今許多仙精都是從這裡進入地球的。

「我會想念你的，朋友。」慈雨歪著頭，微笑的等待陶德的擁抱，他輕輕摟著慈雨，怕弄到她的傷口，陶德眼眶微紅的說：「我也會想妳，慈雨。」

「讓我告訴你如何找到時空裂隙，是★★★，懂了嗎？」抱歉，這裡不能告訴您這個祕密，只有擁有修鍊會員身份的各級會員，才能從「仙境王國與仙精導覽手冊」中查到相關資料，這份機密連作者也沒權力洩露。

「你到了時空裂隙裡面，找表示地球的藍色光點，再找中間有你家顏色的微點出口，就會到達離你家最近的出口。要到仙境王國要找★★★就能找到慈家莊園，千萬不要碰黃色的微點出口，那個出口是在太古帝王樹林裡面，要記住！」慈雨快速的告訴他細節，時間快來不及了，她必須趕在全黑前到達寇拉扎部落借住一下，躲過全黑。

「有時間我一定要到地球去看看。」慈雨忽然想到一件事，她非問不可：「『殭孢子』到底是做什麼用的？」

蘇米慈聽到慈雨在問，竟然臉紅得直噴氣。

「慈雨，我跟妳說，這是只能女生海馬龍才可以吃的……」陶德小聲地在慈雨耳朵旁說，深怕第三者聽到似的。

「什麼？原來是……」這下子連慈雨也臉紅了。

「不過，我還是不知道究竟要做什麼用？」陶德用手觸摸時空裂隙，空間開始扭曲，不安的電流旋轉聚成球形。

「等你成年就會懂了。」慈雨神祕的笑了出來。

陶德已經被捲進去了，他發現彈力繩竟然還別在腰際，他大聲喊著：「妳的彈力繩還沒還給妳……」

最後只聽到慈雨的聲音：「留著它，等我去……」

陶德還沒聽完，然後就進入一片黑暗中了。

……

第十六章　回家

藍色的光點

※　※　※　※　※

在康闊森林的太古帝王樹根部底層，一群迷路的盲蠍在黑暗中想找尋食物，可是找不到。牠們這一群已經餓了一天一夜，牠們乞求上蒼垂憐，賜予牠們食物。

首腦剛祈禱完畢，半空中就傳出一陣墜落的慘叫，不偏不倚正好掉在牠們的中央。

「噢！感謝天，真的賜食物給我們了！夥伴們，開飯囉！」

飢餓的盲蠍開始發動攻擊，一刺又一刺的攻擊！

「好痛！什麼蟲刺我？喔！啊……呀！該死的！」

「痛！該死的蟲！」

「救命啊——」

黑暗中再也聽不到姜森先生的聲音了。

※　※　※　※　※

穿越到時空裂隙裡的陶德，對於裡頭的景象不像第一次這麼害怕，可是還是相當令人緊張。飄浮在時空裂隙裡，好像被擠壓在沒感覺的空氣果凍裡，沒有上下左右，想躺沒得靠、想站沒地方落腳，真是太違反人的習慣法則了。

陶德好不容易發現到移動的方法，於是他慢慢的開始找尋藍色的光點，眼睛都看成鬥雞眼了。他找呀找，怎麼彷彿看到了一個人影，他調回正常焦距，果然看到一個骯髒的糟老頭，他睡著了，口水還流出來，有夠髒。

「喂！老爺爺，你有沒有聽到？喂！」陶德不知是太高興還是太久沒看到人類，竟然又哭又笑像瘋了一樣。陶德手忙腳亂的拚命游過去，終於到了他的旁邊，怪老頭還沒發現，等到陶德用力搖晃他，他才大夢初醒。看到陶德，他還以為自己仍然在做夢，後來他仔細看了一下，才認出陶德來。

「你是那個失蹤的小朋友嗎？你掉進來的時候我有看到，沒想到我們會在這裡見面。你一直在這裡嗎？」怪老頭一直揮手，想甩開臉旁飄浮的口水。

「事實上我到仙境王國和仙精做了一場大冒險。」陶德想到這幾天的驚險經歷，不禁悲傷的落淚。

「不哭、不哭，慢慢說。」怪老頭想抱抱他，可是看自己一身髒兮兮，又是草又是泥巴的，就只好讓他在原地哭泣。等他哭停之後，怪老頭才慢慢聽陶德把事情經過說一遍，當然有許多細節和他說的有出入，畢竟小孩子的記憶和描述都不是那麼完整，所以想了解完整的真相，就要買本小說來看，裡面寫的內容最清楚，絕對是追求真理最正確的選擇。

怪老頭聽完陶德的敘述，精神為之振奮，他的資料不僅解開許多怪老頭解不開的謎團，也提供他新的研究方向。

「老爺爺，你為什麼會在這裡？」

「我為了一隻小地鼠，來來回回七八趟都沒事，今天是因為土地廟上的時空裂隙崩解了，所以我才被困在這裡。」怪老頭想到姜森，順便問了一句：「你在旅途中，有沒有看到一個穿黑西裝的痞子？他叫姜森。他鑽進黃色的光點裡去了，他說那是他的幸運色，如果我沒記錯的話。」

「黃色？那他可就要倒大霉了，那是到康闊森林主林的入口。那裡太暗了，而且危險的獵殺者超多……」

「噢！可憐的姜森，願神明收容他的靈魂。」

陶德隨意看了看周圍的微點，突然發出笑聲，用手指著一個地方，他又驚又喜的說：「我真不敢相信！這是我家的閣樓，這是我家的微點出入口！我可以回家了！」

「哦，這是怎麼看的呢？能不能跟我說？」怪老頭滿臉貪婪的搓著手。

「噢，這個藍色的……都是回地球的。」陶德瞄一眼怪老頭，決定有所保留的不把全部的祕密都告訴他，怪老頭看起來就不像個正派的人。

「那去仙境王國呢？」

「嗯，是這個。」陶德比了一點之後，看到怪老頭笑得很詭異，他伸出手想要擋住他去碰觸微點出入口。

「我再去抓幾隻老鼠回來賣錢，讓療養院能夠有經費整修……」怪老頭快如閃電的碰了一下仙境王國的微點入口。

「不要！那裡是布達拉拉沙漠！你連水壺都沒帶，這樣子會很危險！」陶德來不及阻止，怪老頭前面的微點已然打開。

「什麼？你怎麼不早說?!」怪老頭這時候才問這個問題，可惜為時晚矣。陶德想多告訴他一點求生技巧，話都還沒出口，怪老頭就已經消失了蹤影。

陶德搖搖頭，無奈的說：「大人就是不肯多聽小孩說，老是自以為什麼都懂。」陶德自顧不暇，於是不再多想，馬上點了陶家閣樓的微點入口。

「我要回家了——呀——呼——！」

※　※　※　※　※

五月的一個星期六，上午七點五十分，彩虹市立醫院。

陶樂仕在病房裡探出頭來，走廊上靜悄悄的，只有醫護人員忙碌而安靜的走動，不見半個攝影記者，陶樂仕雖然鬆了口氣，可是心中不免納悶：剛剛還鬧哄哄的，怎麼現在全跑光了？

「親愛的，趁現在外面沒有記者，我們趕快出院回家。」陶樂仕關上門，轉身對正在穿鞋子的連恩說。他們倆其實都沒大礙，要住院也是醫生做的決定，他們夫妻倆壓根兒就不想和醫院打交道。

「老公！你是怎麼了？我們又不是罪犯，出院幹嘛還要躲記者？搞得好像我們在做壞事似的。」連恩提起包包，走到門邊挽陶樂仕的手。

「親愛的，妳知道我的意思不是這樣……」陶樂仕有些認真的說。

「我知道。對了，有陶德的消息了嗎？」

「還是沒有，我等一下再到分局去探探消息，說不定他們已經找到了，只是還沒通知我們。」

陶樂仕扶著連恩走向出院櫃台辦理手續，連恩坐在空蕩的大廳看牆上吊掛的電視，新聞一如往常沒好事，景氣拉警報、治安亮紅燈，諸如此類，好像看重播一般。這時一位個子矮小、戴著黑框眼鏡的男子，鬼鬼祟祟的溜到連恩旁邊的椅子坐下來，這位史大麟先生相信大家對他並不陌生。他神情緊張的左顧右盼，悄悄的掩嘴對連恩說：「陶德已經被釋放，綁架犯慘死爆炸中，陶德還活著，你們最好快一點，晚了恐怕就來不及了。」

連恩還沒反應過來，史大麟依照慣例又要神祕兮兮的閃人了。陶樂仕轉頭看見他，怒氣沖沖的叫著他：「喂！站住！你來這裡幹什麼？」

史大麟嚇了一跳，趕忙豎起領子遮臉，從側門一溜煙的逃走了。

「啐！死瘋子。」陶樂仕咒罵了一句，走過來牽連恩要走出醫院。

「親愛的，怎麼了？是不是史大麟這傢伙對妳胡說八道什麼？」外頭天氣不錯，車水馬龍的展現城市的生命力。連恩邊走邊想史大麟說的話，他會不會又傳錯話了？可是萬一是真的呢？她不敢想像「晚了恐怕就來不及」的情況，她想著想著不自覺就流下淚來。

陶樂仕看連恩流淚，拿了面紙給她擦拭淚水。問明原委後，陶樂仕氣憤的說：「這瘋子的話總是錯的，妳不要被他影響了。」

「可是如果這次他說的是真的呢？」

「放羊的孩子喊『狼來了』，沒有一次是真的。」

「可是記者不見了，你怎麼說？」

「也許有更大的事件要採訪。」

「可是……」

「別再可是了，若真有消息我寧願聽警察的，也不會去相信史大麟。」他們到了停車場，陶氏夫婦上了車，就開往回家的方向。

各位讀者想想，史大麟會放棄把這個消息提供給媒體嗎？答案是——當然不會。

陶樂仕在車上大老遠就看到一群記者在他家草坪上，踩得都是泥巴，髒亂不堪。陶樂仕火大了，粗暴的把車開到車庫前，還差些撞到閃避不及的記者，他下車大罵這群記者：「滾！提著你們的髒鞋子，滾出我的院子！否則我告死你們！」

記者們趕緊收拾東西退出草地，重新在人行道架起機器，可是有的鏡頭是朝向陶家的屋頂，陶樂仕順著鏡頭看過去，他不敢相信自己看到了什麼，他揉了揉眼睛，再看仔細後，他對著連恩說：

「老婆，妳看到了嗎？」

「我看到了，那是我們的……」連恩原本平靜的臉，一瞬間轉成驚訝、悲喜交集的表情，「陶德！」

陶德站在閣樓窗邊，對著攝影機一直笑著擺姿勢，還跟陶氏夫婦揮手：「嗨！爸，媽，好久不見！我好想念你們！」

「我的天！真的是我們的陶德！」陶氏夫婦車子還沒熄火，就迫不及待的衝進門，外面的記者清楚聽到乒乒乓乓的物品砸下、摔破的聲音，然後陶氏夫婦出現在閣樓門前，張開雙手：「我們的寶貝！快過來給我們一個擁抱。」

他們三個又哭又笑的抱著，他們都有一肚子的話要說，可是都不知道要從哪裡說起。連恩上下打量陶德，又緊緊抱住了他，然後哽咽的撫摸他乾澀毛燥的亂髮：「孩子，這兩天你一定吃了不少苦。」

陶樂仕擦乾了眼淚，拍拍陶德的肩膀：「有什麼話等洗完澡、吃頓安心的早餐後，我們再慢慢聊。」

「是啊，寶貝，媽媽煮一頓你最愛吃的早餐，你快去洗澡換套乾淨的衣服。我要先煮一碗豬腳麵線給你壓壓驚……噢！看你回來真好，真是太好了！」連恩急亂的手舞足蹈，看得出來她是快樂得不得了！

這一家人團聚了，他們興奮的慶祝，完全不理會外面苦苦等候新聞畫面的記者。

不久，消息傳開了，街坊鄰居、親戚朋友、警察、老師、同學、乞丐都來致意，還有賣烤香腸的車子也來了。等著香腸烤熟的死忠客人，和等待畫面的媒體記者，隨便聊聊有關香腸的二十種吃法……

第十七章　尾聲

綠光閃爍的颱風夜

※　※　※　※　※

陶德失蹤事件轟轟烈烈落幕後，幾個星期過去了。

陶德在閣樓上用帳篷做了一個祕密基地，不過只有陶德知道裡面在掩飾什麼東西。陶德終於說服媽媽讓他玩彈力繩——只准在後山玩。

陶家人領養那群失去媽媽的小狗，當然，陶樂仕完全不贊成。在多數陶家人投贊成票、三比一的劣勢下，陶樂仕只好低頭妥協，不過小狗不能進屋內，他堅持只能養在後院的狗屋裡。

連恩懷念那隻小地鼠，陶德也是，他懷念專屬他的那隻小地鼠。

陶樂仕每天仍然照常上下班，過著照舊的生活。他對於仙精和小地鼠的事完全不知情，他是陶家唯一認為陶德是被綁架的人。

史大麟繼續鬼鬼祟祟的散布消息，不過他已經引起市立精神療養院的注意。

潘警官並沒有升官，反而被調到偏遠地區的小派出所，原因是他胡亂調度大批警力，卻讓警方在鏡頭前表現得蠢到極點。

故事似乎該告一段落了，不過還有一個人值得我們關注，那就是彤霓・仙恩。他不幸落在仙境王國的布達拉拉大沙漠中央，真是悽慘。只見他頂著驕陽，一步步困難的走著，他在找水和植物。怪老頭已經在這裡走好幾個星期了，曬成深褐色的皮膚說明這一點。

「我竟然忘記問小鬼要怎麼從這裡回到時空裂隙，我這下真的完蛋了……」

走著走著，他踢到了一堆枯骨，他撿起來看看，發覺沒水也沒肉，就一把丟開。一群食屍鳥在他周圍囂張的走來走去，遠處還有成群的沙蠍在伺機而動。你以為他靠什麼過活？就是這群等待他死亡、要吃他的食屍動物——絕吧！

「我幹嘛沒事到仙境王國來呢？沒有健保，又沒有救護車，口渴沒有超商買飲料，連電話都沒有！」四周海市蜃樓熱切的飄浮，怪老頭倒在地上，欲哭無淚的閉上被曬到紅赤赤的雙眼：

「誰來救救我——」

……

這天深夜，屋外風雨交加，還不時閃電打雷，今年第一個颱風要登陸了。

閣樓的窗玻璃被風吹得格格作響，雨水一波一波在玻璃表面刷下。帳篷裡忽然有綠光閃爍，還有奇怪的說話聲。

陶德聽到了怪聲，穿著睡衣就爬起來，經過爸媽房間，他看到他們還有陶玲都睡得很熟。他躡手躡腳的上了閣樓，看見帳篷有異狀，隨手抄起一根球棒，緩緩的靠過去。

「轟隆隆！」正要掀帳篷的陶德，被突如其來的一聲雷嚇得縮回手。他鎮靜下來，繼續伸手過去掀開帳篷的門簾。

唰——

是慈雨！手上還捧著小地鼠！

「嗨！陶德，我們來了！」

——終——